ハヤカワ文庫JA
〈JA1566〉

異端の聖女に捧げる鎮魂歌

宮園ありあ

早川書房
9032

目次

異端の聖女に捧げる鎮魂歌

登場人物

ジャン＝ジャック・ルイ・ド・ボーフランシュ：フランス陸軍大尉。パリ王立士官学校教官

パンティエーヴル公妃マリー＝アメリー：ナポリ出身の王族で国王ルイ十六世の従妹。王妃の元総女官長で王子と王女の教育係。未亡人

ジョルジュ・ランベール：パリ警察捜査官。ボーフランシュ大尉の友人

ラージュ伯爵夫人：パンティエーヴル公妃の女官

ルイ＝シャルル＝マルタン・サンソン：トゥールとオーセールの処刑執行人。シャルル＝アンリ・サンソンの弟

ブルワー嬢：パンティエーヴル公妃の侍女。イギリス人

エリザベート：ノートル＝ダム女子修道院副院長
オランプ：修道女。娘達の監督官
オディル：修道女。オルガン奏者。盲目
ドロテ：修道女。薬局と薬草園を管轄
アデライード：ノートル＝ダム女子修道院長。フランス王家所縁《ゆかり》の女性
マルグリット：修練中の娘
アニェス：修練中の娘
カトリーヌ：貴族の娘
アガット：貴族の娘
リュシー：貴族の娘
ギョーム：ノートル＝ダム女子修道院の下働き
ベルナール・ギベール：聖マルタン大聖堂主任司祭
アルマン・ド・ボーテルヌ：聖マルタン大聖堂司祭
グレゴワール：聖マルタン修道院修道士
ジル：聖マルタン修道院見習い修道士

クロティルド：異端で十年前に火刑にされた娘
ジョルジェット：占い師
クロティルド：アンジュー女伯爵。カトリック
リシャール：ユグノー（プロテスタント）の騎士

プロローグ

一五六〇年三月中旬

アンジュー伯爵領内の森の教会
フランス

領内の森にある小さな教会。

繊細な細工の尖塔。正面ファサードからは狩猟の守護聖人である聖テュベールの像が見下ろし、教会内部では祭壇の前に跪《ひざまず》き、祈りを捧げるアンジュー女伯爵クロティルドの姿があった。

ブルネットの長い髪は結われず背中を覆っている。瞳と同じ緑のローブは、袖口と胸元にだけ繊細なレースがあしらわれた簡素なものだが、それがかえって彼女の可憐な容姿を引き立てていた。

その為だろうか。灯《あか》りを抑えた聖堂内にあっても、クロティルドの周りだけは光輪のような輝きが満ちていた。

「クロティルド！」

聖堂に駆け込んできた黒い甲冑《かっちゅう》姿の騎士。その聞き慣れた声に、クロティルドは振り返った。

「リシャール！」

立ち上がったクロティルドは、ローブを両手の指先で摘《つま》み、騎士の元へと駆けた。

抱擁を交わす二人。共に行こうと騎士の褐色の瞳は告げている。

クロティルドは大きく頷いた。

教会の扉を開けると、容赦ない寒風が二人を煽《あお》る。三月半ばといえ、外は極寒で吐く息も白く凍えそうだ。豪華な毛皮の長衣も代々伝わる宝石も全て置いてきた。リシャールさえ隣にいてくれれば、他には何もいらないと。

「馬を繋いでいる。走るんだ」

クロティルドは大きく頷くと、ローブの裾を上げて駆けだした。陽が射さない森の奥は、地面も硬く凍り付き、春の息吹は窺えない。だが、一刻も早くここから立ち去らねばと二人は先を急いだ。

微かな馬の嘶《いなな》きが耳元を掠め、もうすぐだと励まし合う二人であったが、金属がぶつかり合う規則的な音に加えて、地面を踏みしめる音が徐々に近付き、迫ってくる。

「そこまでだ」

いつの間にかカトリック側の手勢に取り囲まれていた。

「ギーズ公爵……」

ギーズ公爵と呼ばれ、一際毛並みの麗しい馬に跨《また》がった、左頬に大きな刀傷のある男は、嘆きの表情を浮かべてわざとらしく頭を振っている。

「ご乱心あそばされたのか。まさかフランス王弟の婚約者たるアンジュー女伯爵クロティルド殿が、ユグノーの騎士と通じていたとは」

クロティルドは一歩前に踏み出し、ギーズ公爵と対峙した。

「そこを通して下さい。アンジュー家の家督も領地も全てお譲りしますから」

十代の娘でありながら、フランス王国の重鎮にも引けを取らない気迫に、ギーズ家の家臣らは狼狽《うろた》えたが、ギーズ公爵は容赦なかった。

「女伯は丁重に扱え。男は連れて行け」

二人は捕らえられて、引き離された。

すれ違い様、ギーズ公爵は捕縛されたリシャールに告げた。

「首謀者のラ・ルノーディは既に仕留めた。蜂起したユグノーは壊滅状態だ。残念だったな」

リシャールは鋭い眼差しを馬上のギーズ公爵に向けると、腕を摑んでいた私兵らを振り払い、素手で公爵に飛び掛かろうとした。

だがギーズ公爵は手綱を引き、馬の鼻面をリシャールへ向けると同時に彼の顔を蹴り上げた。

「リシャール！」

クロティルドは彼のそばへ駆け寄ろうとするが、ギース公爵の私兵に阻まれて身動き一つ出来ない。不吉な予感が脳裏を過《よぎ》った。二人は二度と生きて会えないのではと。

船に乗って「アヴァロンの国」の島へ向かおう。必ず迎えに行くから待っていてくれと、振り返ったリシャールの唇は確かにそう呟いていた。

クロティルドの視界が涙で曇っていく。

私たち二人は、はしばみの木に絡む「すいかずら」だと。すいかずらがまつわりついて、はしばみの幹のまわりを伝えば、ともに生きながらえるだろうが、もし二つを引き離すのであれば、はしばみはすぐに枯れはて、すいかずら、すなわち私たちも同様の運命をたどるだろうと。

領内の森は、地獄絵さながらだった。幽閉先へと移送されるクロティルドは、恐怖に震えた。死体から漏れる鮮血が、目を覆っても瞼《まぶた》の中まで注ぎ込み拭えない。耳を塞いでも、人々の叫びと断末魔の悲鳴が響き続ける。

「アンボワーズの虐殺」と呼ばれる、血で血を洗う宗教戦争の序章であった。

〇日目

1. 一七八三年十月中旬

ロワール川沿いの街道

フランス王国中部を流れ、大西洋に注ぐフランス最長のロワール川の中流域には、ルネサンス期に建てられた城が点在している。

ブロワ城、シャンボール城、シュノンソー城館やアンボワーズ城をはじめとするフランス王家にゆかりある城やロワール川の支流に点在する城を合わせ、この地方は「フランスの庭」と言われていた。

豊穣の季節を迎えた十月のある日、ロワール川の流れに沿うように、大型ベルリン馬車が街道筋を軽快に飛ばしていた。王都パリの大通りでは珍しくもない光景ではあるが、このロワール川を有するマロニエ並木の細い道ではかなり目立つ存在であった。

馬車の中には、暇を持て余した二人の貴婦人と一人の軍人が居た。軍人は退屈凌《しの》ぎにと書物を数冊持ち込んでいたが、女性二人の姦《かしま》しい会話と笑い声に気を取られて集中出来ず、仕方なくカードゲームに興じてはみたものの、苦戦を強いられた上の惨敗続きで、こちらも早々に離脱を決めた。

「それで、わざわざ俺たちが赴く必要があるのか？」

パリ王立士官学校の教官で、フランス陸軍将校のボーフランシュ大尉ジャン＝ジャックは、降参だとツキに見放されたカードを放り投げた。

上背のある細身の体軀は鍛えられ、着古した軍服がすっかり肌に馴染んでいる。無造作に纏《まと》められた褐色の髪と深く濃い青い瞳は、彼の整った顔立ちを一層際立たせているが、戦場で受けた顔の傷跡が、威圧感と共に近寄り難い印象を与えていた。

「修道院長直々に助けを求めてこられたのよ。私達が行かずに誰が行くの？」

見事な装飾と刺繡《ししゅう》が施された扇で欠伸《あくび》を隠しながら、パンティエーヴル公妃マリー＝アメリーが答えた。

肌理《きめ》細かな白い肌に映える淡い水色の瞳と柔らかな金髪の公妃は、ジャン＝バティスト・グルーズが描く天使のようだと謳われている。

全ては一か月前に送られてきた手紙から始まった。

今から一行が乗り込む「ノートル＝ダム女子修道院」の院長からマリー＝アメリーに手

紙が送られた。詳細は控えてあったが、窮状を訴える、そのただならぬ文面に事件のにおいを嗅ぎ取ったのだ。

「以前にも言ったが、だからといって、王族のあんた自身が赴く必要があるのか？」

マリー＝アメリーはナポリ出身で、実兄はナポリ＝シチリア国王で父はスペイン国王だ。十数年前に太陽王ルイ十四世の曾孫にあたるパンティエーヴル公に嫁いだが、夫は婚姻後一年足らずで他界したために、わずか十五歳で未亡人になった。現フランス国王ルイ十六世とは母親同士が姉妹にあたる従兄妹で、義父のランブイエ公爵はフランス一、二を争う資産家だ。

「だからお守り役のあなたの助けを必要としているのよ。それに今回は私達の身元は隠して、とある貴族の未亡人とその侍女が修道の誓いをする設定なのだから、そのつもりでいてね」

やれやれとジャン＝ジャックはわざとらしく大きなため息をついた。

いつもの如く、無理難題を押し付けるマリー＝アメリーに対してではなく、「お守り役」の継続を宣言してしまった一年前の自分に対してだ。

憤然とした面持ちのまま、ジャン＝ジャックは車窓へと視線を移す。馬車の外には、ロワール川が雄大な流れを湛《たた》えている。

その視線を追うように、マリー＝アメリーも窓外に広がるロワール川の流れに目を細めた。

「セーヌとは、また違った趣があって良いわね」

「そうだな」

どうにか意見が一致したのを合図に、マリー＝アメリーは切り出した。

「ご存じでしょうけれど、アンボワーズ城を拠点としたこの一帯は、今秋から義父ランブイエ公爵の領地になったの」

「ああ。その話は国王陛下から直接伺った」

国王ルイ十六世は、代々王家に受け継がれてきた「狩り」を大変好み、マリー＝アメリーの義父であるランブイエ公爵の所領、ランブイエの森での狩りを殊《こと》の外《ほか》気に入っている。

ランブイエ城を囲む森には湖が広がり、多くの獲物が生息している。鹿を追い込むのに適した池もあるし、何よりヴェルサイユからも近いという好条件から、国王は前々からこの地を手に入れたいと望んでいた。

「お義父様は陛下のご希望を察して、ランブイエと王領のアンボワーズ、シャントルーとの交換を承諾されたの」

ジャン＝ジャックも国王のお伴や時にはランブイエ公爵の客人として、何度もランブイエの森での狩りには同伴していた。不思議なことだが、戦場で敵兵に向けての発砲は厭《いと》わぬ身でありながら、逃げ惑う獲物に致命傷を与える度に良心の呵責《かしやく》に苛《さいな》まれる。

「陛下はとても喜んでおられたが、俺としては、少々寂しい気もするな」

「ええ、そうね……」

常に憎まれ口を叩くこの男でも感傷的になるのかと訝《いぶか》しんだのか、首を傾《かし》げたマリー＝アメリーであったが、思い当たる節に行き当たったのだろう。

一年前、一七八二年。

ヴェルサイユ宮殿に設けられたマリー＝アメリーのアパルトマンで起きたブルジョワジー殺害事件。その事件の裏に隠された凄惨で哀しすぎる真実。子どもたちをはじめとする罪もないたくさんの命が失われた。

ランブイエ城には、逝ってしまったジャン＝ジャックのかつての教え子、ル・ブラン少尉ことセルナンや友らの想い出が残っている。共に熱気球の初飛行を眺め、軌跡を追い、当代一のカストラートであるリッカルド・カヴァレッティの最後の歌声に涙した地でもあった。

同じ想いに苛まれていたのか、暫《しば》し憂いを帯びた視線を絡ませた二人は、どちらともなく逸らし、再びロワール川の流れへと向けていた。穏やかな水面は、オレンジ色に輝く夕陽を浴びて煌《きら》めいている。

「でも、今生《こんじょう》の別れでは無いし、寧《むし》ろ国王陛下の狩りのお伴が増えて、ランブイエ城内に個室を賜るかもよ」

車内の空気を和ませようとしたのか、マリー＝アメリーが朗らかに言った。

ヴェルサイユ宮殿の殺人事件を解決した褒美として、ジャン＝ジャックは、現在、国王ルイ十六世から宮廷への参内を許されていた。だが、近衛隊への配属と昇進を丁重に辞退していたので、階級は相変わらず尉官のままで爵位も無い。

出世にも金にも執着しない彼の無欲さ、飾り気の無さは、国王に大変好ましい印象を与えた。以来、公式行事以外の場でも参内する機会が増えていた。

「よしてくれ。ヴェルサイユへの伺候が増えてからというもの、ただでさえ授業が遅れがちで困っているんだ」

ジャン＝ジャックが望めば、国王は筆頭従者の位程度ならその場で与えていただろう。だが、彼はあくまで本業は軍人であり、王立士官学校の教官だと自負している。

特に王妃の寵愛を笠に、一族郎党に高額な俸給を伴う宮廷官職を強請《ねだ》るポリニャック公爵夫人に辟易《へきえき》していた国王には、かえって好感を生む結果につながった。今ではお気に入りの側近の一人だ。

「あなたのような方が、陛下のおそばに付いて下さっていて、義父はとても喜んでいるのよ。当然、私もだけれど」

マリー＝アメリーは扇を軽やかに動かしながら、笑みを返した。レースを三重に重ねた袖口《アンガジャント》の飾りがふわりと揺れると同時に、馬車の中は咲き誇る薔薇のような高雅な香りが漂った。

半ば隠居状態であったマリー＝アメリーの義父ランブイエ公爵も、ボーフランシュ大尉ジャン＝ジャックの人柄を大層気に入り、料理人のジャンヌ共々館や城への来訪を心待ちにしている。

今回の調査も、ジャン＝ジャックがマリー＝アメリーの「お守り役兼護衛」を引き受けるとの条件で、公爵を渋々納得させていた。

「あんたこそ、やっとポリニャック一族から王妃を引き離せたのに、そばを離れて大丈夫なのか？」

かつて宮廷の勢力争いに負けたマリー＝アメリーであったが、再び王妃との友情を築き、宮廷に返り咲いていた。

「ええ、宮廷官職のおねだりにも毅然と断る態度を示されているし、安心よ」

一時はポリニャック一族を遠ざけた王妃であったが、ガブリエル・ド・ポリニャック公爵夫人の懇願には負けたのか、王妃付き女官としての地位は保持させたままであった。

「俺が言いたいのは、アメリカ独立戦争帰りのあいつのことだ。スウェーデン貴族の……」

「フェルセン伯爵？　彼なら心配無用よ。王后陛下の信頼も厚いし、私が不在の期間も立派な騎士役をはたしてくれるわよ」

立派な騎士役……。だから余計に心配なのだと小声で呟きながら、ジャン＝ジャックは軽くこめかみを押さえた。ラージュ伯爵夫人は、同情めいた視線を彼に向けているが、年齢の割に男女の機微に疎《うと》いマリー＝アメリーには伝わらないようだ。

ハンス・アクセル・フォン・フェルセン伯爵はスウェーデン出身で、父親のフレドリク・アクセル・フォン・フェルセンは、スウェーデンの大元帥かつ国の要職に就いており、スウェーデン国王グスタフ三世の信頼も厚い。

十代後半はヨーロッパの各地を遊学し、フランスの地を踏んだのは十八歳の時であった。

王妃との出会いは、パリ・オペラ座の仮面舞踏会だ。

まだ王太子妃だったマリー＝アントワネットと北欧神話を彷彿とさせる白皙《はくせき》の貴公子が踊る姿は、まるで夢物語のように幻想的であったとマリー＝アメリーは無邪気に語った。

単純に夢物語で終わる話であれば良い。フェルセン伯爵は、媚び諂《へつら》う気取ったフランス宮廷人とはほど遠いが、長い別離を経て再会した二人、特に王妃は、フェルセン伯爵への溢れ出る情熱を周囲に隠そうともしていない。

マリー＝アメリー同様、政略結婚でフランスに嫁した王妃にとって、おそらく人生で初めての、高揚感を抑えきれない相手なのであろう。

独立戦争帰りのフェルセン伯爵は、幾分陽に焼けた端整な面持ちに、髪は明るさを増し、長身で洗練された身のこなしに加えて、戦場帰りで逞しくなった体軀を軍服に包み、否《いや》が応でも人目をひいた。

ジャン＝ジャックの心配を余所《よそ》に、三人を乗せた馬車は、馬の嘶きと同時にアンボワーズ城に到着した。

「ここから目的地までは、船での移動になりますが、今宵はこのアンボワーズ城でお休み頂いて、明日乗船します」

マリー＝アメリーがフランスへ嫁いだ頃から女官を務めるラージュ伯爵夫人が、数百年前からこの地を守護する城を仰ぎ見て、その堅牢な姿を指し示した。

2.

アンボワーズ城

アンボワーズ城は、町を見下ろす小高い岩盤上に建造されており、ガリア＝ローマ時代から構築が始められた数多くの要塞を継承するものであり、後に国王シャルル七世に没収されるまで、アンボワーズ伯爵家の支配下に置かれていた。

城は、国王ルイ十一世とアンボワーズ生まれのシャルル八世によって拡張と美化が続けられ、十五世紀には黄金期を迎えた。

三人を乗せた馬車は跳ね橋を渡り、城門をくぐると、ミニームの塔と呼ばれる巨大な円塔の長い螺旋《らせん》状の傾斜通路を上っていった。この円塔は、馬車や馬に乗ったまま上ることが出来、補給物資を城のテラスまで容易に搬入出来るという利点を備えていた。

長い傾斜通路を抜けると、ロワール川を見下ろす広々としたテラスに通じている。馬車からテラスへ降り立ったジャン＝ジャックは、ゆるやかに流れるロワール川が貫く緑豊かな光景に歓声を上げた。

彼の隣に佇《たたず》むマリー＝アメリーの顔にも、自然と笑みがこぼれた。

「この辺りは浅瀬なのね」

「それがここに城塞が築かれた理由の一つだろう。兵が徒歩で川を渡れる地形だ」

加えて、アンボワーズでは、非常に早い時期にロワール川に橋が架けられて、商品の輸送にもとづく巨大な利益を町に齎《もたら》してもいた。

納得したのかマリー＝アメリーは大きく頷きながら、テラスから見える幾つかの建物を扇で指し示した。彼女の扇の先には、サン＝ドニ教会の姿が浮かび上がり、東南の方角にはレオナルド・ダ・ヴィンチが晩年を過ごしたクロ＝リュセの館が見える。

「あのクロ＝リュセの館には、レオナルド・ダ・ヴィンチの遺物が残っているそうよ」

途端に、ジャン＝ジャックは少年のように目を輝かせた。

予想通りの反応だと、マリー＝アメリーは声を立てて笑った。

クロ＝リュセの館は、一四九〇年にシャルル八世が入手した煉瓦造りの館で、その後フランソワ一世がアンボワーズに招いたレオナルド・ダ・ヴィンチを住まわせた。彼は亡くなるまでの日々をこの館で過ごした。

「このアンボワーズ城には、クロ＝リュセの館と繋がる地下通路まであるそうよ。フランソワ一世がレオナルド・ダ・ヴィンチの元へお忍びで行き来出来るように作らせたらしいわ」

画家、詩人、彫刻家、建築家、技師と多彩な才能の持ち主であったレオナルド・ダ・ヴィンチは、フランソワ一世から父のように慕われ、クロ＝リュセの館の地階には彼の発明品が残されているという。

「軍事品の試作品もあるらしいな」

「ええ。私も未見だから、後日ご一緒しましょう」

その言葉を合図に、二人はテラスの階段を下り城内へと向かった。

まだ埃臭さの残る城内に足を踏み入れると、途端に中世の時代へと誘われたような、そんな幻想に囚われた。ヴェルサイユ宮殿の黄金を基調とした豪華絢爛《けんらん》な装飾や調度品よりも重厚で、古色蒼然たる佇いだ。

ジャン＝ジャックが歩みを止めたのは、飾られた数体の甲冑の前だった。

かつての城主たちや家臣が身に着けたであろう鋼《はがね》の甲冑は、回廊に飾られた絵画と共に長い時を経てその輝きを鈍色《にびいろ》に変えていた。

「昔の奴らはこんな装備で戦っていたなんて、つくづく生まれる時代を間違えないで良かったよ」

中世の騎士らが纏った甲冑を軽く指で弾きながら、それでも武人の血が騒ぐのか、ジャン＝ジャックは、かの時代に想いを馳せて饒舌《じょうぜつ》に語った。

「この甲冑はおそらく百年戦争初期のものだ」

「なぜ分かるの？」

「この時代、それまでの鎖帷子《くさりかたびら》に代わって新式の板金鎧《ばんきんよろい》が登場するんだが、初期の頃は磨き処理をされていなかったから、こんな色なんだ」

ジャン＝ジャックが指で胸部を弾いた甲冑は、確かに鈍い黒色を帯びている。

「百年戦争初期の頃なら、ルイ十一世かシャルル八世の甲冑ではなさそうね」

興味をそそられたのか、マリー＝アメリーも記憶を手繰《たぐ》り寄せるように答えた。

「私は寧ろ、なぜこの時代に生まれなかったのかと恨めしいくらいだわ。衣裳のデザインも私好みよ」

マリー＝アメリーが示した肖像画の女性は、シュルコー・トゥヴェールと呼ばれる白貂《しろてん》の毛皮付きサーコートの下に、凝った柄のローヴを着用し、ローヴの腰を締めるサッシュには見事な刺繍が施されている。宝石や真珠を鏤《ちりば》めたクレスピン（メッシュのヘア・ドレス）から、王妃か王女、もしくはかなり高貴な身分だと窺えた。

「王族や大貴族に生まれているとは限らないだろう。農民や貧民ならこの時代、黒死病《ペスト》や飢饉で餓死していたかもしれないし」

「どの時代も、王族や大貴族が命の危険に晒《さら》されていないとは言えないでしょう？　このアンボワーズ城にも血腥《ちなまぐさ》い歴史が多々残っているわ」

「公妃様、ボーフランシュ大尉」

その声に振り返ると、公妃の女官ラージュ伯爵夫人が、部屋の準備が整ったと告げた。

二人は伯爵夫人の後に続く。

回廊に残る黴《かび》臭さを紛らすためか、忙《せわ》しなく扇を動かしながらマリー＝アメリーは言った。

「以前の所有者だったショワズール公爵亡き後、廃墟も同然だったから、まだまだ手を入れる必要はあるけれど、寝泊まり出来るくらいには整えておいたわ」

ヴェルサイユ宮殿の黄金に彩られた煌びやかな装飾や煌々と輝くシャンデリアの灯りとは一線を画すような重厚な燭台と暗褐色を帯びた床を踏みしめながら、かつてこの城に息づいた先人たちに想いを馳せる二人であった。

＊

二人だけの晩餐だからと、敢えて祝宴が開かれた会議の間ではなく、サロンへテーブルと椅子を運ばせた。クルミ材の柱脚付きの重厚なテーブルと背凭《もた》れに葉状ろくろ細工やメダリオンが装飾された椅子は、フランソワ一世の時代の後期のものだ。

重苦しくなりそうな室内の壁一面には、「千花模様《ミル・フルール》」と呼ばれる一角獣やら貴婦人やら咲き乱れる花々を織り込んだ、連作タペストリーが飾られ、他の壁の縞模様の赤い布は、最近張り替えられたばかりだった。

「ジャンヌを連れてくるべきだったわ」

そう言って、先に降参したのはマリー＝アメリーだった。口元をナプキンでそっと押さえると、うんざりしたような眼差しでテーブルに乗せられた晩餐を全て下げるよう、給仕らに指示した。

前線での食糧事情に慣れているジャン＝ジャックでさえも、泥臭さが残る魚料理やソースの味で台無しになった肉料理に辟易して、ワインの杯ばかり進んでいた。

腕に自信がある地元の料理人らが急遽招集されたそうだが、王族の晩餐は洒落た料理でないと失礼にあたると思ったのだろう。それが裏目に出てしまい、使い慣れない食材や作り慣れない上品なソースは、散々な結果を生んでしまっていた。

「やはり、寄せ集めの料理人では駄目ね。あのラードがたっぷり浮いたソースときたら、胸焼けがしてきたわ」

ジャンヌは公爵家お抱えの元菓子職人兼料理人で、素朴な家庭料理を得意としてマリー＝アメリーのみならず、義父のランブイエ公爵の信頼も厚い。

またジャンヌ自身も公爵家にかつて出入りしていた洒落者の男性たちよりも、無骨なジャン＝ジャックを大層気に入っており、あれこれ拵《こしら》えては甲斐甲斐しく面倒を見ていた。

「仕方ないさ。長い期間廃墟同然だったアンボワーズ城が、突然王族の所有になるなんて誰も思っていなかっただろうし」

そう言いつつも、小洒落た料理よりも、地元で取れたジビエの丸焼きに、季節のキノコのソテーを添えただけでも十分であったのに、彼らの空回りした努力が残念でならない。

給仕らへの指示が終わると、ラージュ伯爵夫人に介添えされて、マリー＝アメリーがフランソワ一世様式のクルミ材の椅子から立ち上がった。

今夜のマリー＝アメリーは、一段と艶《あで》やかだ。

準礼服に着替えたジャン＝ジャックに合わせて、袖口にアランソン産の繊細なニードル・レースがあしらわれた赤と茶の縞模様のローブ・ア・ラ・ポロネーズを纏い、大粒の真珠のアクセサリーが白い肌に良く映えている。

「大尉、テラスに場所を移すわよ。ロワール川を眺めながら飲み直しましょう」

ジャン＝ジャックに異存は無かった。グラスのワインを一気に飲み干すと、椅子から立ち上がった。

3.

再び二人は、中世の面影が残る回廊を通り、テラスへと向かった。

かつてこのアンボワーズ城にはフランス宮廷が置かれ、栄華を誇った時代には、中庭に等間隔で篝火《かがりび》が灯され、夏の間には多くの客が招かれ、ロワール川を眺めながら、演奏者たちがかき鳴らすリュートの調べに乗って、華やかな宴を楽しんでいたのだろう。

珍しく夢想していたジャン＝ジャックの耳には、本物のリュートの調べが響き、目前には、見慣れた一人の女性の姿があった。

「ブルワー嬢じゃないか！　久しく会っていなかったが変わりないか」

テラスに向かったジャン＝ジャックらを出迎えたのは、マリー＝アメリーの侍女ブルワー嬢であった。

ブルワー嬢は、女主人と客人に宮廷式のお辞儀で深々と頭を垂れていたが、顔を上げると同時に眼を丸くした。

「ボーフランシュ大尉もお変わりなく、と申し上げたいところですが……」

ブルワー嬢の視線は、準礼服に着替えてこざっぱりとしたジャン＝ジャックに向けられている。

かつてはパリの汚泥に塗《まみ》れたまま公妃の館を訪れ、軍服の汚れや綻《ほころ》びも気にせずに放置したジャン＝ジャックであったが、宮廷に出仕するのだから、最低限のマナーは心得ていないと国王陛下に恥をかかせてしまうとマリー＝アメリーに散々説かれて、最近ようやく身綺麗にするようになった。当然、嫌々だが。

「外見はあてにならないわよ。中身は相変わらずだし」

日頃のお返しとばかり、マリー＝アメリーは皮肉をたっぷり込めてジャン＝ジャックを見あげている。

珍しく彼女と絡めた腕を、ジャン＝ジャックは勢いを付けて振り解《ほど》いた。

「あんたが国王陛下に恥をかかせるなと言うから、仕方なく誂《あつら》えたんだ。大嫌いな鬘《かつら》だって新調したし」

「似合わないとは言っていないわ。ローズ・ベルタン嬢が紹介した親方も、上背《うわぜい》があって鍛えているから仕立て甲斐があると絶賛していたそうよ」

「この袖口のレースなんて、邪魔にしかならないから要らないと言ったのに、あの親方一歩も譲らなかったんだ」

「最新モードをおまけして貰えたのだから、我慢なさい」

そんな二人のやり取りを、ブルワー嬢は微笑ましそうに見守っている。

近侍らが急ごしらえした小さなテーブルの上にフロマージュや果物を置くと、早速、ロワール産のワインが開けられた。

並々と白ワインが注がれたグラスを、二人は掲げた。

「料理は散々だったが、ワインの味は上々だな」一口含んだジャン＝ジャックは、満足そうに目を細めた。

「聖マルタンに守護されているからかしら。ご存じ？ ブルゴーニュやボルドーでは、葡萄の守護聖人は聖ヴァンサンだけれど、ロワール周辺の守護聖人は聖マルタンだそうよ」

「葡萄の不作の年に、マルムティエ修道院の水をワインに代えたという伝説からだろう。子どもの頃に聖人列伝を聞いて、嘘だ！ と叫んで散々叱られたよ」

「あなたらしいエピソードね」マリー＝アメリーは、扇を口元に添えて軽やかな声で笑っている。

一礼して、去り行くブルワー嬢の背を見送りながら、マリー＝アメリーは囁いた。

「ブルワー嬢は、私達が修道院へ赴く時は同行させずに、このアンボワーズ城の改修工事に立ち会って貰うのよ」

本来、公妃の身分であれば、もっと大勢の女官や侍女を引き連れていても不思議ではない。侍女のブルワー嬢が単独でアンボワーズに残るなど、異例だと言えるだろう。

「彼女は英国国教会の信徒だから、カトリック教会のミサに出席させるのは憚《はばか》られるし、それに、一年前の事件は、ブルワー嬢の中ではまだ気持ちの整理が出来ていないのよ」

ル・ブラン少尉ことセルナン・ブノワの死は、ジャン＝ジャックばかりでなく、ブルワー嬢の裡にも消えない傷となって残っていた。英国に住む彼女の両親は、無理にでも縁談を進めようとしたが、ブルワー嬢は頑《かたく》なに拒否した。だが、パリやヴェルサイユには、あちらこちらにセルナンの面影が見え隠れして、未だに彼との想い出を払拭出来ずにいた。

そこで、暫くパリを離れてこのアンボワーズの地で、城の改装工事に付き合わせようとなった次第であった。

それは、ジャン＝ジャックも同様であった。

一年前の事件解決後、パンティエーヴル公妃とボーフランシュ大尉の名は、ヴェルサイユやパリ中を駆け巡り、二人は一躍時の人となった。

『ヴェルサイユ宮殿で発生した殺人事件と少年聖歌隊員誘拐殺人事件の全貌、およびこの事件を解決に導いたパンティエーヴル公妃とボーフランシュ大尉の名推理の記録』と題された、新聞記事と書き手の空想が半々の小冊子が無許可で出回った。

木版画の表紙絵もかなりいい加減な出来で、その拙劣ぶりに、ジャン＝ジャックの悪友ランベールは、腹を抱えて笑い続けた。

同時期にラクロの『危険な関係』が上梓された関係で、何かと比較されがちだ。あちらが不道徳な貴族社会や退廃ぶりを辛辣《しんらつ》に綴っていて、ヴェルサイユでは批判的な評価をされたのに対し、こちらは、ヴェルサイユでは概《おおむ》ね高評価だったが、身分違いの二人の仲を興味津々で深追いする連中には辟易していた。

今回の調査は、始終人目に晒されるヴェルサイユからの逃避が目的でもあった。

「これが問題の女子修道院長からの手紙よ」

ロワール産のワインをゆっくり傾けていたマリー＝アメリーは、近侍がうやうやしく盆に載せて運んで来た封筒を、ジャン＝ジャックに手渡した。

一七八三年九月×日

パンティエーヴル公妃様

マダム
このようなご無礼をどうぞお許し下さい。

過日の殺人事件でのご活躍は、ヴェルサイユから遠く離れました私共の耳にも入っております。

この度、御義父上のランブイエ公爵様におかれましては、今上陛下にランブイエを譲渡並びにアンボワーズをご領地になさるとの旨。

ロワール川の孤島に建つこのノートル＝ダム女子修道院において、目を覆いたくなるような惨劇がおこるのではないかと、わたくしは恐怖に苛まれております。

あなた様のお力を何卒お貸し願えませぬか。

ノートルダム女子修道院長

一通り読み終えたジャン＝ジャックが、便箋を裏返し、月光に照らして見た。特に隠された暗号の類は無さそうだ。

「詳細は一切書かれていない。これじゃあ、何もわからないな」

「例えば、これが単に捜査依頼だったら、私もわざわざロワールまで来ないわ」

「では、何故首を突っ込むんだ」

「曰くつきの女子修道院だからよ」

「曰くつき？」

ジャン＝ジャックの瞳が鋭さを増した。

「ええ……。この女子修道院の院長は、アデライード様と仰せで、フランス王家とも近しい方なの。御年七十歳は超えていらっしゃる筈よ。ただこの数年、参事会にも姿を現さないし、執務に関しては全て副院長が代行しているのよ」

「それで？」

「母体のベネディクト会は、万が一修道院長の生死を隠蔽しているようなら、解散か閉院も視野に入れているの。今後アンボワーズ城や周辺工事が本格化すれば、当然石材も足りなくなってくる」

「まさか、その女子修道院の石材を移転させるつもりじゃないよな」

「そのまさかよ。船に乗せてガロンヌ川から移送するよりもお得だわ」

すっかり呆れ顔のジャン＝ジャックの反応を楽しむように、マリー＝アメリーは扇を優雅に煽り、その陰でクスクス笑っている。

「ご覧になって、大尉」

マリー＝アメリーが扇で指し示す方に視線を向けると、篝火が置かれたロワール川岸が、星々が瞬く夜空を浮かび上がらせている。

「幻想的だな。この城に宮廷が置かれていた時分には、もっとたくさんの篝火が焚かれて、このテラスでも音楽会か舞踏会でもやっていたんだろうな」

「ええ、そう思うわ」

言葉が終わらないうちに、マリー＝アメリーは自身の左手でジャン＝ジャックの右手を取った。

「おい！　何をやっているんだ」

振り解こうとするが、曲はパヴァーヌに変わっていた。打楽器に合わせて軽快なステップを踏むマリー＝アメリーは「あなたには難解だったかしら」と軽やかに笑った。

曲はメヌエットに変わった。

メヌエットは一組の男女によって踊られるダンスで、宮廷舞踏の花形だ。特にフランスでの流行は、ダンス教師や踊り手たちを通して、ヨーロッパ中の宮廷に広がっていった。

踊り手にとっての正面《プレザンス》は国王であり、国王の御前に進み出た男女は、お辞儀《レヴェランス》を行う。マリー＝アメリーは、今は不在の「国王」へとお辞儀し、顔を上げると、パートナーであるジャン＝ジャックにも優雅に膝を折ってお辞儀した。

メヌエットには、他の舞曲にはない、男性リードで踊るパターンがある。その場合、ステップパターンを男性が決めて、あくまで男性主導で踊っていくのだ。

踊りの名手だった亡きセルナンは、惚れ惚れするようなリードで優雅な舞を披露したが、無骨な軍人であるジャン＝ジャックには到底無理だろうと、一人で勝手に最初のステップを踏んだマリー＝アメリーの左手を、ジャン＝ジャックが引き寄せた。呆気に取られていると、いつの間にか彼が描く軌跡上を、軽快なステップで流れるように踊っていた。

ヴェルサイユ宮殿の仮面舞踏会で踊ったセルナンのリードも見事だったが、ジャン＝ジャックは同等かそれ以上だ。

「てっきり踊れないと思っていたわ」

マリー＝アメリーは、長身のパートナーの顔を仰ぎ見た。

「士官学校時代に舞踏の授業で叩き込まれたから、これくらいは踊れる。嫌いなだけだ」

「どうして？　こんなに上手なのに」

「首席で卒業するには、舞踏の単位も必要だった。それだけだ」

「次回の宮廷舞踏会では、エスコート役をお願いするわ」

「冗談じゃない」

咄嗟《とっさ》に顔を顰《しか》めたジャン＝ジャックであったが、結局三曲ほど付き合わせた。

息が上がった二人は、グラスにワインを注ぎ、火照《ほて》った顔を冷やしながら一気に呷《あお》った。

上機嫌のマリー＝アメリーは、テラスを背にして目前に広がる中庭を扇で指し示した。

「この中庭は、かつてグラン・カロワと呼ばれていたそうだけれど、一時期、いえ、ひと月の間はずっと舞台が、その舞台の三方を囲む形で階段状の桟敷席が設置されていたのよ」

「芝居でもやっていたのか？」

「ええ。『アンボワーズの虐殺』と題するユグノーの大処刑劇よ」

ジャン＝ジャックは、口に含んでいたワインを盛大に噴き出した。

グラン・カロワの桟敷席の中央には当時の国王フランソワ二世が、その両隣には王妃メアリー・スチュワートと王太后カトリーヌ・ド・メディシスが陣取り、王弟オルレアン公やコンデ公、ロワール地方の都市から招かれた賓客たちが、桟敷席を埋め尽くした。

裸に胴鎧をつけた覆面の男が、捕らえられたユグノー達の頸を容赦なく斬り落としていく中、ドミニコ会士たちによる改宗を呼び掛ける叫びが、寧ろ呪いの言葉のように延々と繰り返された。

「私達が今立っているテラスには死体が積まれて、ここから隙間が無いほど吊るされた挙句、干物のように風に晒され続け、ロワール川は溢れた死体で川の水が赤く染まったそうよ」

「ランブィエ公爵は、よくランブィエ城を手放す気になったな」

それもこんな血腥い城と交換だとは。

「王族として、少しでも陛下のお役に立ちたい、お慰め出来ればと考えているからよ」

ランブィエ公爵は、王位を虎視眈々と狙う王弟達やシャルトル公爵とは違い、国王にも忠実で高潔な上、とても慈悲深い。

「それにお義父様は、改修工事を楽しんでいらっしゃるのよ。北側のテラスには英国風庭園を、西側塔の上には中国式《シノワズリー》の塔を増築する予定なの」

「なるほどね。その為にも曰く付きの女子修道院の調査は必要なんだな」

マリー＝アメリーは軽く頷き、含み笑いを隠しつつジャン＝ジャックに告げた。

何やら嫌な予感がする。彼女がこういう表情をする時は、ろくでもないことが大半だ。

「あなたは死霊や呪いの類は信じない上に、全く動じないでしょう？」

「勿論だ」

そんなことかと拍子抜けしながら、ジャン＝ジャックは大きく頷いた。

「じゃあ、平気ね」

マリー＝アメリーは扇の陰でわざとらしく耳打ちした。

ジャン＝ジャックに用意されたのは、暗殺されたギーズ公爵が生前使っていた部屋だった。

口を開いたまま、呆然とした眼差しを返す彼の反応が気に入ったのか、マリー＝アメリーは扇を優雅に煽りながら、高らかに笑っている。

いつの間に戻って来たのか、ブルワー嬢が衣擦れの音と共に近づき、何やら公妃に告げている。

「夜も更けたわ。明日は早いし部屋に戻るわね。そうそう、ギーズ公が暗殺されたのは、この城ではなくてブロワ城よ。残念ながら彼の死霊はここには居ないわ。だから安心してお休みなさい、ボーフランシュ大尉」

衣擦れと共にブルワー嬢を従え、去り行くマリー＝アメリーの後ろ姿を忌々しげに見つめ、ジャン＝ジャックはワインの残りを呷った。

＊

寝付けない。寝台の上で何度も体勢を変えたが、かえって目が冴えた。懐中時計を見るが、夜明けにはまだ遠い。寝つきが良く、どこでも眠れる質《たち》でないと軍隊生活は務まらないが——と自負するジャン＝ジャックには珍しいことだ。

上掛けを頭まですっぽりと被り、再度眠りに挑んではみたが息苦しさに降参し、諦めて寝台から抜け出した。寝台脇のコンソール上に置かれたワインの壺を手に、グラスに傾けたが、生憎《あいにく》、飲み干してしまったのか一滴も残ってはいない。

「くそっ！」ぶつけ様が無いやるせなさが、悪態となった。

普段なら諦めて寝てしまうところだが、今夜は眠りの精にも見放されているようだ。寝台の脇に備え付けられた紐を引けば、召使の部屋の呼び鈴を鳴らせると聞いてはいたが、こんな時間に呼ぶのは憚られた。

月明りが差し込む部屋を寝台から眺めると、大貴族ギーズ公爵が生前使用しただけあってか、十分な広さの上に、重厚な家具が置かれている。

壁に肖像画が飾られていないのは幸いだった。さすがに暗殺された貴人に一晩中見つめられていては、夢見が悪くなっただろう。

自室にあれば邪魔にしかならない、年代物の巨大な装飾戸棚の中には、酒瓶の一本も残されてはいない。

仕方なく、ジャン＝ジャックは上着を肩に掛け、右手にワイン壺、左手に手燭を持つと重厚な扉を開けて廊下へと歩を進めた。案の定、人の気配は一切感じられない。勘と乏しい灯りを頼りに厨房へと向かうジャン＝ジャックの鼻腔を、城に染み付いた黴臭さが刺激する。

厨房は、大食堂の丁度真下に位置していたが、ワインの樽はおろか、瓶の一本も見つからない。仕方無く、地下の貯蔵庫へ繋がる扉を探すが、厨房の中にはそれらしい扉は見当たらない。徐々に苛立ちが募り、ここまで来たからにはと半ばやけくそで、廊下に面した一つの扉を蹴り開けた。すると、そこには真っ暗な空間が広がっており、手燭で照らしてみると、地下へ続く石の階段が設けられていた。恐らく、これが地下貯蔵庫へ繋がる階段だろうと、長身のジャン＝ジャックは、身を屈めながら一歩一歩下っていく。

死霊や呪いの類は一切信じないジャン＝ジャックでも、闇に包まれた地下へ降りる際には多少の緊張を伴った。

やはり、一年前の事件がしこりとなっているのだろうか。

郊外にあったブリュネルの小さな館には、厨房の床下に地下へ通じる階段が設けられていた。若い警邏《けいら》が照らすランタンの先には、想像を絶する凄惨な事件現場が待ち構えていたのだ。

目が闇に慣れるにつれて、気のせいか一段下りる度に息苦しさを感じる。次第に両方のこめかみが、押さえつけられたような鈍い痛みを伴ってきた。踵《きびす》を返し、部屋へ戻ろうか。

その時であった。

金属が擦れるような微かな音が徐々に近づいてくるが、金縛りにあったように身体が動かせず、声が出ない。手燭の炎はいつの間にか消えていた。暗闇の中、鎖帷子を着た一人の男の姿が、光に包まれたようにぼんやりと浮かんできた。

男は血に塗れた剣を片手に、ジャン＝ジャックの方へとゆっくりと近づいてくる。

男が近づくにつれて、冷気が肌を隙間なく覆っていくのを感じずにはいられなかった。

「クロティルド……クロティルドはどこだ。無事なのか……。返事をしてくれ……」

必死の抵抗を試みるが、頑丈な鎖に雁字《がんじ》搦《がら》めにされたが如く、腕どころか指先さえも動かせない。

（くそっ！　声が出ない）

鎖帷子の男は、ジャン＝ジャックの前を素通りして、やがて煙のように壁の中へと消えていった。

一五六〇年四月上旬

ロワール川孤島
アンジュー伯爵家城塞

捕らえられたクロティルドは、領内にあるかつての城塞に幽閉された。

ここは周りをロワール川に囲まれた中州にある孤城で、敵の侵入や閉じ込めた貴人の逃亡を防いでいる。

侍女と二人きりで閉じ込められた部屋で、長い昼と夜を、綴れ織りや刺繍、読書で過ごした。暖炉には絶えず火が入れられているおかげで、冷えた石壁で囲まれた部屋でもどうにか凍えずにいられた。

あれから、リシャールはどうなったのだろう。外部からの情報は何も入らず、不安だけが募っていく。手元に置くのを許されたのは、手芸道具と祈禱書、そして一冊の書物のみ。

ヘンリー二世の宮廷で花開いた騎士と貴婦人の恋物語。

クロティルドとリシャールの出会いも、この騎士物語にように雅やかだった。

堪らず、クロティルドは聖堂へと向かうために、見張りの衛兵に告げた。彼女が行き来出来るのは、城塞の二階に設けられた明り取りしかない自室と地階の聖堂だけ。一日に何度も訪れては、愛しい人の無事を祈っているのだ。

衛兵は外側から扉の鍵を開けて、クロティルドと侍女の二人を通した。

昼間でも薄暗い城塞内は、等間隔に掛けられた壁の松明《たいまつ》の光だけが頼りだ。表面が波打った石の階段を下りる彼女の耳に、何やら低い声の男女の会話が聞こえてきた。

クロティルドは、背後を振り向き侍女に目配せすると、堅牢な石壁に身を寄せた。

声の主は、クロティルドの乳母と城代のようだ。

「アンボワーズ城では、今日も朝からユグノーの処刑が行われているのだとか」

「城の中庭には桟敷席まで設けて、国王夫妻にカトリーヌ母后をはじめとする王族や、ロワール川周辺の貴族や招待客で埋め尽くされているらしいですな」

「朝から日没まで、斬首されるユグノーを眺めているなんて、ああ、おぞましい……」

「斬首もですが、首に縄を巻かれてテラスから幕壁に吊るされる輩共は、回転しながら悶え死に、息が詰まって苦しみの余り目玉が飛び出し、その目玉をカラス共が……」

顔を上げた城代が、顔を引き攣《つ》らせて次の言葉に詰まった。彼の視線を追って、何事かと乳母も顔を上げた途端、驚愕の面持ちに変わった。

「ひ、姫様！」

「それは本当なの……」

クロティルドは侍女や乳母らを振り切り、石積みの階段を駆け上がっていった。

幼い頃から何度もこの城塞を探検したから、隠し扉も見張り台に繋がる近道も知っていた。

城塞の見張り台に辿り着いたクロティルドは、眼下に広がるロワール川に言葉を失った。

そこにあるのは、天からの恵みを一身に受けて「フランスの庭」と讃えられたかつての楽園の姿ではなかった。

雪解けで増水したロワール川は血で赤く染まり、腐臭と鉄臭さが立ち昇る中、上流から漂うのは、幾多もの屍体、屍体、屍体。

赤いロワール川に溢れた屍体を狙って無数のカラスが飛び交う絵図は、まるで地獄だ。

「リシャール！」

彼は首を斬られてロワール川を漂う屍《しかばね》なのか。それとも幕壁に吊るされて、目玉をカラスに喰われて干涸《ひから》びた屍なのか。

「嘘よ、嘘だわ。そんなこと絶対に信じない」

約束した。必ず迎えに行くからと。姫君とランヴァルのように、大層美しい島があるアヴァロンの国へ共に向かおうと。

衛兵に両腕を摑まれて、引き摺られて城塞の部屋に戻されるクロティルドは、何度も振り返り、その名を呼び続けた。

一日目

1. ロワール川船上

翌朝、ジャン＝ジャックとマリー＝アメリーは、女官のラージュ伯爵夫人を伴い、アンボワーズ城からほど近い船着き場へと馬車で向かい乗船した。

昨夜の奇妙な出来事は夢だったのか。

目が覚めると、そこは地下へ続く階段ではなく、かつてギーズ公爵が使用したという部屋の寝台だった。だが、身体のあちらこちらが、まるで野営した時のように痛み、ジャン＝ジャックは堪え切れずに肩を回し、大きな伸びを一つした。

「船に乗るなんて何年ぶりかしら」

興奮気味のマリー＝アメリーは、子どものようにはしゃぎながら揺れる連絡船の甲板で、風を全身で受けとめている。

その姿に、ジャン＝ジャックはやれやれと苦笑しながら、両手を広げて首を竦《すく》めた。

ナポリで幼少期を過ごしたマリー＝アメリーは、船体の揺れにもびくともせず、短い船旅を楽しんでいるようだ。湿気を帯びた風が淡い金髪をリズミカルに揺らし、過ぎ去っていく。頬は紅潮し、水色の瞳は水面に反射する陽光を映し煌めいていた。

ラージュ伯爵夫人は、他の客たちと同様に、早くも揺れに酔って操舵室側でぐったりとしている。そのような中、強風に煽られる甲板でも動じないジャン＝ジャックとマリー＝アメリーの姿に、角笛を持つ船員は目を丸くしていた。

「あんたのお転婆ぶりに、船員も驚いているぞ」

ジャン＝ジャックの悪態にもすっかり慣れたとばかりに、澄ました顔でマリー＝アメリーは躱《かわ》した。

「私はナポリ湾を見下ろす王宮育ちだし、泳ぎも得意よ。それに、こうして王宮の女性たちが船旅をすること自体、数世紀前は当たり前の光景だったらしいわ」

珍しく、ジャン＝ジャックがマリー＝アメリーの顔を興味深げに覗き込んだ。

「今では、近場でしか移動は無くなってしまったけれど、フランソワ二世の時代にはパリから南仏まで、おおよそ一年かけての宮廷大移動だったそうよ。大勢の召使はもちろんのこと廷臣や貴婦人たちも連れて船に乗り、頻繁に野営もしていたそうだから」

「それだけ当時の王権が安定していなくて、国内に広める必要があったんだな。ところで……この格好は一体何の真似だ？」

普段の軍服姿から一転、無理やり着させられた平服の一式に、ジャン＝ジャックは大層不満顔だ。

「今から私たちが赴くのは女子修道院よ。神の家に相応《ふさわ》しい身なりでないと失礼にあたるわ」

声を立てて笑うマリー＝アメリーは、普段の豪奢なレースやリボンが飾られたローブとは一転、極力装飾を省いた簡素な装いだ。

「あんたらは良いんだ。俺がこんな格好する必要があるのかと聞いているんだ」

その腹立たし気な表情は、マリー＝アメリーの機嫌の良さに拍車を掛けたようだ。

「私達は今から女子修道院に乗り込むのよ。あなたには私の従者に扮して周辺を探って貰うのだから、当然でしょう」

「旦那方、そろそろ島に近づいてきましたよ」

船員の声に振り返ったジャン＝ジャックとマリー＝アメリーを睥睨《へいげい》するかのように、島の高台に建造された砦《とりで》が姿を見せた。

ノートル＝ダム女子修道院は、アンボワーズとトゥールのほぼ中間に位置するロワール川の小さな島に建つ元城塞だ。かつてこの島の持ち主であったアンジュー伯爵の砦の一つが王領となり、それがベネディクト会に譲られて、女子修道院として生まれ変わった。厳しい戒律の中、少人数の修道女たちが共同生活を営み、その実態はヴェールに包まれている。

徐々に近づいてくるかつての城塞の雄姿を見据えて、ジャン＝ジャックは言った。

「女子修道院と言うよりも堅牢な砦だな。あの天辺の見張り台から今にも矢が雨霰《あめあられ》のように降ってきそうだ」

だが、ジャン＝ジャックの率直な感想に、マリー＝アメリーは大袈裟なため息で応えた。

「あなたってそういう発想しか出来ないのね。もっとこう、厳かな祈りを捧げたい気持ちにならないのかしら。仮にも修道院で育った身でしょう？」

ジャン＝ジャックの父親はオーヴェルニュ地方の小領主だったが、ロスバッハの戦いで亡くなっていた。母親は、夫の死後、幼いジャン＝ジャックをパリの聖ジュヌヴィエーヴ修道院に預けてさっさと再婚してしまった。

「仕方ないだろう。これが軍人の性《さが》だ。俺は、修道院に居た期間よりも軍人をやっている方が長いんだ。それに見ろ」

ジャン＝ジャックが指し示した島は、全体が高い城壁に囲まれている。

「ウェールズにあるエドワード一世が築いたボーマリス城や南ウェールズのケルフィリー城のようだ」

反論しようとしたマリー＝アメリーであったが、王立士官学校の教官だけあって、この方面に関するジャン＝ジャックの見識の深さは伊達ではない。興味をひかれて暫し耳を傾けることにした。

「城は本来、軍事的な防衛施設だったんだ」

「ヴェルサイユやパリ近郊の城館とは随分役割が違ったのね」

「そうだな」

築城の基本原則とは、攻者と防者の間に障害物を置くことである。

「英国王エドワード一世は、北ウェールズ征服の一環として平地にボーマリス城の築城を命じたんだ。海岸線の城とのネットワーク強化のために」

「平地に築城したら周囲を敵に囲まれて不利になるのでは？」

「だから、外郭の周囲に広くて深い水濠をめぐらせて、穴掘り戦術や攻城塔の接近も寄せ付けない設計にしたんだ。だが度重なる遠征で財政難となって計画中止を余儀なくされている」

「そうだったのね」

「ケルフィリー城は、南ウェールズの高台に築かれた上に広大な人工湖に守られて、難攻不落の大城塞と謳われていたんだ」

珍しく続きを促すようなマリー＝アメリーの視線に応え、ジャン＝ジャックは機嫌よく続けた。

「これが修道院で良かったよ。城塞だったなら、ロワール川という自然の大水濠に周囲を守られて、どんな攻撃手段も寄せ付けなかったはずだ」

「ボーマリス城やケルフィリー城を超える難攻不落の城塞に値したのね」

「ああ」

「それだけ無敵だった城塞建築がどうして廃《すた》れていったの？」

「それは……」

マリー＝アメリーの疑問に答えようとしたジャン＝ジャックであったが、島への到着を告げる船頭の大声に掻き消されていった。

船は船舶の出入りのために造られたゲイトハウスの下の船渠《せんきょ》に停められた。

船室で休んでいたラージュ伯爵夫人も口元をハンカチで押さえ、ふらつきながらも姿を見せた。

船に積んでいた荷物を騾《ら》馬《ば》に乗せ換えた三人は、幾重もの門扉で仕切られたゲイトハウスの通路を進んだ。通路を抜けると、岩山の上に高く築かれた堅牢な城塞が漸《ようや》く全容を披露した。

「凄いな……」

築城学を学び、フランス国外の城塞を知るジャン＝ジャックでさえも壮観だと驚嘆した。

この修道院は岩山の頂点に建てられている。長い年月を経て、巨大な岩塊と一体化したようなかつての城塞を目指し、荷物を積んだ騾馬の背に跨がって、三人は草木が生い茂る険しい小径を登っていった。

物珍しさからか、周囲をひっきりなしに見渡し、騾馬に揺られるマリー＝アメリーとは対照的に、船酔いから解放されても新たな揺れに苛まれるラージュ伯爵夫人の顔は蒼白だ。

「ラージュ伯爵夫人、この匂いを嗅ぐんだ。少しは気分も良くなるだろう」

見かねたジャン＝ジャックは、長衣のポッシュから小さな布袋を取り出し、伯爵夫人へ手渡した。

「乗り慣れない船や騾馬の背で、平衡感覚がいかれたんだな。こういうときは青林檎を食べるか、パセリの匂いを嗅ぐと苦痛が和らぐんだ」

布袋には乾燥させたパセリが入っていて、掌で軽く揉むと清々《すがすが》しい香りが辺りに広がった。次第に伯爵夫人の表情は和らぎ、赤味を取り戻していった。

「聖ジュヌヴィエーヴ修道院にいる頃、神学の勉強は大嫌いだったから、いつも抜け出して図書館や薬局に逃げ込んでいたんだ。薬草園担当の修道士にはとても可愛がってもらって、時々薬局の手伝いもしていたから薬草に関する多少の知識はある」

「やはりあなたを連れて来て正解だったわ」

感嘆の眼差しを向けるマリー＝アメリーだったが、ジャン＝ジャックは迷惑そうに顔を顰めた。

2.

ロワール川の孤島
ノートル＝ダム女子修道院

麓《ふもと》から半時は歩いただろうか。

漸くたどり着いた山門は、三方を胸壁に護られており、見上げると、城塞の名残である頑健な落とし扉も備わっている。

三人の到着を待ち構えていたのか、徒歩門《かちもん》と呼ばれる小さな扉から丸顔の修道女が姿を見せ、山門が開かれた。

「ようこそ、ノートル＝ダム女子修道院へ」修道女はオランプと名乗り、太陽のような笑顔で出迎えた。

全開の山門から飛び込んで来た光景は、数百年の時を巻き戻したかのような、静謐な世界が広がっていた。

並木道は修道院の付属の教会へと通じているという。右手には菜園が広がっていて、ハーブと季節の花々の香が鼻孔を擽《くすぐ》った。さらに奥からは家畜の鳴き声が聞こえている。

「長閑《のどか》な場所でしょう？　パリからいらした方には物足りないでしょうが、直に慣れますよ」

三人が乗って来た騾馬を家畜小舎に繋ぎに行くという修道女オランプに別れを告げて、回廊を経た三人は二階にある参事室へと向かった。

石造りの壁には、綴れ織りのタペストリーといった飾り気は排されていて、イエス・キリストの磔刑像《たっけいぞう》のみが飾られ、静謐さの中に重厚さも纏っている。

副院長と名乗る修道女エリザベートは、庶務机から立ち上がるとにこやかな笑顔で出迎えた。黒いヴェールの下は白い頭巾に覆われていて、髪の色は分からないが、ヘーゼル色の瞳が映える白い肌の持ち主だ。年は四十歳位だろうか。落ち着いた佇まいはもっと年長にも感じさせた。

「生憎《あいにく》院長は病で臥せっておりますが、書状は拝読しました。ゴンドラン侯爵夫人マリー様。こちらにしばらく滞在されて、いずれ修道の誓いを立てたいと申されるのですね」

呆れたような眼差しを向けるジャン＝ジャックを尻目に、マリー＝アメリーは「ええ！」と誇らしげに答えた。

フランス国王に連なる王族の女性が、いきなり乗り込んだところで、皆何事かと戦慄して口を噤《つぐ》み調査など不可能だろう。だから、あえて身分は隠し、身軽な立場に偽る選択をしたのだ。

「お連れの方は……」

「侍女のべ、ベアトリスと申します」

ラージュ伯爵夫人も慌てて頭を垂れた。

「今日からあなた方は、清貧・貞潔・従順の会則を守り修行に入ります。修道女となるかは見習い期間を終えた後にお決め下さい。お二人とも躊躇はございませんか？　洗足カルメル会ほどではございませんが、この修道院でも苦行や辛い労働にも耐えねばなりませんよ」

「ええ、俗世には一切未練はございません。夫に先立たれて十年になりますし、残りの人生は神への祈りに捧げたいと常々願っておりました」

俗世に未練が無いとは、どの口が言うのかと、ジャン＝ジャックは冷たい視線を向けている。先月もローブを作り過ぎてしまい、ローズ・ベルタンへの支払いを義父ランブイエ公爵に立て替えて貰っていたからだろう。

「ご立派な心掛けでいらっしゃいます。神もあなたを祝福なさいますよ。ただ……」

眉根を寄せた副院長の視線は、ジャン＝ジャックに注がれた。

「ここは女子修道院です。聖職者以外の男子禁制です。連れの方にはお引き取り願います」

それ見たことかと、ジャン＝ジャックは勝ち誇ったような眼差しを向けてきた。その仕草が癪に障り、マリー＝アメリーは抵抗を試みた。

「この者は生家から連れて来た従者です。婚家でも働かせておりました。こちらでも使って頂けませんか」

「生憎、通いの下男はおります。ここは聖域です。国王陛下でも許可なく立ち入りは許されておりません」

だが、マリー＝アメリーも容易には引き下がらない。

「せめて一晩だけでもここに置いて頂けませんか？　野宿させるにはあまりにも不憫《ふびん》でなりません」

わざとらしく瞳を潤ませるマリー＝アメリーに根負けしたのか、諦めの吐息と共に副院長は言った。

「分かりました。一晩だけお泊まり頂いて、明日には立ち去るようお願いします」

副院長が庶務机に置いた小さな呼び鈴を鳴らすと、先程の丸顔の修道女が現れた。早速食事の手伝いと薪《まき》割りに駆り出されるのか、ジャン＝ジャックは厨房へ連れていかれ、今夜は竈《かまど》の前で藁《わら》を敷いて休ませるそうだ。

数枚の書類に署名し終わると、副院長は椅子から立ち上がり、自ら二人を部屋に案内すると申し出た。

参事室を出た廊下は、回廊に繋がっている。すれ違う修道女たちも立ち止まると、お辞儀だけをして黙して通り過ぎていった。

最新モードとむせ返るような香水を身に纏い、贅の限りを尽くしたヴェルサイユ宮殿とは真逆の世界に生きる修道女たちだが、マリー＝アメリーには存在したかもしれないもう一つの人生だった。

「姉妹が身支度をお手伝いします。その際、俗世の持ち物を全てお預かりします。他の姉妹には夕食の時にご紹介しましょう」

階段を上りながら副院長は言う。壁は歴代の領主の肖像画が覆い尽くしていた。

階段を上り切った壁には、これまでの気難しい顔とは一線を画す、独りの女性の肖像画が飾られている。歳の頃は、まだ十代半ばか後半だろうか。

歩みを止め、肖像画から視線を逸らせないマリー＝アメリーとラージュ伯爵夫人に副院長は言った。

「皆、あなた方のように、ラ・コンテスの肖像画の前では必ず立ち止まってしまうのですよ」

「伯爵夫人《ラ・コンテス》？」

マリー＝アメリーは目を見開いて、エリザベート副院長を凝視した。このあどけなさが残る女性、いやまだ少女と言っても罷《まか》り通るが、既に人妻であったというのか。だが、すぐに自身も十四歳でフランスに嫁した身であると思い至った。権力者の娘達は、至極当たり前のように政治の駒として嫁がされるのだ。

「いえ、彼女は女伯爵《ラ・コンテス》だったのです。かつてこの地の領主だったアンジュー伯爵の一人娘クロティルド。先祖代々の領地を継承しました」

「女性でも家督を継げたのですか？」

そばに控えたラージュ伯爵夫人が驚きの声をあげた。

「ええ。この地方は元々、サリカ法を採用していなかったので、過去には数人の女性領主がいました。勿論、一族の男子と結婚したり、中には他国の王妃になった姫もいたと聞いております」

乳白色の肌に桜桃のような赤い唇、長いブルネットの髪は結われずに背中を覆っている。膨らんだ袖には切れ込みが入れられ、袖口や胸元には惜しげもなく高価なレースが使われていた。だが、マリー＝アメリーが息を呑むほど魅せられたのは、女伯爵クロティルドの緑の瞳だった。森のように深く、それでいてエメラルドのように澄み切った美しい緑。

「……綺麗……とても綺麗な緑の瞳ですね」

「この瞳はエメラルドを、衣装は孔雀石《くじゃくいし》を粉にして絵具に混ぜ込んでいるそうです」

「エメラルドとは、宝石のですか？」

ラージュ伯爵夫人も感嘆と共に驚きの声をあげた。

「ええ、そうです。エメラルドを使わないとこの瞳は表現出来なかったと言い伝えがあるくらい珍しい、アンジュー伯爵家の、それも女子にだけ現れる色だそうです」

青い瞳と同じ位、緑の瞳も珍しくは無いが、大抵は茶色かヘーゼルに近く、これほど澄んだ輝きを放つ持ち主を、マリー＝アメリーは未だかつて見たことは無かった。

「器楽演奏も巧みで、リュートを弾き、歌やオルガン演奏も得意だったとか。騎士物語を大層好み、何度も朗読を披露して当時のフランス宮廷の華と謳われていたそうです」

故郷ナポリの紺碧《こんぺき》の海の色とも違う、自身の薄い空色の瞳とも異なる女伯爵クロティルドの緑の瞳に魅せられたマリー＝アメリーは、ラージュ伯爵夫人と共に暫し肖像画の前に佇んだ。

3.

「あんた今日やって来た未亡人の従者なんだって？」

ジャン＝ジャックが厨房に入ると同時に、ひどく痩せた初老の女が藪から棒にたずねてきた。訂正しようとしたが、明日早々に退散する身としては、話を適当に合わせることにした。

「ああ。だがここは男子禁制だから明日には立ち去る予定だ」

「ふーん。仕えていた奥方が修道誓願なんかしちまったら、仕事も無くなるだろうに。この先どうするんだい？」

「まあ、おいおい考えるさ。ところで何からやれば良いんだ？　薪割りでもするか？」

その問いに、胡散《うさん》臭げな眼差しを向けていた女の顔が、途端に明るくなった。

「ここは女ばっかりの女子修道院で、力仕事の手が足りないから助かるよ」

直ぐに裏庭に追いやられると思っていたが、料理女は所々欠けた素焼きの壺から厚手のゴブレット二つにワインを注ぐと、ジャン＝ジャックに手渡し、自分も一気に呷った。

「何か腹に入れとかないと、力も出ないだろうからちょっと待っといで」

パンティエーヴル公妃の館で供される高価なワインにも負けない味に満足したジャン＝ジャックは、もう一杯注ぐと今度はじっくりと味わった。

料理女は厚く切ったパンを数枚竈の火で焙《あぶ》ると、壺に入ったリエットをたっぷりと載せた。途端に厨房の中には、リエットの脂身が熱で溶けてハーブや香辛料の食欲をそそる匂いが漂った。

「旨そうだな」

「この辺りはロワールで魚も捕れるし、ジビエも豊富で旨いからね。ここは小さな女子修道院だから羊や山羊数匹しか飼っていないけれど、大修道院では大きな豚も飼っていて、ブーダン・ノワール（豚の血のソーセージ）なんかも作っているそうだよ」

手渡されたパンを咀嚼《そしゃく》しながら、ジャン＝ジャックはパリの聖ジュヌヴィエーヴ修道院で過ごした幼少時代をぼんやりと振り返っていた。
大の男四人分近くある豚をと畜した後に、滑車を使って吊り下げて大きな樽に血を溜めて、それを綺麗に洗った小腸に詰めてソーセージを作る。

結構大掛かりな作業で、助修士や手隙の修道士らが血まみれになりながら手伝うそばで、小腸を真水で洗うのはジャン＝ジャックの役割だった。井戸に何度も水汲みに行き、全て終わるころには手が凍えて真っ赤になる程であったが、ご褒美として貰う膀胱《ぼうこう》――膨らませて風船にした――や、皮を剥いて火で焙った美味しい尻尾が何よりも楽しみだった。

「あんた、ここに勤めて長いのか？」

「まだ三年ってところだね。週に二回通っているんだ。だけど、下働きのギョームは、副院長が入った頃から居るから、二十五年くらいかな。正門を出て下って行ったところにある炭焼き小屋に寝泊まりして通っているんだよ」

「二十五年……」

それが長いのか短いのか、修道院で育ったジャン＝ジャックでも判断に迷った。

「噂なんだけどさ」

料理女は気を許したのか、軽口を叩き出した。

「副院長の実家は爵位もあるお貴族様らしいけど、婚約が破棄されたとかで世間体を気にした親が修道院に入れちまったそうだよ。王様の娘だって、嫁ぎ先がなければ修道院に入るらしいし、珍しい話でもないけどさ」

かつてマリー＝アメリーに訊ねた。なぜ、パンティエーヴル公が亡くなった時に、父王が治めるスペインか生まれ育ったナポリに帰ろうと思わなかったのかと。彼女は淋し気に微笑みながら言った。


——帰ったところで、また顔も知らない適当な王族に嫁がされるか、修道院に入るか。それしか選択肢がないのなら、このままフランスに留まっても何も変わらないと思ったのよ。


「修道院ってところは、どんなに不作でも食料が有り余っていて羨ましい限りだよ」

料理女は三杯目のワインを注いでいた。

言われてみれば、ジャン＝ジャックが育てられた聖ジュヌヴィエーヴ修道院には、常に食料が豊富に備蓄されていて、決して贅沢な食卓ではなかったが飢えた経験はなかった。

この女子修道院も、蠟燭は高価な蜜蠟を使っているからか、建物のどこからも獣脂が溶解するあの悪臭は漂ってこない。

「この辺りの民は飢えているのか？」

「まだ飢えてはいないが、今年の夏は日照り続きだっただろう。おまけに臭い雨が降って作物が枯れてしまった。葡萄の出来も散々だったし、今年のワインは期待できないよ」

「そうなのか……」

しんみりした空気を払拭するかのように、ゴブレットに残ったワインを呷ると、ジャン＝ジャックは裏木戸から通じる裏庭へと向かった。

料理女に教えて貰った通り、建物を伝って右に曲がると、小さな薪小舎が現れた。

これが下働きのギョームだろう。長身で、力仕事を生業《なりわい》とするだけあって体格も良い。陽に焼けた浅黒い肌に太い腕を振り上げて、一心不乱に薪を切っている。

ジャン＝ジャックの足音に気づいたのか、ギョームは振り下ろした斧の動きを止めた。額から流れる汗を首に巻いていた古布で拭いながら、訝し気な眼差しを向けてきた。

「ギョームかい。俺はジャン……だ。宜しくと言いたいところだが、副院長から追い出されて明日には退散する。だが、まだ時間もあるし、ここは万年人手が足りないそうだから、手伝うよ。何からやれば良いんだ？」

警戒心を緩めたのか、やや険しさの薄れた眼差しを向けながら、ギョームは斧をジャン＝ジャックに手渡した。

「薪割りの続きをやってくれ。これ全部だ」

「わかった。それが終わったら？」

「俺は家畜小舎の掃除と餌やりをしてくる。薪割りが終わったら家畜小舎に来てくれ」

ジャン＝ジャックは頷きながら切り株の上に丸木を置くと、手慣れた様子で黙々と斧を振り下ろす。彼の脇には、次々と均等に割られた薪の山が幾つも出来た。

腕を組んで、監視するように暫く眺めていたギョームも、ジャン＝ジャックの仕事ぶりに安心したのか家畜小舎の方へと向かっていった。

予定よりもかなり早く薪割りを終えたので、家畜小舎へ向かう前に修道院の敷地を散策してみることにした。

この修道院は、岩山の上に建てられ、円塔や跳ね橋といった城塞の名残を備えている。前方は堅牢な城門で守られ、裏手側の敷地には薬草園と小規模な畑や果樹園があるが、周囲は高い石垣で覆われており、外界から遮断されている。高さは凡そ三トワーズ（約五・八五メートル）程だろうか。

鍛えられた兵士が鉤縄を石垣の天辺に引っ掛けて登ることは可能だろうが、女が、ましてや素手で昇るのはまず不可能だろう。それに、どうにか登りきれたところで、下は断崖絶壁だ。つまりは敵の侵入と同時に内部の者の脱走も不可能としている。

「捕虜じゃあるまいし、逃げる必要はないか……と」

独り言《ご》ちると、古びた風車が目に留まった。隣接するのは粉碾《こなひき》小舎だろうか。隙間から覗いてみると、確かに大きな石臼を備えた粉碾小舎で、その正面には食糧庫が鎮座している。こちらはさすがに施錠されていて外から様子を窺うしか出来ないが、麓の村々で飢饉が発生しても飛び火しないくらいの食糧を保管していることは容易に想像できた。

食糧庫を過ぎると、家畜たちの鳴き声が風に乗って聞こえてきた。家畜小舎の正面には、果樹園と菜園そして小規模な薬草園が広がっている。自給自足程ではないが、ここの修道女や女生徒たちが日々食する分の何割かはここで収穫しているのだろう。

ふと、ジャン＝ジャックは、手に鍬《くわ》や鋤《すき》をもって畑仕事に勤《いそ》しむ公妃マリー＝アメリーの姿を思い浮かべようとしたが、どうにも上手くいかない。

「そもそも、あいつは扇より重い物を持ったことがあるのか」

すかさず「失礼ね！」と反論が飛んできそうであったが、彼の鼓膜を劈《つんざ》いたのは甲高い羊の鳴き声であった。

急ぎ家畜小舎へと向かい、扉を開くと同時に眼に飛び込んで来たのは、もこもことした巨大な毛の塊を彼の大きな身体全体を使って押さえ込むギョームの姿だった。

呆気にとられたジャン＝ジャックに気付いたのか、ギョームは大声で「陣痛が始まったんだが逆子なんだ！　手伝ってくれ」と叫んだ。

巨大な毛の塊と思った物体は、よくよく見ると大量の毛に覆われた羊だった。鼻息荒く、時には甲高く鳴き叫びながら、ギョームの腕から必死に逃れようとしている。

「分かった。俺がそちら側に回り込むから、あんたは腹の中の仔をひっくり返してくれ」

状況を察したジャン＝ジャックは、素早く体勢を入れ替えて羊の身体を押さえ込んだ。

ギョームも頷くと、両脚では羊を押さえ込んだまま、羊の胎内に手を入れてどうにか正常の位置に仔羊を戻せたようだ。既に破水しているからシャツもキュロットも水浸しだ。

仔羊は前足を二本揃え、その上に頭を乗せた状態で姿を覗かせた。陣痛がきたのかすぐに母羊も苦しそうに鳴き声をあげている。数回の陣痛の後に仔羊の全身が娩出《べんしゅつ》されるのだが、苦しみを少しでも紛らわせてやろうと、ギョームもジャン＝ジャックも母羊の背や腹を懸命に摩《さす》った。

母羊が甲高く最後の鳴き声を上げ、仔羊が無事に生まれた。

ジャン＝ジャックは生まれたばかりの仔羊を受け取ると、すぐさま古布で仔羊の体を拭いた。お産を終えた母羊は、衰弱が激しくぐったりしていたが、胸に置かれた生まれたばかりの我が子に、初乳を与えている。

「ジャン……と言ったな。助かったよ。俺一人だったら、母羊も仔羊も救えなかっただろう」

ギョームが腰に下げた古布で汗を拭いながら、ジャン＝ジャックを労《ねぎら》った。

「礼には及ばないが、随分季節外れなお産だな」

羊の出産は冬を経た春か夏前には終わる。もうすぐ晩秋を迎えるこの時期は季節外れと言えるだろう。

「コイツは極端に臆病もので、毛を刈るのも一苦労なんだ。一度誤って皮膚をざっくり切ってしまったから、それからは暴れて手が付けられなかったんだ。だから、逆子だと分かったのも陣痛が始まってからなんだ」

羊のお産は他の家畜と比べて安産が多いが、それでも何割かは今日のような逆子だったり、難産で母子ともに救えなかったりするときもある。

「俺は修道院育ちだ。羊のお産も何度も手伝わされた」

「そうだったんだ。どうりで手際が良くて冷静なはずだ」

二人の間に微かな連帯感が生まれ始めた頃、小舎の入口で鈴が鳴るような甲高い声が響いた。

「仔羊が生まれたの！」

そこには、豊かな赤毛を束ねた小柄な娘が立っていた。小舎の前に広がる花畑で摘んだのか、数輪の秋の花を手にしている。

「アニェスお嬢さん、何度も言うがここはお嬢さんらが来るようなところじゃありません」

あくまで穏やかな口調だが、明らかに迷惑そうな表情でギョームは答えた。

「だって、生まれるのを楽しみにしていたのよ」

腕を背後で組み、幼い声で娘は訴えた。

「あなた、今日パリからいらした方の従者でしょう？　パリのお話を聞かせて下さらない」

ギョームが無視を決め込み、黙々と作業を続行するので、娘は興味の対象をジャン＝ジャックへと移したようだ。

「パリの話が聞きたければ、本人に直接聞けよ。俺はまだ仕事が残っているんだ。邪魔するな」

取り付く島もない即断で、娘は反論一つ出来ずに肩を落としてすごすごと退散した。

「なかなか直球なあしらい方だな」

ギョームは苦笑しているが、決して咎《とが》めるような眼差しではない。寧ろ逆だ。

「親に厄介払いされた貴族かブルジョワの娘か」

「ああ。誓願前の見習い修道女だ。あの娘は言動が幼くてまわりから浮いているせいか、頻繁にここに家畜を見に来るんだ。両親も嫁がせる持参金が惜しいらしくて、十五歳になったら修道女にするそうだ」

信仰心もさほどなく、養育との大義名分で厄介払いされた娘達。結婚前は親に支配され、結婚も親に決められる。

「貴族や裕福なブルジョワの家に生まれても、不自由な生き方しか出来ないんだな」

「確かにそうだな……」そう答えながら、ギョームはジャン＝ジャックの顔に刻まれた傷を凝視している。戦場では珍しくない勲章でも、戦地から離れれば離れるほど違和感が生じるのだろう。

「アメリカ大陸の戦闘で受けた傷だ」

ジャン＝ジャックは髪を掻きあげて顔の傷全体をギョームに向けた。聞かれる前に答えた方が気も楽だったからだ。

「独立戦争帰りか？」

「ああ……」

「その傷ならかなり激しい戦闘だったんだろう」

「乗船していた軍艦の甲板は、俺以外、ほぼ全員助からなかった」

「そうか……」

それだけ答えると、ギョームは扉の隙間から覗く暮れゆく空に視線を移した。晩課（イエス・キリストの最後の晩餐の時刻）を知らせる鐘の音が、茜色の空を浮き上がらせていた。

4.

修道院の一日は、八回の祈りを柱としている。この祈りは、聖務日課と呼ばれて修道院生活の骨格となっている。そして祈りと祈りの間に労働や食事、聖なる読書が入り、一日が構成されていた。

晩課の祈りを終え、空はすっかり暗くなり、星々が瞬きを始めた頃、修道女や娘たちは夕食の為に食堂へ移動した。

城塞であった頃の大広間が食堂へと様変わりしたのか、人数に対して広すぎる食堂に、二列の食卓が並べられ、それぞれが中央に向かって座った。列の先端の上座には副院長が座り、もう一列の食卓の上座は院長の席なのか、空席であった。

副院長は全員の着席を見届けると、二人を皆に紹介した。

「皆さんに新しい姉妹をご紹介します。パリからいらしたマリーとベアトリスです」

食堂に集う修道女や娘達の視線が、一斉にマリー＝アメリーらへと集中した。

本来、貴族や裕福なブルジョワの娘達の花嫁修業をこの修道院では引き受けていない。だが、トゥールの女子修道院が閉鎖になった為、急遽こちらで預かることになったという。花嫁修業を終えると社交界へデビューする若い娘らは、つい先日までパリやヴェルサイユの社交界に居た二人に興味津々の様子が隠せない。そんな高揚した空気を感じたのか、副院長は優しく諭した。

「お二人にお尋ねしたいことは山のようにあるでしょうが、決して困らせてはなりませんよ。ではリュシーから自己紹介なさい」

「はい」という快活な返事で一人の娘が椅子から立ち上がった。

燭台の灯りでは分かり辛いが、恐らく金髪で淡い色の瞳の少女であろう。年齢は十五、六歳といったところか。

リュシーの次に立ち上がったのは、マルグリットという名の少女だった。理知的な面差して、ほんのり笑みを浮かべてはっきりした口調で告げた。

「私は、いずれ修道誓願を行う予定です」

マリー＝アメリーはマルグリットを凝視した。驚いたことに、マルグリットの瞳は色が片方ずつ違うヘテロクロミアだった。

マルグリットの次に副院長が呼びかけたのは、アニェスという名の娘だったが、椅子から立ち上がろうとしない。再度呼びかけた副院長の声に漸く立ち上がったが、小柄な肢体をくねらせて、なかなか口を開こうとしない。すると、周りの少女達が小声で笑いだし、アニェスも頬を真っ赤に染めて、余計に言葉を発せずにいた。

「アニェスの好きなものを教えて差し上げたら？」

突然助け舟を出したマルグリットに、食堂に集う娘達や修道女は視線を向けた。

「動物が好き。今日仔羊が生まれたの」

アニェスの幼い声が響いた。実際、年齢は十三、四歳頃か、それよりも幼く見えた。

「私も動物は好きよ。生まれたばかりの仔羊は見たことがないから、案内して下さると嬉しいわ」

「ええ、喜んで」

「ありがとう、姉妹アニェス」

アニェスは満面の笑みを浮かべて着席した。アニェスもマルグリットと同様にいずれ誓願を行う予定だという。

次に名前を呼ばれたのは、アガットというアニェスを嘲笑していた娘だった。ばつが悪いのか、戸惑いを隠せずにいる。一見、大人びても見えるが、それは、この場にいる娘達の誰よりも肉感的な肢体の持ち主であるからだろうか。首まできっちり詰まった灰色の簡素な服に身を包んでいるが、かつて若さと美貌で晩年のルイ十五世を虜にしたデュ・バリー伯爵夫人を彷彿とさせた。

最後に、カトリーヌと紹介された娘は、癖のある黒髪が艶《つや》やかで、大きな褐色の瞳は意志の強さと一際大人びた印象を与えている。実際、誕生日を迎える頃には十八歳になる年長者であった。

刹那、食堂に流れる空気が変わった。一人の小柄な修道女が黒いヴェールを深く被った修道女の手を引いて、食堂に現れたのだ。

「副院長様、皆様、遅れて申し訳ございません」

小柄な修道女はドロテと名乗った。

深くヴェールを被った修道女は、修道女ドロテに介添えされながら、ゆっくりと椅子に座った。

その仕草を見届けると同時に、エリザベート副院長が告げた。

「修道女オディルは眼が不自由ですが、オルガンの腕前は見事です。修道女ドロテと共に薬草園の管理もお願いしております」

ほんの少し顔を上げた修道女オディルの眼には、暗い色ガラスを使った眼鏡が掛けられていた。

5.

竈の残り火がはぜたのか、微睡《まどろみ》からジャン＝ジャックが覚醒すると、薄暗い厨房の入口扉から小さな呼び声が聞こえる。

「大尉……ボーフランシュ大尉」

音を出さないように扉をそっと開けると、そこには、手燭を手にして寝間着に薄い肩掛けだけを羽織ったマリー＝アメリーの姿があった。

その姿に面喰らいながらも、すぐさまジャン＝ジャックは愉快気に告げた。

「何だ、こんな時間に？　夜這いなら結構だ。遠慮しておく」

数度瞬きを繰り返したマリー＝アメリーであったが、ようやくその言葉の意味を理解したのか、持っていた手燭を振り上げようとした。

「よせ！　火事になったらどうするんだ」

「あなたが変なことを言うからでしょう！」

「変なことねえ……」

ぼやくように呟きながら、辺りに人気《ひとけ》が無いことを確認すると、厨房の中へと招き入れた。

「修道女や娘たちの一覧よ」

ジャン＝ジャックが裏で散々薪割りや雑務をやらされていたころ、聞き出したのだろう。

そこには、彼女たちの名前が書かれていた。

修道女エリザベート：副院長。現在院長代理
修道女オランプ：副院長の補佐と娘達の監督官
修道女オディル：盲目。オルガン奏者
修道女ドロテ：薬草園と薬局の管理

カトリーヌ：貴族の娘。花嫁修業中
リュシー：貴族の娘。花嫁修業中
アガット：貴族の娘。花嫁修業中
マルグリット：見習い修道女
アニェス：見習い修道女

「特にこれと言って怪しいところは無いわ。強いて言えば、院長は病気で静養中だから会えなかったくらいかしら」

「だから言っただろう。まあ、あんたらは田舎の領地に静養に来たと思って、一週間程過ごして気が済めば、適当な理由を付けて退散すれば良いさ。その時には迎えに来るから」

「ここは不便な孤島よ。どうやってあなたと連絡を取れば良いの」

珍しく膨れっ面のマリー＝アメリーに苦笑しながら、ジャン＝ジャックは立ち上がると、騾馬に積んでいた麻袋の一つから、何やら黒い布で覆われた箱のようなものを取り出した。

「こいつを使えばいい」

訝し気な眼差しを向けながら、マリー＝アメリーが箱を覆っていた黒い布を取り去ると、中には籠に入れられた鳩が眠っていた。

「まあ！」

「軍用の伝書鳩だ。こいつはかなり優秀で、必ず俺のところに飛んでくるように訓練しておいた」

「頼もしいわね」

途端に上機嫌になったマリー＝アメリーだったが、巣箱を渡したときに触れた指先が氷のように冷たい。ジャン＝ジャックは自身の上着をマリー＝アメリーの肩にふわりと掛けた。すると、肩がびくりと跳ねたと同時に、大層慌てた様子で上着を返そうとしてくる。

「やせ我慢するな。今夜は冷えるし風邪をひく」

「こ、この辺りはパリやヴェルサイユよりもずっと温暖だと思っていたのよ」

例年であればこの季節は、小麦や葡萄の収穫時期だが、今年の夏場は日照り続きで、異臭がする雨も多かったと料理女は言っていた。

「船頭とも話したんだが、今年はロワール川の水位が上がる時期が例年よりも早いそうだ。秋を通り越して冬の到来が早そうだな」

ジャン＝ジャックの裡《うち》に、嫌な予感が現実となる前の不穏なざわめきが去来する。

（馬鹿な……）

払拭するように彼は頭を振った。この楽園のような神の家に何の禍《わざわい》が齎されると言うのか。振り返ると、マリー＝アメリーは伝書鳩がかなり気に入った様子で、鳩の腹をしきりに撫でていた。

「かつてこの城塞の主でもあった、アンジュー女伯爵の肖像画を拝見したのよ。アンボワーズ城に飾られていたどの肖像画よりも可憐で美しかったの」

だがジャン＝ジャックは、別段興味を惹かれない。気乗りしない相槌《あいづち》を返すと、マリー＝アメリーは意地になったのか、更に褒めたたえた。

「あなたもきっとお気に召すわ。ブルネットの長い髪に澄んだ緑の瞳がとても印象的だったのよ」

「俺はどちらかというと、ブルネットよりも金髪碧眼が好みだ」

彼の答えに、それまでにこやかに話していたマリー＝アメリーは、急に黙り込んでしまった。

だがジャン＝ジャックは、その理由を深く追うこともなく続けた。

「人は自分に無い物を求めると言うじゃないか」

二日目

1.

トゥール市街地

翌朝、ジャン＝ジャックは島に停まる連絡船に間に合うように、夜明け前には修道院を後にした。まだ辺りは暗く、明けの明星が輝く時分であったが、厳かな鐘の音が響き渡っていた。

騾馬に付けた手綱を手に山道を下る。途中の古びた小屋から灯りが漏れて細い煙突からは微かな煙が上がっていた。ここがギョームの住まいである炭焼き小屋だろう。別れの挨拶をするか思案したが、宮廷とは真逆の日常に音を上げた公妃から、退散するとの伝令が届いた時でも構わないだろうと、ジャン＝ジャックは先を急いだ。

ゲイトハウスの下の船渠に着岸した小船は、ロワール川岸を目指して下っていく。漆黒の水面から、無数の靄《もや》が上がっている。こうして揺れる甲板に独り佇むと、心の奥深くに押し込めた戦場での禍々《まがまが》しい記憶が否《いや》でも掘り起こされる。靄は硝煙に代わり、水面から立ち込める水蒸気と混ざり合い、喉をひり付かせた。

川岸に着いたジャン＝ジャックは、船着き場から出る乗合馬車に飛び乗り、トゥールの市街地を目指した。公爵家の豪華なベルリン馬車での移動続きだったせいか、久方ぶりの乗合馬車は、固い座面に加えて饐《す》えた臭いがする。おまけに酷使しすぎた車輪は大層耳障りな音を立てて、とにかく揺れる。窮屈な車内に辟易しながらも、林を抜けた馬車は、一面の葡萄畑が広がる街道を飛ばした。

既に収穫を終えた畑をぼんやりと見つめていると、昨日料理女と交わした会話がジャン＝ジャックの脳裏に浮かんできた。今夏の悪天候が齎した甚大な被害は、今後フランス王国の経済を揺るがすことになるだろう。アメリカ側として参戦した独立戦争の負債も、重税となって民の負担が増すのは明らかだった。

隣に座る初老の男が、街道を指差して、この道はサンティアゴ・デ・コンポステーラへの巡礼路だと教えてくれた。

イエスの十二使徒の一人である聖ヤコブがエルサレムで殉教したあと、その遺骸はガリシアまで運ばれて埋葬されたと云われている。

九世紀初頭に天使のお告げによりヤコブの墓が発見されると、これを記念して墓の上に大聖堂が建てられた。

十一世紀にはヨーロッパ中から多くの巡礼者が集まり、こうした巡礼の広がりは、中世ヨーロッパで盛んだった聖遺物崇拝によるところが大きい。また、巡礼は当時イベリア半島を支配していたイスラム教国へのレコンキスタとも連動した。

巡礼は、スペインとスペイン外のヨーロッパの文化をつなぐことにもなった。巡礼者の中には建築家もおり、彼らはヤコブに捧げるために、巡礼路に沿った都市にロマネスク建築による多くの教会や修道院を建てた。

男の話に聞き入っているうちに、馬車は中世の城壁がそのまま残るトゥールの門外町に到着した。

トゥールはフランス王国のほぼ中央に位置し、他のヨーロッパ諸国との交通の要《かなめ》でもある。ルイ十一世治世下にはフランス王国の首都として栄えた。国王が居に定めたプレシ城にフランス宮廷は移され、ジャン・フーケをはじめとする多くの芸術家たちが集い、宮廷に華を添えた。

馬車から降りたジャン＝ジャックは、約束の場所であるプリュムロー広場を目指した。

宗教上の中心地であった名残か、城壁で囲まれた狭い土地のなかに、教会や大聖堂、修道院が混在している。広場へ至る路《みち》は、幾つもの狭い小路で構成されている。

パリと同様に腐臭漂う不潔な路だが、どうにか迷うことなく木組みの壁の家と石のファサードが交互に並ぶ広場へ着くと、急に視界が開けた。

陽光が射す広場中央の大木の下には、赤毛に近い金褐色の髪の男が腕を組んで悠然と佇んでいた。

「ランベール！」

ジャン＝ジャックは男目掛けて駆け寄った。

「ボーフランシュ！」

二人は肩を抱き合い、再会を喜び合った。

ジョルジュ・ランベールは、パリ警察の捜査官でジャン＝ジャックの親友だ。数年前にパリの酒場で酔った勢いで乱闘になりつつも、意気投合した仲だ。また彼は、パンティエーヴル公妃マリー＝アメリーの義父であるランブイエ公爵の後ろ盾で、ルイ・ル・グラン学院を卒業後パリ警察の職を得た間柄から、公妃にも何かと顎で使われている。

「悪い。すっかり待たせたな」

「いや、寧ろ早く出られたじゃないか。二、三日は覚悟していたからな」

「人手は足りているからと、副院長から追い出されたんだ。元々男子禁制の女子修道院だから助かったよ」

場所を変えようと、ランベールは提案した。彼が寝泊まりする宿が居酒屋も兼ねているらしい。ジャン＝ジャックにも異存はない。二人は歩を進めた。

「そこの若い方」

背後からのしゃがれ声に二人が同時に振り向くと、一人の老婆が手招きをしている。年季物のスカートに厚手の上着《ジョップ》、その上からかぎ針編みの黒いレースのストールを巻いて、物乞いでは無さそうだ。

「お前さんだよ。顔に傷がある方だ」

老婆は付いて来るようにとジャン＝ジャックに促している。

「俺は先に一杯やっているから」

面倒ごとは御免だと、足早に逃げるランベールの背を恨めしそうに睨みつけながらも、ジャン＝ジャックは素直に老婆の後に続いた。

杖に頼りながらも背筋は伸びて、老婆の足取りは軽い。

モネ通りから左に折れた小路を進むと、数軒先の小綺麗な三階建ての館が住まいらしい。一歩足を踏み入れると、染み付いたきつい香の匂いが、鼻腔を刺激した。中二階への階段を上った先には、奥まった部屋があった。老婆が慣れた手付きで鍵を開けると、部屋の中は薄暗く、窓の開閉もされていないのか空気も淀《よど》んでいる。灯された獣脂の蠟燭の光で、部屋の全容が窺えたが、床には厚い絨毯《じゅうたん》が敷かれ、壁には高価な鏡が掛けられている。古びて所々破れているが、寝椅子に張られている生地は繻子《しゅす》だ。訊けば元は娼館として使われていたらしい。

普段なら、こんな軽率な行いはしない筈なのに、苛立ちながらジャン＝ジャックは言った。

「婆さん、連れが待っているんだ。手短にしてくれ。言っとくが金はないぞ」

老婆は部屋の奥の小さな椅子に腰かけ、机の上に雑多に置かれた金属製の道具の一つを手に取り、笑いながら言った。

「あんたから金を貰おうとは思わんよ。わしの名はジョルジェット。若い頃はパリ住まいで、これでも結構名の知れた占い師だったんじゃ。あんたの生まれた日と名前を教えてくれないか」

「ジャン＝ジャックだ。ジャン＝ジャック・ルイ・ド・ボーフランシュ・ダヤ」

拍子抜けしながらも、名前と生年月日を正直に伝えた。

「タロットも水晶占いも一通り習得したが、わしの一番の売りはこれじゃよ。占星術じゃ」

ジョルジェットは早速手にした道具を動かしながら、紙に数字や図形を書き込んでいく。その顔は嬉々とした表情にみるみる変わっていった。

「やっぱりな。あんたそんな粗末な身なりだが、かなり高貴な生まれだろう?」

自信に満ちた表情で顎を突き出しながら、ジョルジェットは言った。皺だらけの顔と手ではあるが、よくよく見ると白髪交じりの髪は、手入れが行き届いているのか豊かだ。歯は本数を保ち、着ているものも古くはあるが清潔だ。若い頃は随分と男どもに言い寄られ、持て囃《はや》されたのではとさえ思えた。

「俺は没落した田舎貴族の出で、今はパリにある王立士官学校の教官だ」

ジャン=ジャックの回答に、腑に落ちないといった表情を返しながらも、他の道具を手に取ると片目を閉じて眉間に皺を寄せながら調整していった。

「両親は亡くなっているようだが、あんたに精一杯の愛情を注いだだろう」

「父親は戦争で死んで、母親はまだ生きているが、俺を捨てて再婚してからはそれっきりだ」

ジャン=ジャックは呆れながら答えた。

「全く当たらないなあ。婆さん、廃業した方がいいぞ」

「何を言う! わしはかつてこの国の女王になったお方の運命を当てたんだ。おかげで褒美として年金をたんまり頂いた」

「いかさまのまぐれ当たりだろう？　それとも魔女か？」

堪忍袋の緒が切れたのか、ジョルジェットは机を乱暴に叩くと、勢いを付けて立ち上がった。

「わしを妖術使いと一緒にするな！　夜空を見上げて星座の観測をして得た知見から占っているんじゃ」

同時に、机上に置かれていた金属製の道具が派手な音を立てて落下した。

慌てて拾いあげるジョルジェットが手にした金属製の道具は、ジャン＝ジャックの恩師パングレ教授も天体観測に用いていたアストロラーベだ。背後のチェストには使い古された渾天儀やノクタラーベまで置いてある。

「じゃあ、近々起こる絶対に当たりそうなことを教えてくれよ」

思いがけない咆哮《ほうこう》にやや怯《ひる》みながらジャン＝ジャックは言った。

まだ怒りが収まらないのか、憤然とした面持ちのままジョルジェットは再び椅子に腰かけると、紙の上に数字やら星の角度やらを書き出した。

一連の作業が終わるとペンを置き、深いため息を一つ吐くと、そのまま暫く黙り込んでしまった。

「神の家で恐ろしいことが起ころうとしている。多くの命が無惨に奪われていくのじゃ」

「神の家って、教会か？　それとも修道院か？　どこの修道院だ？」

「そこまでは……。なんでも占いで解れば苦労はせんよ。だが、この辺りには間違いないのじゃ」

「それを止めることは出来ないのか？」

「抗《あらが》って多少変えることは出来ても、止めることは不可能なんじゃよ」

ジョルジェットは、これ以上はお手上げと頭を振り、両手を机上に置いた。

金は要らないと固辞するジョルジェットに、ジャン＝ジャックはルイ金貨を握らせた。

だが、あっさりと突き返された。

「金は要らんと言っただろう」

攻防が数度続いた末、根負けしたジョルジェットからは、受け取る条件として再訪を約束させられた。

「ジャン＝ジャック・ルイ……。良い名だ。困ったことがあれば、またいつでも寄ると良い」

＊

指定された宿にジャン＝ジャックが赴くと、一階に設けられた居酒屋の奥では、ワインのお代わりを注文するランベールの姿があった。昼前だというのに、店内は客達の喧噪で溢れている。

荷物を放り投げるように椅子に置き、友の正面に陣取ると、「同じものを」とワインを頼んだ。

ランベールが恰幅の良いおやじに今日のお薦めを訊くと、おやじは今朝ロワール川で釣れたばかりの川カマスを調理場から自慢気に持ってきた。

「ロワールではこんなにデカい魚が釣れるのか！」

ランベールの素直な感想に、主人もご満悦だ。淡白な白身魚で凶暴な面構えの上に硬い骨もあるが、コクのあるワインに負けないように料理するというので、それとブーダン・ブラン（豚や鶏といった白い肉をベースにしたソーセージ）を頼んだ。

二人は久方ぶりの再会を祝してグラスを掲げた。

「この地方のワインの味は格別だな」

「ああ……。女子修道院のワインも中々だったよ」

「それで、あの婆さんの用事は何だったんだ？」

ジャン＝ジャックは掻い摘《つま》んで話したが、予想に反してランベールは熱心に聞き入り、細部に至るまで質問攻めにされた。辟易した頃、丁度出来立ての料理が運ばれて来た。

普段は白ワインとバターを使って煮込む川カマスだが、今回は取れたてのキノコ類を入れて赤ワインで豪快に仕上げたと主人は誇らしげに言いながら、大皿を二人の前に置いて取り分けた。食欲をそそる香りが湯気と共に鼻腔を刺激する。

ブーダン・ブランの味も申し分ない。マスタードをたっぷり塗って二人は無言で平らげた。旺盛な食欲が満たされると、ここからが本題だとランベールは居住まいを正した。

「ここトゥールにある聖マルタン大聖堂の主任司祭が一週間前に死んだ」

「聖マルタン？」傾けるグラスの動きが止まり、ジャン＝ジャックは怪訝そうに友を凝視した。

アンボワーズ城で公妃マリー＝アメリーとの会話にも登場した聖人だ。

「トゥールの守護聖人らしいな」

「らしいって、知らなかったのか？　常識だろう」

呆れるジャン＝ジャックに、ランベールはすました顔で答えた。

「俺は洗礼と母親の葬式以外、一度も教会には行っていない」

修道院育ちのジャン＝ジャックには、聖務日課やミサは義務であり、それでも逃げ出しては罰を受ける日々であったが、義務を完全に放棄する選択肢は無かった。

トゥールは聖マルタンの街でもある。彼はローマ帝国の属州で生まれ、ローマ軍に入隊後、イタリア、そしてガリア（現在のフランス、ベルギー、スイスなどにあたる）に派遣された。

マルタンが兵士としての任務についていたある冬の日のことだった。彼は街の城門近くで寒さに震える物乞いを不憫に思い、自らのマントを半分に切って差し出した。するとその夜の夢の中で、昼間出会った物乞いの正体はキリストだったと知る。目を覚ましたマルタンは、ローマ軍を除隊してキリスト教に改宗することを決意した。

フランス西部のポワティエの教会で聖職者としてのキャリアを開始したマルタンの名声は、献身的な活動の甲斐あって次第に高まっていった。三七〇年にはトゥールの司教に叙任された。彼は司教の任務をこなしながら、ロワール川のほとりに創設したマルムティエ修道院の修道士として生活をし続けた。

こうしてマルタンは、自らの教区のみならずフランス西部にて布教活動を続け、各地に教会や修道院を設立していった。マルタンの死後、トゥールの人々が自分たちの街の司教だった彼の亡骸をこっそりと船で運び出した。驚いたことに、その道中、川沿いの花が十一月にもかかわらず咲きはじめたと云われている。

「殺人か？」

「まだ断定は出来ない。優秀で人望も篤く、未来のトゥール大司教最有力候補だったそうだ。おまけに、自殺する動機も見当たらない」

「病死の線は？」

「服薬も無く、健康そのものだったそうだ」

「トゥールの事件をなぜ俺たちが捜査するんだ？　トゥールにも捜査官はいるだろう。地元の奴らに任せれば良いだけだ」

「これがただの殺人事件だけならな」

ランベールは上着の隠しから、ブルボン家の百合の紋章で封蠟された一通の書状を取り出した。

「詳細は、ランブィエ公爵からの書状を読んでくれ」

そこには、老齢の現トゥール大司教が、旧知の仲である聖ジュヌヴィエーヴ修道院長、つまりはかつてジャン＝ジャックを養育したトゥルネー院長へ泣きついた経緯が書かれていた。ローマ教皇の介入を懸念した二人が、秘密裡に解決したい旨を国王ルイ十六世に告げた。そこで白羽の矢が立ったのが、ヴェルサイユ宮殿での殺人事件を解決したジャン＝ジャックとパリ警察捜査官のランベール両名だと記してあった。

国王とランブィエ公爵、そしてトゥルネー修道院長が絡んでいるならば断れない。不承不承ではあるが、ジャン＝ジャックは腹を括った。

「それで、その主任司祭とやらの情報はどうなっている」

「事件現場の詳細については、今から向かう聖マルタン大聖堂の司祭に話を聞けるように手配しておいた。さっきの婆さんの占いもまんざらいかさまじゃあ無さそうだな」

認めたくは無いが、友の見解に軽く頷くとジャン＝ジャックは椅子から立ち上がった。

上着を羽織り、荷物を抱えて表へ出ると、葡萄の産地だけあって、宿の入口でお奨めのワインを大声で宣伝する呼び込みだけでなく、通りでは、隊列を組んだ巡回呼び売りが木製の大杯を手に、ブリキの小笛をけたたましく鳴らしながらねり歩いている。

隊列を避け、縫うように速足で歩くジャン＝ジャックの背に、ランベールは大声で呼び掛けた。

「パンティエーヴル公妃には何も伝えなくて良かったのか？　後でバレたら面倒だぞ」

「ラージュ伯爵夫人も連れている。足手纏いになるだけだ。暫く女子修道院で大人しくしてくれていた方が、俺たちも捜査を進めやすいだろう」

表情も変えず、素っ気なく答えるジャン＝ジャックの本心を探るかのように、ランベールも遠慮なしに続けた。

「惚れた女を危険な目に遭わせたくないっていうのが本音だろう？」

突然立ち止まったジャン＝ジャックは、鋭い一瞥のみを返した。だが、友からの追及には一切答えずに再び歩を早めた。

2．

ノートル＝ダム女子修道院

修道院の朝は早い。

聖務日課と呼ばれる一日八回の祈りの日課が定められている。

- **晩課（日没）**
- **終課（就寝前）**
- **朝課（真夜中過ぎの早朝）**
- **賛課（日の出）**
- **第一時課（午前七時）**

・第三時課（午前九時）
・第六時課（正午）
・第九時課（午後三時）

そしてまた晩課と続く。

到着したばかりだから、朝課と賛課の聖務日課に出席しなくとも主は赦して下さるだろうと免除されたが、まだ辺りが薄暗い一時課からの出席は余儀なくされた。

聖堂には、高価な乳香や没薬《もつやく》の残り香が漂い、使徒書簡の朗読が続く中、修道女たちは無論のこと、娘達も全て跪いて神へ祈りを捧げている。マリー＝アメリーは欠伸を噛み殺しながら、睡魔と格闘していた。

さすがに午前七時からの一時課は早過ぎる。王妃や王弟らとカード遊びやオペラ座の仮面舞踏会に明け暮れていた頃は、この時分に漸く寝床に入っていた。だが明日からは朝課と賛課の出席は免れないだろう。

宮廷生活のように化粧や髪結いも必要なく、侍女や女官の手を借りて豪華なローブを着付ける必要もないが、この苦行のような生活に果たして耐え続けることが出来るのか。

隣で跪くラージュ伯爵夫人を横目でちらりと見遣ると、昨日の度重なる乗り物酔いから解放されたせいか、清々しい表情で祈りを捧げている。決して出しゃばらず、奥ゆかしい伯爵夫人は、権謀術数が蠢《うごめ》くヴェルサイユに出仕するよりも、神の家で祈りを捧げる日々が合っているのではないのか。そんなことをぼんやりと考えていると祈りの時間が終わった。

小さな丸窓から微かな陽光が射しこみ始め、同時に盲目の修道女オディルが手をひかれて祭壇脇にあるオルガンの前へと進み出てきた。

大聖堂に設置されるパイプオルガンよりはかなり小型ではあるが、この小さく一切の装飾を排した聖堂には、寧ろこの大きさが適しているだろう。

初期キリスト教では、典礼において楽器は使用されていなかったが、ベネディクト会の発展とともに大修道院からオルガンが普及しはじめた。十三世紀末ころには、各地の大聖堂にオルガンが設置され、十五世紀初頭には、大小の差はあれ、西ヨーロッパのほとんどの教会でオルガンが設置された。

修道女オディルは、鍵盤の位置を実際に手で触れながら確認し、椅子に座った。呼吸を整える為か大きく息を吸うと両手を構えた。

修道女オディルが奏でた第一音で、マリー＝アメリーは頭を殴られたような衝撃をおぼえた。寝不足のせいでぼんやりしていた意識は一気に覚醒した。

ティトルーズのオルガン曲を聴くのは久方ぶりだ。古典的なイメージは拭えないが、同時代のイタリアのオルガニストと同様に、教会の礼拝のために多くの名曲を残している。それよりも、修道女オディルは、全ての譜面を暗記しているということなのか。盲目とは一切感じさせない上に、これだけ卓越した演奏は滅多に聴けるものではない。

再び、マリー＝アメリーが隣の席に視線を向けると、音楽やオペラに造詣が深いラージュ伯爵夫人も修道女オディルの演奏に聴き惚れている様子だ。

宗教改革の弊害は、教会内における音楽の自粛運動だとマリー＝アメリーは思っている。トリエント公会議では、オルガン以外の楽器を教会内では使用しないとの申し合わせまでされた。だが、ローマ教皇への対抗心からか、北イタリアを中心に金管楽器が使われ続け、その結果、器楽をともなうミサ曲や詩篇が作曲され、延《ひ》いては教会ソナタや教会コンツェルトの登場に至るのだ。

故郷のナポリでも、そしてヴェルサイユ宮殿の王室礼拝堂でも、華麗な器楽合奏を聴き込んできたが、シンプルなオルガンだけの演奏がこれほどまでに心に沁みるとは。

演奏が終わると、修道女オディルは再び手をひかれて、自席へと戻って行った。

入れ替わるように、一人の娘が祭壇前へと進み出た。他の娘達とは違い、いずれ修道女になる予定だと告げたマルグリットだ。

異なる色を持つ彼女の瞳は、快活で理知的な輝きを湛えている。

美しいソプラノを響かせて、デュファイ（ギヨーム・デュファイまたはデュフェ、デュ・フェ。ルネサンス期ブルゴーニュ楽派の音楽家）作聖母マリアを讃えるイムヌスの調べが始まった。

Ave maris stella
Dei mater alma
Atque semper Virgo
Felix caeli porta

数多の音楽家がアヴェ・マリス・ステラを作曲したが、デュファイのそれはまた格別だ。テクニックだけを挙げれば、一流の音楽家から手ほどきを受けた歌手の足元にも及ばない。粗削りではあるが、魂を揺さぶるような歌声は、マルグリットが上かもしれない。

「公妃……マリー様。お供をさせて頂けて幸せでございます」

感極まったのか、ラージュ伯爵夫人は薄っすらと涙を浮かべている。

「ええ。私もこの二人に巡り逢えただけでも来た甲斐があったわ」

オペラのアリアを子守歌代わりに聴いて育ったマリー＝アメリーにとって、素晴らしい才能の持ち主との出会いと育成は使命だと思っている。女性が音楽家として活躍できる場を提供していければ、パトロンとしてもこんな幸せな人生はないだろう。

天から降り注ぐ光のようなマルグリットの歌声に、マリー＝アメリーも高揚感に震えていた。

3.

トゥール市街地
聖マルタン大聖堂

ジャン＝ジャックとランベールは、徒歩で聖マルタン大聖堂へと向かっていた。

聖マルタン大聖堂は、トゥールのほぼ中心に位置しており、信徒たちや巡礼者の喧噪で溢れている。加えて往来の激しい人通りの中、スリや追剝《おいはぎ》の被害も日常茶飯事だ。

教会権力は聖人所縁の聖遺物を大層有難がる。巡礼者や寄進も増えるからだろうが、こうした犯罪も多発して迷惑この上ない。

巡礼者や信徒たちに交じって、二人は聖堂へと入って行った。外観は小規模に見えたが、中に入るとかなりの規模だとわかった。バシリカ聖堂（ローマ教皇によって特別な権限を与えられた教会堂）は太い十字架の形をしており、十字の中心からのびる天井を下から見上げて眼が眩んだのか、ランベールが野太い声を発した。

「とてつもない巨大さだな。パリのノートル＝ダムより大きいんじゃないか」

「宗教戦争時代に一度破壊されたが、その時よりも拡張されて修復されたそうだ。それに見ての通り、聖マルタンの聖遺物目当てに巡礼者や参拝者が後を絶たない。おのずと奉納や寄進が増えるから、より修繕や拡張の資金に充てられる仕組みだ」

聖マルタンの功績や奇跡は、彼の死後も語り継がれることになり、ここトゥールに建てられたロマネスク様式のバシリカ聖堂は、エルサレムやローマに次ぐ中世のヨーロッパ最大の巡礼地の一つになった。マルタンがキリストに渡したとされるマントも聖遺物としてここに保管されていた。

「折角だし、その聖遺物とやらを拝見したいものだな」

「残念だが、宗教戦争の時にユグノー側の攻撃に遭い、柩《ひつぎ》ごと焼かれて残っているのは骨とマントの切れ端の一部だけだそうだ」

「なんて野蛮な奴らだ！　きっと今頃、地獄で業火に焼かれているぞ」

信仰心の欠片《かけら》も無さそうな友の意見に、ジャン＝ジャックは噴き出しそうになった。

「お前が立っている真下の地下に、聖遺物が安置されているそうだ。骨の欠片でも教会にはお宝だ。きっと目も眩むような細工がされた箱に鎮座しているはずだ」

二人が中央の身廊を進み、途中の壁に掲げられた聖マルタンの絵画を見上げていると、背後から涼やかな声がした。

「パリ警察のランベール捜査官ですか？」

振り返ると、一人の聖職者が穏やかな笑みを湛えていた。上背があり、癖のあるプラチナブロンドに透き通るような肌は、北方系の血を彷彿とさせる。淡い色の瞳とその清らかな佇まいは、神秘性に満ちていた。

「私は聖マルタン大聖堂司祭のアルマン・ド・ボーテルヌです。こちらの方は？」

ボーテルヌ司祭の涼やかな視線がジャン＝ジャックに向けられた。

「ああ、助手のボーフランシュです」

(いつからお前の助手になったんだ)

(その方が何かと融通が利くだろう)

「ギベール主任司祭は、普段は隣接する修道院にお住まいでしたので、いまからご案内します」

踵《きびす》を返した司祭は、側廊の右奥に設けられた扉を開けて、続く細い通路へと促した。司祭が使っていた執務部屋と資料が置かれた小部屋は続き間で、隣接する修道院へは近道だからと正門からではなく、塀の扉を開けて屋根付きの通路伝いに進んでいった。

案内された修道院は、大聖堂のすぐ裏手にあり、小ぢんまりとした佇まいながらも「労働」に従事する修道士らの活気に溢れている。

収穫されたばかりの野菜を手に、放し飼いの鶏を追い立てる助修士や鋼を鍛錬する鍛冶工房の修道士たち。

そんな彼らの様子を眺めながら、司祭は目を細めて言った。

「ギベール主任司祭は、トゥールの司教でもあった聖マルタンを指針とされておりました」

「それでご自身も修道院にお住まいだったのですか」

聖マルタンはトゥールの司教に叙任後も、豪華な司教邸には住まずに自らが建てたマルムティエ修道院で生活した。

「ええ。本来は聖マルタンと同様にマルムティエ修道院をご希望でしたが、何分ロワール川の対岸になります上に、教会の信徒方の聴罪もございますので、近場を選ばれた次第です」

「ボーテルヌ司祭」一人の修道士が速足で近づくと、司祭の耳元で何やら囁いた。

司祭は数度頷くと、「大変申し訳ございません。この続きはあの者に代わります」二人に深々と一礼し、足早に去っていった。

ギベール主任司祭の急死に伴い、数々の職務の代役を任された為だろう。

ボーテルヌ司祭の代わりにやって来たのは、ジルという名の青みがかったトンスラが初々しい若い見習い修道士だ。普段は鍛冶工房担当だという、小柄だがいかにも快活そうな彼に案内されて、二人は修道院の裏手へと回った。

修道院を囲む壁の前に厩舎があり、その隣には家畜小舎が並ぶように連なっている。近づくにつれて、鼻腔を刺す獣臭も強くなってきた。

「ボーテルヌ司祭はこの臭いが非常にお嫌いらしく、滅多においでにはなりません」

聞きもしないことを饒舌に語るものだとジャン＝ジャックは半ば呆れていた。

「ギベール主任司祭が亡くなったのはこちらです」

若い見習い修道士が指した方向には、大きな豚の死骸が逆さに吊るされて、大甕《おおがめ》に血を集めていた。

「豚小舎の前で？」

「はい。戻られましたギベール主任司祭の馬車の扉が突然開いて、苦しそうに喉元を押さえて、よろめきながらこちらに来られ、この大甕に頭から倒れ込むと、そのまま絶命されました」

「司祭は一人だったのか？　伴の者は？」

「普段は助修士か私のような見習い修道士が同伴するのですが、その日は前日からお一人で聖務をこなしていらっしゃいましたので、馬車もお一人でした」

見習い修道士の話に、ジャン＝ジャックとランベールは顔を見合わせた。

「急病死かあるいは毒殺か……または悪魔に魅入られたか」

「茶化すな、ランベール。だがその様子だと、病死か毒殺の可能性は高いな。司祭が亡くなる寸前まで乗っていた馬車を見せてくれるか」

見習い修道士は小さく頷くと、厩舎へと案内した。

「こちらがいつも使用されていた馬車です。事件後からそのままの状態で保管しております」

これだけの規模を誇る大聖堂の主任司祭ならば、王侯貴族にも匹敵する豪華な馬車を保持しているのかと思いきや、辻馬車のそれと大して変わりが無い古びた馬車であった。

「前任者は大変贅沢な方だったそうですが、ギベール主任司祭は清貧をモットーとされて、まるで托鉢修道士のようだと……失礼しました」

どうもこの見習い修道士はおしゃべりなうえに、失言が癖らしい。

「香《かぐわ》しい匂いに満ちているな」

馬車の扉を開けたランベールが大きな鼻をくんくんと動かしている。

「乳香や没薬の匂いだ」

即座に、ランベールが賞賛の眼差しを向けてきた。

「公妃の館に出入りするようになって、身綺麗になった上に香りにも詳しくなったな」

「乳香や没薬はミサに使うから、主任司祭の身体に匂いが染みついていても不自然じゃない。それに俺は修道院育ちだから知っていただけだ」

無駄口を叩かずに仕事に専念しろとばかり、ジャン＝ジャックは友を睨みつけた。

「これは……」

座席の足元には、丸めた紙が転がっている。広げてみると、小さな袋のようだ。開いて中の匂いを嗅いでみると、微かに甘い香りが残っている。

「菓子でも入っていたようだな」

「ギベール主任司祭は甘いものが大層お好きでした」

教区の修道院や教会で、ミサの帰りに信徒らに貰うことも多かったという。

ジャン＝ジャックの脳裏には、ランブイエ公爵家の女料理人ジャンヌの向日葵《ひまわり》のような笑顔が浮かんだ。赤ら顔に大きな丸太のような体軀を左右に揺らしながら、週に数度立つ市には必ず自身で出向き、食材を吟味して最高の料理で公爵家の食卓を豊かにしている。

ジャン＝ジャックが公妃の館を訪れると、帰りには必ず何かしらの焼き菓子やデセールの残りを包んでくれる。母親の愛情を知らずに育ったジャン＝ジャックにとって、南仏の太陽のようなジャンヌもまた、母性愛を教えてくれた一人なのかもしれない。

「貰った菓子に毒が入っていたということか」

「可能性はあるな」振り返るとランベールは見習い修道士に言った。「事件当日のギベール主任司祭の足取りを教えてくれ」

「調べて参ります。大層お忙しい方でしたので、その日も何件も掛け持ちでミサや聴罪をされていましたし」

見習い修道士は軽く頭を下げると、回れ右のように方向転換し、速足で厩舎を後にした。

「ランベール、病死か毒殺かどうやって判断するんだ」

疑わしい場合に限って、裁判所付きの医師が死体確認、あるいは検死解剖を行うので、パリの事件ならば親しいサンソン（シャルル＝アンリ・サンソン。処刑執行人だが職務柄医学や解剖学の知識も豊富だった）に協力を頼める。だがここは、設備や器具もないうえに、聖職者の遺体だ。簡単に解剖の許可は下りないだろう。

「それはとっくに手配済みだ」

ランベールが何か企んだ時のような含み笑いを返した。

4.

ノートル＝ダム女子修道院

「美味しい！」

サブレを一口齧《かじ》ると、マリー＝アメリーは驚嘆した。同時に、行儀作法の悪さを窘《たしな》められるのかと思いきや、修道女オランプはにこやかな笑みを返した。

週に一度か二度、この修道院では修道女や少女達が持ち回り制で菓子作りを行っている。これも「労働」の一環だ。

正直、修道院の食事の質や味のレヴェルは全く期待していなかったが、ここで供される食事やワイン全てが美味なのだ。特に豊富な材料をふんだんに用いて作る菓子の味はまた格別であった。

「清貧を重んじる修道会なのに、お菓子は大食や貪欲に該当しないのですか?」

心配顔のラージュ伯爵夫人が、娘達を束ねる修道女オランプに訊いた。

大教皇グレゴリウスの時代に七大悪徳として(傲慢・貪欲・淫乱・怒り・大食・嫉妬・怠惰)が定められたと云われている。

「そうですね。確かに甘い菓子への批判は、大食の批判に繋がるものでもありますが、意外なことに甘い菓子の起源は教会の儀式の中にあるのですよ」

マリー＝アメリーとラージュ伯爵夫人が首を傾げていると、修道女オランプは得意気な表情でにこやかに返した。

「ほら、皆様方がミサで拝領されるホスチアとか。あれを砂糖や蜂蜜で甘く味付けして、次第にお菓子になっていったのですよ」

それに、と言いながら修道女オランプは続けた。

「私達修道女はお肉を食べません」

昨日の食事にも肉類は一切出されなかった。

「アンリ二世妃だったカトリーヌ・ド・メディシスは、婚姻と同時にイタリアからマカロンを伝え齎しました。栄養価の高いマカロンを、肉を食さない修道女の為にと、各地の修道院にその製法が伝えられたのですよ」

　ラージュ伯爵夫人とマリー＝アメリーが感心して修道女オランプの話に聞き入っている背後では、娘達は「労働」の最中でも、年頃の娘らしく世俗の会話に夢中だ。

「本来なら、沈黙が原則ですが、大沈黙の時以外なら副院長様は大目に見て下さるのです」

　院長の依頼で乗り込んではみたものの、肝心の院長にはまだ一度も会えないでいた。

「院長様は御病気とか。お悪いのですか？」

「あんな偏屈なお婆さん、早く隠居すれば良いのよ」

　粉をふるっていたリュシーは、眉根を寄せて渋面を作った。彼女の隣で粉ふるいに粉を注ぎ足しているアガットも同意するように相槌を打った。

「リュシー！　口を慎みなさい！」

　常に穏やかな修道女オランプが、珍しくきつい口調で叱責した。だが、リュシーは反省する様子も無く、はあい、と気の抜けた返事をした。

　この修道院に到着した日、沈黙が守れなかったリュシーとアガットは、院長自らに厳しく指導されたらしい。

「院長様は大変厳しい方なのですが、副院長はお優しい方でいつもこの娘達の失敗を庇《かば》って下さいます」

その時、丁度背後の扉が開き、マルグリットとその陰に隠れるようにアニェスが入って来た。

「オランプ様、ドロテ様から蜂蜜を分けて貰いました」

大きな瓶を二つ籐籠から取り出したマルグリットは、調理台の上に続けて置いた。瓶の中の液体が、窓から差し込む光を受けて黄金色に輝いている。

「ありがとうマルグリット」

それを合図に修道女オランプは、軽く手を叩き、「さあ、皆さん。そろそろ始めますよ」と、注意を促した。

「本日は先週と同じように、丸型を使ってヌガー・ドゥ・トゥールを作りますよ」

この地方、とくにトゥールの名物菓子らしく、タルト生地に杏のコンフィチュールを塗り、果物の砂糖漬けを散らす。その生地の上にメレンゲとアーモンドで作った生地を絞り、表面に砂糖を振って焼いた菓子だ。

「お菓子作りは初めてよ。前から挑戦してみたかったから嬉しいわ」

修道服の上に緩やかなタブリエを重ね、マリー＝アメリーは袖を捲《まく》った。

「公妃……マ、マリー様が厨房へいらっしゃると、いつもジャンヌから追い出されていましたものね」

公爵家の女料理人ジャンヌは、ランブイエ公爵からの信頼も厚く、かつて、菓子職人だった経験から、今では公爵家の料理からデセールに至るまで全て取り仕切るようになっていた。

「そうなのよ。『手は足りていますから！』と尤《もっと》もらしい理由を付けられて」

腹立たしいことに、ボーフランシュ大尉も味方になるどころか、ジャンヌの意見に諸手を挙げて賛同していた。

調理台の上に先程リュシーとアガットが振るった粉を丸く広げ、広げた中央に窪《くぼ》みを作り、そこにバターと溶きほぐした卵を加えた。修道女オランプが素手と平たい板を使って全体を混ぜ合わせる。

「素早く混ぜるのがコツですよ。手の熱でバターが溶けてしまいますから」

生地が出来上がると、それを掌《てのひら》程の筒状の型でくり抜くのがアニェスや新参者のマリー＝アメリーの担当だ。くり抜いた生地の表面に杏のコンフィチュールを塗るのはマルグリットの担当で、刻んだ果物の砂糖漬けを散らすのはアガットとリュシーの担当だ。

修道女オランプは、ボウルの中に入れた卵白を泡立てながら、「農作業に加えて、リキュール作りや砂糖漬けやコンフィチュール作りも『労働』の一環になるのですよ」と言った。

出来上がったメレンゲに、アーモンドの粉と本来ならば砂糖を加えるそうだが、修道女オランプはラージュ伯爵夫人に蜂蜜の瓶を持たせると、惜しみなくボウルの中に注がせた。

「こんなにたくさん蜂蜜を入れるのですね」

ラージュ伯爵夫人は驚嘆した。

「この修道院では巣箱で蜜蜂を飼っているから、手に入りやすいのですよ」

養蜂も「労働」の一環だ。

元々修道院は領主であり、小麦をはじめとする穀物や葡萄、農民らが普段口に出来ない卵や砂糖、蜂蜜も手に入った。こうして、修道院の修道士や修道女たちがパンやお菓子作りの先駆者となっていった。

「私たちが拵えた菓子を口にする人が幸福になりますように。と、大袈裟かもしれませんが、一つ一つ心を込めて作っているのですよ」

常に笑みを絶やさない修道女オランプの顔に一瞬だけ翳《かげ》りが生じた。

「聖マルタン大聖堂のギベール主任司祭も、この修道院のお菓子をとても気に入っていらしたのに」

「過去形で話されたということは、亡くなられたのですか」

そう言いながら、マリー＝アメリーは自身の失言を反省した。昨年、ヴェルサイユ宮殿で殺害されたブリュネルの事件に関わってからというもの、こうした直接的な物言いが、時折、顔を覗かせてしまうのだ。

しかし、修道女オランプは特段気にする風でもなく、竈の中に菓子の生地を入れながら会話を続けた。

「ええ。巡回ミサに度々いらして下さっていたのですが、先週お亡くなりになられたそうですわ。信仰心篤く、ご自身に大変厳しい、とても立派な方でしたのに」

しんみりとした流れを断ち切るかのように、修道女オランプは顔を上げて張りのある声で言った。

「さあさあ、皆さん。焼きあがる迄に片付けを済ませますよ。リュシーとアガットは洗い物を、姉妹マリーと姉妹ベアトリスはそれを拭いて下さいな。終わったらお茶にしましょう」

布巾など扱ったことも触ったこともないマリー＝アメリーが、四苦八苦しながら菓子の道具を拭き終えた頃、竈ではヌガー・ドゥ・トゥールが焼き上がり、極上の甘い香りで製菓棟は満ち溢れていた。

早速、お茶が淹れられた。

修道女オランプは、自ら副院長や他の修道女達に出来立てを届けたいと席を外した。俗世の話を心行くまで楽しめるように配慮してくれたのだろう。

薬草園での「労働」を終えたカトリーヌも加わり、忽ち、製菓棟は小さなサロンへと様変わりした。

「マリー様とベアトリス様は、ヴェルサイユに行かれたことはございますか」

リュシーが美しい青い瞳を輝かせて訊いた。

話の要点が掴めずに首を傾げていると、ヴェルサイユ宮殿で催される舞踏会のことらしい。

「ええ、何度か」

「では、国王陛下や王妃様を遠目で御覧になられたのですね」

そばではラージュ伯爵夫人が苦笑いをしている。まさか宮殿内に自身のアパルトマンを構え、彼女たちには雲上人にあたる国王や王妃のそば近くに仕えているとは夢にも思わないのだろう。

社交界にデビューする前の若い娘達は、ヴェルサイユ宮殿の舞踏会やオペラ座の仮面舞踏会をおとぎの国の出来事と同一に捉えているようだ。

皆が寛いでいる中、マルグリットはポットを手にして皆のカップに、率先してお茶のお代わりを注いでいる。

「マルグリット、先程の独唱はとても素晴らしかったわ」

「ありがとうございます、マリー様。お褒め頂き光栄です」

ポットを持つマルグリットの後ろから、ひょっこりとアニェスが顔を出し、束にした花を無言でマリー＝アメリーの前に突き出した。

「まあ、ありがとう。アニェスだったわね。私、お花が大好きだから嬉しいわ」

アニェスは、恥ずかしそうに微笑んだ。

「後で生まれたばかりの仔羊を見せたいそうです」アニェスに代わり、マルグリットが言った。

「ええ、楽しみにしているわ」

アニェスの幼い仕草を、カトリーヌやアガットは苦虫を嚙み潰したような面持ちで見つめている。アガットはマリー＝アメリーらの気を惹きたいのか、無理やり会話に割り込んできた。

「それよりも、王妃様はパリにあるローズ・ベルタンの店をご贔屓《ひいき》にされているとか。最新流行のローブは、どのようなデザインなのですか」

「王后陛下は、ジュイ製の更紗《さらさ》をお召しになられているわ」

フランスでは、長らく着用すら禁じられていた更紗だったが、従来のエキゾチックなインド更紗のテキスタイルデザインを、薔薇、リラ、忘れな草など、身近な花模様にと発展させたジュイ製のテキスタイルデザインを、マリー＝アントワネットは殊《こと》の外《ほか》愛し、好んで着用した。

熱心に聞き入っていたアガットは、両掌を組んで夢見るような表情で言った。

「私、幼い頃から顔立ちとこの金髪だけは褒められていたの。姉妹の誰よりも美しいと。時が時なら、国王陛下の愛妾にだってなれると周りの大人たちは言っているわ」

マリー＝アメリーは苦笑いを隠せない。

歴代のフランス国王は艶福家で有名だったが、当代の国王は、我が従兄ながら浮いた話が全くと言って良いほど無い。

ルイ十四世の弟でフィリップ・ドルレアンに至っては、女装趣味に加えて男色家であったとさえ言われている。そのどちらにも関心が無く、興味の対象は専ら狩りと錠前作りの従兄は、異例とも異色とも言えるだろう。

「私は国王陛下の公妾でも愛人なんて絶対に嫌よ」

年長者であるカトリーヌがきっぱりと言った。

「シャトレ侯爵夫人やスタール夫人のようにサロンを開くの。その為にはもっとラテン語も英語も上達したいわ」

若い娘には珍しい生真面目さに、マリー＝アメリーは興味を惹かれた。

「ラテン語はどなたが教えているの？」

「副院長様です」

マリー＝アメリーとラージュ伯爵夫人は驚きを隠せなかった。

修道女たちは男子修道士とは異なり、自由七科と呼ばれる文法、修辞学、弁証法、算術、幾何、音楽、天文を体系立って習うことはなかったからだ。

「副院長様は才女なのね。どちらでそれほどの教養を身に付けられたのかしら」

「ラテン語はミサにいらっしゃる司祭様に教わったそうですが、文学や算術にも通じていらして、この修道院の会計もずっと任されているそうです」

「ええ。ラテン語は勿論のこと、文学にも通じていらして。ここを出た後に恥ずかしくない教育を修めなさい、が口癖なのです」

カトリーヌは演劇にも造詣が深く、モリエールやラシーヌも全て暗唱できるほどで、それも副院長エリザベートの指導の賜物だという。

「私は社交界なんて大変そうなところより、田舎の領地でのんびり暮らしたいわ」

リュシーは菓子を摘みながら、品よくお茶を啜《すす》った。

「最新のローブや文学談議よりも、夫やそのお仲間たちと狩りに行きたいの。ここは敷地が狭くて、馬もいなくてつまらないけれど、結婚したら心行くまで乗馬を楽しみたいわ」

その後、ラージュ伯爵夫人による最新オペラ談議にマルグリットやアガットは熱心に耳を傾けた。

お開きになるころ、カトリーヌによって暗唱が披露された。

囚われの姫君を助け出そうとする騎士物語に、娘達はうっとりと聴き惚れていた。

トゥールの伝統菓子ヌガー・ドゥ・トゥールを齧りながら、マリー＝アメリーはこの陽だまりのような光景を眺め、微笑んだ。

田舎の領地とさほど変わらない長閑なこの地で、事件など起こる気配もない。早々に切り上げてアンボワーズ城に戻ろう。そう考えていた。

5.　聖マルタン大聖堂

聖マルタン大聖堂には修道院が隣接している。ジャン＝ジャックとランベールは、その修道院の地下墓地へ通じる狭く急な石階段を、ランタンの灯りを頼りに下っていた。

「主任司祭の遺体は、修道院の地下墓地に安置されている。暗いから気をつけろ」

言った端からランベールは足を滑らせて段を踏み外しそうになり、既《すん》での所でジャン＝ジャックが彼の腕を摑み、事なきを得た。

「お前こそ気を付けろ、ランベール」

ジャン＝ジャックはいやでもブリュネルやルネの検死を行った一年前の事件を思い起こさずにはいられなかった。あの時は、階段を一段下りる度に体中に纏わりつくような湿気と血の臭いに咽《む》せながら、グラン・シャトレ地下に設けられた拷問室へマリー＝アメリーに先導されて向かったのだ。

「しかし、ここは地下の割には湿気が少ないな」

「湿気が多いと先客らも黴だらけになるからだろう」

地下墓地は納骨堂《カタコンベ》になっており、ランベールが視線を向けてランタンで照らした奥の壁は一面、亡くなった修道士らの頭蓋骨で覆われている。つくづく、マリー＝アメリーやラージュ伯爵夫人を女子修道院に滞在させて良かったと、ジャン＝ジャックは胸をなでおろしていた。

階段を下りきった先には、柩が高く積まれている。

「この狭い土地に、何百年もの間に死んだ修道士たちを全員埋葬するのなんか不可能だからなあ」

「ああ。パリの聖イノサン墓地も過密になり過ぎて、地下で繋がった近所の地下ワイン貯蔵庫が遺体の重さに耐えきれずに倒壊したそうだ。それだけじゃない。遺体の腐敗臭でワインがすぐに酸っぱくなったり、食糧が腐ったり散々だったらしい」

戦場の凄惨さを知るジャン＝ジャックでさえ、決して慣れることが出来無い上に、到底愉快な気分にはなれない。

二人が階段を下りきったその刹那、頭蓋骨に覆われた壁がゆらりと揺れた。一年前は叫び声をあげる寸前であったが、あまりの既視感に目を凝らして見ると、一人の男性が壁と同化するように佇んでいたのだ。

「お待ちしておりました。ランベール捜査官、ボーフランシュ大尉。ルイ＝シャルル＝マルタン・サンソンと申します」

あの時と同様に低音の心地よい声が、地下納骨堂に響いた。

「サンソン……では、ムッシュー・ド・パリの……」

「ええ、シャルル＝アンリ・サンソンは兄です。私はトゥールとオーセールの処刑人です」

やはり血は争えないのか、（シャルル＝アンリ・）サンソンよりも痩身だが、癖のある長い黒髪に笑みを浮かべた端整な顔には、幾つもの共通点を見いだせた。最新モードを身に纏う兄とは対照的に、聖職者のような黒いシンプルな上着とキュロットのみを身に着けているのが、寧ろ彼の知的かつ洗練された雰囲気を際立たせていた。

「そうでしたか！　パリ王立士官学校の教官ボーフランシュ大尉です。兄上には、とても、とてもお世話になっています」

ジャン＝ジャックは、すぐさま快活な笑顔を向けて、処刑人に握手を求めた。

サンソンは面喰らったのか、直立不動で硬直したかのように動かない。サンソン家は世襲である処刑執行人という職務柄、人々から忌み嫌われる存在であり、嘲《あざけ》りや侮蔑は日常茶飯事であったが、握手を求められた経験は皆無だったのだ。

遠慮がちに差し出された右手は、ジャン＝ジャックが固く握り締めた後、すぐさまランベールが摑み、その上親しみを込めて豪快に肩まで叩いていた。

――ボーフランシュ大尉とランベール捜査官は、サンソン家の職務に一切の偏見を持たずに接して下さる貴重な方たちだ。

緊張が解れたのか、安堵の表情を浮かべてサンソンが言った。

「兄からボーフランシュ大尉、ランベール捜査官のお人柄は伺っております。お二方、兄が言った通りの方だ」

「悪い噂でないことを祈ります」珍しく茶目っ気を込めてジャン＝ジャックが言った。

「俺たち二人の良い噂があれば知りたいものだ」相棒も阿吽《あうん》の呼吸で返した。

「確かにそうだな」

ランベールとジャン＝ジャックは顔を見合わせて大声で笑い、サンソンもつられて笑っていた。

重々しい空気が和んだことを見計らうように、サンソンが振り返りながら言った。

「こちらがギベール主任司祭の遺体です。亡くなって丁度一週間になります」

普段は柩が置かれる大理石の台の上には、白いリネンが掛けられて、人型を作っている。

「聖職者の解剖がよく許可されたな」

「勿論トゥール大司教には大反対されたが、ランブイエ公爵に頼んで裏で手を回してもらったんだ」

サンソンも頷いた。

フランス一、二を争う資産家のランブイエ公爵なら、「寄進」の額でトゥール大司教を黙らせるなど朝飯前だろう。

「今年は例年よりも気温が低く、地下に安置して可能な限りの防腐処理を施しましたが限界がございます。腐敗も進んでおりますゆえ、防臭のご準備をされて下さい」

すぐさま、ジャン＝ジャックとランベールは鼻に嗅ぎ煙草を詰めた。

掛けられた布を剥ぐと、そこには、一糸纏わぬ状態で横たわる主任司祭の遺体があった。氷室から貴重な氷を用意させ、塩が撒《ま》かれて最善の策を取られていたとはいえ、皮膚はどす黒く、腐敗は進んでおり、人肉が腐る形容しがたい悪臭が辺りに漂った。

ジャン＝ジャックとランベールが率先して解剖器具を並べだす。その手慣れた様子に

「お二人とも随分慣れていらっしゃいますね」とサンソンは目を丸くした。

穿孔用の器具を並べつつ、今は不在のパンティエーヴル公妃マリー＝アメリーの姿を思い浮かべながらジャン＝ジャックは言った。

「日頃から理不尽にこき使われて、鍛えられていますから」

それが誰を意味するか、すぐさま理解したのか石壁の鉄輪に松明を灯しながら、ランベールは大声で笑っていた。

全ての準備が整い、司祭の遺体に一礼するとサンソンは、静かに低音の声を響かせた。

「では、今から聖マルタン大聖堂ギベール主任司祭の検死解剖を始めます。助手はパリ警察のランベール捜査官とボーフランシュ大尉、尚、ボーフランシュ大尉には調書取りも兼任でお願いします」

ランベールとジャン＝ジャックは同時に大きく頷いた。

「これは司祭の血ではなく、恐らく絶命した時に付いた豚の血でしょう」

ジャン＝ジャックは布を水に浸し、司祭の顔と頭部を丁寧に拭き上げた。忽ち布は真っ赤に染まり、白地であったことを忘れさせるほどであった。それだけ死した彼の顔と頭部は豚の血に塗《まみ》れていたのだ。

「やはり顔や頭部に目立った外傷はありませんね」

次にサンソンは遺体の口を開けようとしたが、既に死後硬直で硬くなっている為に、開口器を使ってやっとこじ開けた口の中を覗き込み、蠟燭の灯りで確かめた。

「咽頭の浮腫が目立ちます。これによって上気道閉塞が起こり、窒息死したのですね」と言いながら、今一度遺体の首回りを丁寧に検分した。

「ですが絞殺や扼殺《やくさつ》のように首を絞められた跡はありません。ん？」

見落としが無いか、更に全身を検分するサンソンが不可解そうな声をあげた。

「どうかされました？　ムッシュー・サンソン」

可能性は低いだろうが、ブリュネルの殺害時のように刺創が無いか胸部から腹部を調べていたジャン＝ジャックが、サンソンの声に顔をあげた。

「首の後ろあたりに、虫刺されのような跡が残っています」

ジャン＝ジャックとランベールが遺体を覗き込むと、確かに、数本の引っ掻き傷がある。

「患部は膿疱《のうほう》にしては固く、皮膚が盛り上がっておりませんね……。普段から衣服や身体を清潔に保たれていたのでしょう。蚤《のみ》や虱《しらみ》、南京虫の類による虫刺症や刺咬《しこう》症もありませんので、これだけが気になります」

修道院では、衛生上の理由と会則に従って沐浴所を利用出来た。

「では、やはり毒殺の可能性が」

「まだ断定は出来かねますが高いでしょうね」

サンソンは言った。兄のシャルル＝アンリは、かつて国王弑逆《しいぎゃく》罪で処刑したダミアンの件を教訓に、医学的見地を高めることを目標としたと。

「ならば、私は薬草や毒草、毒薬に対する見地を高めたいと精進してきました」

例えば、と言いながら、サンソンは横たわるギベール主任司祭の遺体に視線を向けた。

「かつて中毒死した遺体は腐敗しない上に、触れてはならないと考えられておりました」

その言葉に、ぎょっとした表情で自身の両手を凝視するランベールに、サンソンは微笑みながら言った。

「今では迷信だとわかりましたのでご安心下さい」

安堵の表情を浮かべたランベールは、それでも古布で手をごしごしと拭いた。

「毒殺で一番多く使用されるのが砒素《ひそ》ですね。簡単に入手出来るからでしょう。にんにく臭がするとも言われていますし、他にも特徴的な臭いがある毒物があります」

ランベールが司祭の遺体に鼻を近づけようと、前屈みになったところを、サンソンが慌てて制した。

「ランベール捜査官、万が一の場合がございますので、私が……」

代わりにサンソンが遺体のにおいを嗅いでみたが、「特に臭いは感じません。だからと言って、摂取の可能性は否定出来ません」と首を振りながら答えた。

「気になりますのが、司祭は急に苦しみ出して亡くなったということです。それだけの症状が出た場合ですと、毒物を少しずつ与えて中毒死させるのとは違い、かなり強い毒物を大量に与えたと考えられますが、当然、身体には嘔吐や下痢、痙攣《けいれん》などの症状が現れます」

「馬車の中は吐瀉物の類は無く、きれいなものでした」

確かめるようにジャン＝ジャックが視線を向けると、ランベールも大きく頷いた。

サンソンは手術刃を握り、胸から腹にかけてY字状に一気に切開して肋骨を露出させた。剪定鋏《せんていばさみ》を大きくしたような大きな鋏を手に、ランベールが肋骨を切断すると、蓋を開けるように胸部が開かれ、司祭の内臓が露わになった。

防腐を施していたとはいえ、腐敗が進み悪臭が漂う中、サンソンは臓器一つ一つを丁寧に検分していった。

「私の館に保管してあります、毒殺された遺体から取り出し、防腐液に浸した各内臓とも比較してみますが、一見しましたところ、腫瘍や潰瘍も無く健康そのものです」

「では、病死の線は消えたということでしょうか」

「恐らく……」

サンソンは、器用に手術刀を動かしながら腑分けをし、同時にジャン＝ジャックとランベールが切り開いていったが、これといった変色や爛《ただ》れた赤味も見当たらなかった。

その時、場にそぐわない、明るく軽やかな声が階上から響いた。

「野良犬を連れて来いって仰せでしたが、こいつで宜しいですか？」

先程案内してくれた見習い修道士ジルだ。左手に松明を掲げ、右手には一匹の中型犬の首に結び付けた縄を握りしめている。

「乱暴な検証方法ですが、司祭の内臓を犬に喰わせるのです」

「なるほど……犬が死ねば毒殺の可能性が増すし、何もなければ毒殺の疑いが晴れるということですね」

サンソンは頷き、司祭の遺体の内臓から切り取られた一部は、縄を付けて連れてこられた犬の餌となった。空腹であったのか、犬は選り好みせずに完食し、尻尾を振りながらお代わりまで強請《ねだ》った。

「暫く様子を見ましょう。一時間経って、その犬が生きていれば毒殺の可能性、少なくとも砒素等の強い毒を大量摂取した可能性は低くなります」

見習い修道士ジルは、さして怯える様子も無く「それでは、半時ほどそこらを走らせて来ますよ。毒の巡りも早くなるでしょうからね」と言い残し、野良犬を連れて嬉々として石階段を上っていった。

その様子を見ながら、ランベールは心底呆れた様子で「あいつ……どうして修道士になったんだ。絶対に人生の選択を間違えているぞ」とぼやいた。

腐敗や汚物臭の漂う中、司祭の遺体から取り出された内臓は、それぞれガラスの瓶に保管され、それを手伝うジャン＝ジャックとランベールの上着の袖口も手も血と内容物に塗れていた。

空洞になった司祭の胸腔や腹腔内に藁を詰めて、サンソンが切開した皮膚を針と糸で縫合し始めると、その手際の良さと鮮やかな手付きに、二人は惜しみない称賛を送った。

「さすがはサンソン家の方だけあって、見事な検死でしたね」

兄と同様に優秀であっても決して出しゃばらず、控えめなサンソンは謙遜しつつ答えた。

「私の方こそ、サンソン一族でなければ、外科医か薬剤師の道に進みたかったので、検死を任せて頂けて嬉しく思っています。やはり、処刑は何度行っても慣れることは出来ませんし、あの沈着冷静な兄でさえ、最初の処刑は葬りたい記憶となっております」

「普段のムッシュー・ド・パリからは想像もつきません」

長身で堂々とした体軀に重厚な雰囲気を纏ったムッシュー・ド・パリ、シャルル＝アンリ・サンソンは、病気の父に代わって十六歳で初めて処刑台に立った。

若い女性の絞首刑だったが、何度も失敗して五、六回目でやっと刑の執行が出来た。

「私も最初の処刑は大きな失敗こそありませんでしたが、出来ましたら記憶から消してしまいたい過去のひとつです」

「それはどうして？」

サンソンの顔に苦悩が浮かんだ。

「火炙りでした」

「火炙り？」

「ええ……。あれは十年程前のことになりましょうか」

名はクロティルド。やっと授かった子どもだった為か、由緒ある貴族の両親からは深い愛情を注がれた。行儀作法を学ぶために、女子修道院で暮らしていたが、院長や修道女からの信頼も厚く、小さな娘たちの世話も率先して引き受けるとても気立ての良い娘だったらしい。

「そんな娘がどうして」

「異端だったのです」

普段の彼女の信心深さを知る修道院の関係者は、何かの間違いだと、どうにか穏便に済まそうとした。だが、修道院に暮らす他の娘達の数々の証言から庇い立て出来なくなり、異端審問に掛けられた。

「とても厳しい追及を受けましたが、クロティルドは一言も弁明しませんでした。その後、拷問が始まりました……」

サンソンは唇を噛みしめ、目を伏せた。握られた拳はかすかに震えている。とても辛い思い出なのだろう。

「いっそのこと、拷問の間に死んでくれたらどれだけ楽だろうと。ですが、クロティルドは細く小さな身体をどれだけ痛めつけられても、一言も声も出さず、涙さえ堪えて耐え続けました」

「何とも憐れな話だな」

「ああ……」

「眼球は潰れ、乳房も焼け爛れて原形を留めておらず、もはや歩けるような力はどこにも残っていませんでしたが、首に縄を付けて、引きずられて処刑場に連れて行かれました」

「悍《おぞ》ましい……」

ランベールが眉間の皺を深く刻む隣で、ジャン＝ジャックは数度頭を振りながら目を伏せた。一年前、英国への諜報活動の罪を一身に背負い、フランスの未来を憂い苛酷な拷問の末、死を選んだデカール捜査官の傷ついた姿が浮かんだからだ。

クロティルドの刑場はロワール川の畔《ほとり》だった。

当日は、護送兵を先頭に、その後を黒い布で覆った十字架が続き、黒い服を着せられたクロティルドが続いた。それから世俗の名士や役人らと異端審問の幟《のぼり》が続き、列の後尾には、異端審問官が付いた。

刑吏がクロティルドを杭に高く縛り付け、足元には薪と藁を積み上げた。

「火刑台に上ったクロティルドの足元の藁に火をつけたのは私でした」

藁からは煙があがり、クロティルドは苦しそうに咳き込んだが、やがて火が広がると髪の毛が燃え、服が燃えて、肉が焼ける臭いが辺りに漂うが、凛然とした態度で耐えていた。

「するとクロティルドが突然詩篇一〇九を唱えだしたのです」

驚愕の面持ちを返すジャン＝ジャックとは裏腹に、訳が分からないといった風情のランベールは、肘で友の脇腹を突いて小声で尋ねた。

「ボーフランシュ、詩篇一〇九って？」

「呪いだ」

「ええ。拷問中はあれだけ無言を貫き通したクロティルドが、呪いの一節を唱えながら死んでいったのです」

異端審問官らは勿論のこと、刑場に集まった住人ややじ馬たちは戦慄した。

一般の火刑では、生焼けの肉や骨が火刑後に残骸として残るが、クロティルドの場合は、薪が燃え尽きた後に、半焼けの死骸の骨を砕き、引きちぎって再び火に投じられて完全に灰にされた。

「クロティルドの遺体は死してなお人々から痛めつけられ、灰さえも残らないように粉々にされて、地中の奥深くに埋められました」

掛ける言葉が見つからず、ジャン＝ジャックとランベールはその場に立ち尽くしていた。

「普段はなるべく想い出さないように、記憶を封印する努力をして参りました。ですが、クロティルドが暮らした修道院がこちらに隣接していましたので、つい……」

「そうだったのですね」

＊

地下納骨堂からギベール主任司祭の内臓を入れた瓶を運び出した頃には、すっかり陽も暮れていた。

「主任司祭の検死とクロティルドとやらの娘の話と、今日は血腥い一日だったな」

「そうだな……」

粉々にされて、地中の奥深くに埋められたクロティルドの遺体は、当然の如くキリスト教徒の墓から締め出されたことを意味する。すなわち、最後の審判の日に蘇ることは出来ない。

ジャン＝ジャックはやるせなさから大きく頭を振った。

その時であった。東の空から羽音をたてながら戻ってきた一羽の鳩に、今日のやりきれない思いは払拭され、俄《にわ》かに笑みが溢れた。

「公妃に託してきた伝書鳩だ。大方、修道院生活に音《ね》を上げて迎えに来いと寄こしたのさ」

快活な笑顔から一転、公妃からの伝言を読むジャン＝ジャックの面持ちが急に険しくなり、ランベールは訝しんだ。

「どうした？　ボーフランシュ」

「ノートル＝ダム女子修道院で娘が一人死んだ……」

詳細は記されていなかったが、ジャン＝ジャックも一応の面識があるアニェスが、羊小舎で死んでいたのが見つかった。

呆然と立ち竦《すく》む彼らに向かって、見習い修道士ジルが快活な声をあげて駆けて来た。

「こいつ、死ぬどころかまた腹をすかせて餌を欲しがっていますよ」

だらしなく舌を出して、息を吐く野良犬の鋭い歯は、主任司祭ギベールの内臓の血で、赤黒く汚れていた。

三日目

1.

ノートル＝ダム女子修道院

ノートル＝ダム女子修道院の地下にある聖エティエンヌ聖堂は、死者の為に造られた礼拝堂で、半円状にくり抜いた壁には、十字架から下ろされたキリストを抱く聖母像が飾られ、祭壇の下には「生と死」を表す文字が刻まれていた。

飾り気のない白い服に着替えさせられたアニェスの遺体は、柩の中に入れられて周囲を白い花で飾られていた。

「可哀想に。まだ十四歳になったばかりだったのに」

十字を切った修道女オランプは、そっと涙を拭った。

昼間でも陽光は殆《ほとん》ど入らない、暗く小さな聖堂。アニェスの柩はこの聖堂にひっそりと置かれ、灯された蠟燭の炎だけがじりじりと音を立てて揺れていた。

晩課に姿を見せなかったアニェスは、遺体となって羊小舎で見つかった。餌やりと掃除で小舎に入った下男のギョームが見つけたのだ。

羊小舎の壁を背にして脚を投げ出して座り、生まれたばかりの仔羊を抱いて眠るように死んでいた。これが老齢の修道女であったならば、寿命が尽きて神に召されたと誰もが思えただろう。

ノートル＝ダム女子修道院は予期せぬ悲報のために一時騒然となり、晩課の祈りは中断された。沈黙を旨とする修道女達は青ざめた顔で茫然自失していたが、マルグリットを除く少女達に至っては、動揺することも涙を見せることさえ無かった。

副院長は、夜通しアニェスの魂に向けて祈らせようと、付属教会に皆を招集したが、マルグリットを除く少女達が一斉に不満を口にした。

——友人でもないアニェスの為に、貴重な眠りを差し出す理由がわかりません。

この時ばかりはマリー＝アメリーもラージュ伯爵夫人も呆れて何も言えなかった。

副院長も根気強く娘達を諭したが、一向に折れる気配が無かった。

諦めかけた頃、教会に流れる空気が一変した。修道女オディルがオルガンに向かいジョスカン・デ・プレの「われ深き淵より」を弾き始めたのだ。

泣きはらした真っ赤な眼の涙を拭い、マルグリットがオディルの伴奏に声を重ねた。すると、聖堂に集う修道女やマリー＝アメリー、ラージュ伯爵夫人も一人、また一人と歌に加わった。仕舞いには、頑なであったカトリーヌら娘達も加わり、見事な歌声が聖堂に響き渡っていたのだ。


聖堂の合唱は夜通し続けられたが、誰一人退出する者は居なかった。

その後、日の出前に娘達は自室に戻って行ったが、副院長以下修道女やマリー＝アメリーとラージュ伯爵夫人、マルグリットはそのまま聖堂に残り祈りを続けた。

まるで、厳格なシトー会士達が建立したかのような簡素な聖堂の祭壇は何の飾り気もなく、明り取りは豪華なステンドグラスどころか、くり抜かれた小さな丸窓のみで昼間でも薄暗い。

せめて、小さなピエタ像でもあればと、マリー＝アメリーは冷えきった脚を掌で数度撫で、簡素な祭壇を見上げながら思った。

人の死を悼むとは、本来こうして厳かに死した魂に祈りを捧げる行為なのだ。

マリー＝アメリーには母の記憶が殆どない。母は二人の弟を出産後、長年患った肺結核が悪化して闘病生活に入り、近くへ寄ることは叶わなかったからだ。

だが、賑やかな兄弟たちと乳母や、大勢の女官たちに囲まれた日々を寂しいとも思わず育った。唯一、鮮明に残っている母の記憶は、豪奢な衣裳を着せられて柩に横たわる物言わぬ姿だった。

ナポリ随一の大聖堂は、ありったけの銀器で飾り立てられ、列柱はかろうじて黒い布で覆われていたが、豪華なミトラを被った大司教を先頭に、百人を超える白装束の聖職者達の行列と参列者の優雅な佇まいは、王宮の舞踏会と何ら変わり無かった。

金管楽器や大勢の合唱隊が奏でる鎮魂歌はけたたましく、これでは母も永遠の眠りから覚めてしまうのではと心配になったくらいだ。

夫のパンティエーヴル公が亡くなった時も同様だ。

黒い喪服に黒いヴェールを被り、葬儀の間ずっと俯いたマリー＝アメリーの頬には涙の一粒も零《こぼ》れなかった。人はあまりに深い悲しみを体験すると、涙を忘れるのだと義父ランブイエ公爵は言ったが、そうではない。悲しむべき感情の在処《ありか》が分からないまま、憐れな未亡人に仕立てられ、柩に横たわるのは、「夫」という名の一番遠い存在だった。

修道女オランプがそっと耳打ちした。

「姉妹マリー、姉妹ベアトリス、疲れたでしょう。食事と睡眠を摂《と》られて下さい。この後の聖務は無理に出席する必要はございませんよ」

隣席に座るラージュ伯爵夫人も疲労を隠せない。マリー＝アメリーは修道女オランプの厚意と申し出を素直に受けることにした。

二人が席を立ち、聖堂を立ち去ろうと音を立てずに通路を進んでいると、修道女ドロテが聖堂の扉を開けて入って来た。珍しく慌てた様子で、祭壇近くで祈りを捧げている副院長へ掛ける声が聖堂内にこだました。

「副院長様、只今司祭が到着されました」

女子修道院長や副院長にミサをあげる権限は無い。アニェスの葬儀のために教区にある聖マルタン大聖堂の司祭の到着を待っていたのだ。

「すぐにお通しして下さい」咎めるような眼差しで、副院長は言った。

「それが……」修道女ドロテはいつになくそわそわとしている。

「どうしたのです？」

歯切れの悪い修道女ドロテを見遣る副院長は、珍しく語気を強めた。

2.

ジャン＝ジャックは、再びノートル＝ダム女子修道院の参事室を訪れていた。それもチュニカと呼ばれる黒衣の修道服に身を包み、フードを深く被り、顔とトンスラが無い頭を隠している。

アニェスの死を受けて、夜明けと共にノートル＝ダム修道院よりミサをあげる司祭の派遣要請があった為に、ボーテルヌ司祭にランベールと共に同行したのだ。

聖職者だけでなく、警察、それもパリ警察捜査官まで同行している旨を知らされたのだろう。入室してきた副院長エリザベートの白い顔は引き攣り、緊張と戸惑いを隠せないでいた。

窓から差し込む微かな陽光に目を細め、絶景をぼんやり眺めていたランベールが、副院長の入室を知らせる扉の音に振り返り、わざとらしい慇懃無礼なお辞儀で出迎えた。

「エリザベート副院長殿ですね。パリ警察捜査官のジョルジュ・ランベールです。どうぞお見知りおきを」

疲労が色濃く表れた顔だが、怯む様子も無く、凛とした眼差しのまま副院長はランベールを見据えた。

「単刀直入に申し上げます。なぜ警察の、それもパリ警察の方がいらしているのですか？」

ランベールは告げた。

「聖マルタン大聖堂のギベール主任司祭が亡くなられたのはご存じかと。司祭の死因にいささか不可解な点がありましてね。我々はその捜査の一環でボーテルヌ司祭に同行した次第です。そうしたら、偶然にも昨夜こちらの修道院でも死亡事故があったとか」

「私からランベール捜査官に同行をお願いしたのです。ギベール主任司祭といい、アニェスといい、この修道院に関わる者が、短期間で二人も亡くなるとは偶然でしょうか」

ボーテルヌ司祭の言葉に、エリザベート副院長は憚ることなく鋭いまなざしを向けた。

「では、ギベール主任司祭が亡くなられたのは、我が修道院が関係していると仰せになられるのですね」

緊迫した空気が漂う中、ランベールが宥《なだ》めるように言った。

「そうは申しておりません。我々は亡くなったギベール主任司祭の足取りを追っています。亡くなる前日にこちらでミサをあげられたとか。詳細をお聞かせ願えませんか」

「ギベール主任司祭は、ミサの為に前日から宿坊にお泊まりでした。翌日、早朝からミサをあげられると、そのままお帰りになられました」

「特に変わった様子とかは。例えば、普段と比べて体調が悪そうだったとか、顔色の変化とか」

「いえ、特に変わった様子は。前日の食事も全てお召し上がりになられていましたし」

「船着き場まではどなたか付き添いが？」

「ええ。大抵は助修士か若い修道士が付き添われていますが、あの日は確か、お一人でいらして、お一人でお帰りでした」

「司祭は亡くなる直前に菓子を食べていたようですが、心あたりはありますか？」

「菓子でしたら、いつもミサの帰りにお渡しししております。甘いものがとてもお好きな方でしたから。当修道院の菓子も大変気に入っておいでででした」

「修道院の菓子？」

「ええ。姉妹達と週に一、二度製菓棟で拵えますの」

「今からその製菓棟へ案内して貰えますか？」

副院長は無言で机上に置かれた小さな呼び鈴を鳴らした。

ジャン＝ジャックとマリー＝アメリー達が初めてこの女子修道院を訪れた時と同様に、修道女オランプがその丸い顔を扉から覗かせた。

「この方達を製菓棟へご案内して差し上げて。私はボーテルヌ司祭とミサの打ち合わせをします」

「かしこまりました」

ボーテルヌ司祭はそのまま参事室へ残り、修道女オランプを先頭に、ランベールとジャン＝ジャックが従った。

副院長に見破られないかと緊張し通しであったが、特に追及もされず参事室を後にするジャン＝ジャックの眼には、エリザベート副院長が執務机に肘をつき、深いため息を吐きながら頭を抱える姿が扉の隙間から映った。

参事室を退出した一行は、回廊を通り製菓棟へと向かった。

元城塞でありながらも、幾つかの改装を経て、修道院の三階部分には中庭が造られた。中庭の周囲を回廊が囲んでいて、ここは神の空間ともみなされ、瞑想や祈りの場である。回廊の柱は二本の柱で一組の列柱となっている。その柱を少しずらすように建てられており、これによって、回廊が永遠に続くかのような錯覚を齎していた。

「こちらが製菓棟です」

製菓棟には菓子独特の甘い香りが残っている。

「昨日は亡くなったアニェスも一緒に『労働』しました」

「労働？」

「聖務のことです」

厨房とは違って、修道女や娘達の手によって神経質なくらいに片付けられているせいか、年季は入っているが清潔で埃一つ落ちていない。道具や調理器具は丁寧に磨き上げられて、水気も残っていなかった。

ジャン＝ジャックとランベールは手あたり次第、棚の引き出しを開けていったが、菓子の型や調理器具ばかりで、粉や砂糖、卵といった材料は一切見当たらない。

「ギベール主任司祭が食べた菓子は分かりますか？」

「ヌガー・ドゥ・トゥールです。先週も昨日と同じヌガー・ドゥ・トゥールを拵えたので、間違いありません」

ジャン＝ジャックは唾をごくりと飲み込んだ。ランブイエ公爵の好物の一つだからと、以前ジャンヌが拵えていたトゥールの伝統菓子だ。

「菓子の材料が見当たりませんが」

問いかけながら、ランベールは開けた戸棚の奥を覗き込み、引き出しを外して中を入念に調べている。

「材料になります粉や卵は当日用意します。例えば、粉は粉碾小舎に、卵や砂糖、バターは鍵を付けた食糧庫に保管しておりますので、そちらに。蜂蜜は薬局で保管しております」

　どれも貴重な品だから、厳重に保管するのは致し方ないだろう。

「菓子作りの監督官はどなたが？」

「私です」

「仮定の話です。誰かが誰かを毒殺しようとして、菓子作りの最中に菓子に毒を入れる…

…。可能でしょうか？」

「はいともいいえともお答え出来ます」

「それはまたなぜ？」

「自分を含めて無差別に人を殺《あや》めたいのであれば可能でしょう。と申しますのも、出来上がった菓子は、味見がてらここでお茶の時間に試食します」

「毒入りの菓子が誰に当たるのか分からない、目的の人物では無くて自分に毒入りの菓子が当たる可能性も高いからと仰せになりたいのですね」

「左様です」

「なるほどね。ギベール主任司祭が最後にいらした際に、どなたが菓子を渡したのですか？」

「確か……その日はアニェスだったと記憶しています」

ジャン＝ジャックはランベールにそっと耳打ちし、薬局も調べるように助言した。

「薬局の管理はどなたが？」

「修道女ドロテです」

気丈にふるまいながらも、修道女オランプの声は震えている。無理もない。聖職者以外の男性、それも司法関係者を相手にするなど予想もしていなかっただろう。

「今から薬局に案内して貰えますか」

修道女オランプは、頷くと同時に踵を返した。

＊

小さな薬局の棚の上には、掌ほどの木像の聖ダミアンと聖コスマスがひっそりと置かれている（ダミアンとコスマスは双子の聖人で、ダミアンは薬物治療を専門とする薬剤師の守護聖人。コスマスは診察を専門とする医師の守護聖人）。

修道院の薬局とはどこも似たような設えなのか。ジャン＝ジャックが幼少期を過ごした聖ジュヌヴィエーヴ修道院よりはかなり小規模ではあるが、薬草の匂いに満ちて、一種の聖域にも似た空間である。

「毒薬は置いていますか？」

俯いていた修道女ドロテは驚いたのか、弾かれたように顔をあげて、大袈裟なくらいの身振り手振りで否定した。

「いいえ。大修道院ならともかく、ここは小さな女子修道院ですし、おまけに少女達が頻繁に出入りもします。危険なものは可能な限り置かないようにしております」

薬局と薬草園を管轄する修道女ドロテは、小柄で生気がなく、常に何かに怯えたような表情だ。

「棚を拝見しても？」

「ええ。ご自由に。聖務がありますので失礼します」

それだけを言い残すと、修道女ドロテはまるで逃げるように薬局を後にした。

「お告げの祈り」即ち正午を告げる付属の教会の鐘の音が聞こえる。「お告げの祈り」の時刻とは、天使が聖母マリアへの受胎告知を祝し感謝する時刻だと、幼い頃に教えてくれたのは誰だったのか。ジャン＝ジャックは思い出せなかった。

「どうだ、ボーフランシュ、そちらの棚は。毒草の類はあるか」

「ラベルを見る限り、それらしいものは見当たらないな」

ジャン＝ジャックは薬草瓶を一つ一つ手に取り、蓋を開け、匂いを嗅いで中を検分する。

「薬草園も調べてみるか」

二人は薬局を後にして、表にある薬草園へと向かった。

二人が滞在する聖マルタン修道院の薬草園の四分の一の広さもない、小さな薬草園だ。一見する限り、毒草らしきものは植えられておらず、大半がハーブの上に秋の花が見頃とばかりに咲き誇っている。

「伝書鳩は無事にあなたの元へ飛んで行ったようね」

その声に、ランベールは慌てて三角帽《トリコルヌ》を目深く被り直し、顔を背けて忍び足で立ち去ろうとしたが、時既に遅く、背後からマリー＝アメリーに呼び止められた。

「お待ちなさい！」

驚きで跳ねあがりながらも、ランベールは三角帽を取り、ゆっくりと振り返った。

「ボーフランシュ大尉だけならともかく、何故ここにランベールがいるの？」

ランベールとジャン＝ジャックは気まずそうに顔を見合わせた。

「あなた方、私に何か隠しているでしょう？」

誤魔化すのは時間の無駄だと観念したのか、ランベールはこれまでの経緯を白状した。

「そんなことだろうと思っていたわ。お義父様が女子修道院行きを簡単にお許しになられたから、何かあるのではと睨んでいたのよ」

「バレてしまったものは仕方がない。だからあんたも協力してくれ」

この際だからと、ジャン＝ジャックも覚悟を決めた。

＊

製菓棟と薬局の調査が終わったジャン＝ジャックとランベールは、再びエリザベート副院長と対峙した。

「アニェスの遺体の解剖をされたいと申されるのですか！」

自身の執務机を拳で叩き、怒りを露わにエリザベート副院長は立ち上がった。唇はわなわなと震え、普段は穏やかな光を湛える瞳は、ランベールを仇《かたき》かのように睨みつけている。

「はい。偶々《たまたま》解剖医も連れて来ていますし、道具もそろえております」

解剖医は、偶々連れて来るものではないだろう、と友の説明に心底呆れたジャン＝ジャックであったが、副院長は余裕が無いのかその点には一切触れなかった。

「お断りします。そもそも何の権利があって警察の方が、男子禁制の神の家に土足で入るような真似をされるのですか」

「副院長殿、これは殺人事件かもしれないのですよ」

王都パリにおいて、数多《あまた》の重罪事件の捜査を担い、解決してきた捜査官としての自負が、ランベールの静かな口調に込められている。

「分かりました。修道院長の代わりに私が許可します」

敵わない。副院長はそう判断したのだろう。声音には、諦念の響きが混じっている。

「但し！」

今度はランベールとジャン＝ジャックがその声に震撼した。凝視した副院長の顔に、既に怒りは感じられない。

「遺体は手厚く葬ってあげたいので、どうか最大限のご配慮をお願いします」

副院長エリザベートは深々と頭を下げた。年端もいかずに逝ってしまった「我が娘」に対する母の心情と重なって見えた。

「心得ております」

応えるように、ランベールも深々と頭を下げた。

「副院長、最後に一つだけお願いがあります」

まだ何かあるのかと言いたげな眼差しを、副院長エリザベートはランベールに向けた。

「こちらの修道院の方を、一人解剖の助手として付けて頂けませんか」

エリザベート副院長の顔は完全に硬直した。

「ひっ！」

ジャン＝ジャックの隣に立ち、入口近くに控えていた薬局と薬草園担当の修道女ドロテは、悲鳴を上げると同時に耳を塞いだ。

3.

アニェスの遺体は、検死のために納屋へと運ばれた。

納屋に置かれた古い机の一台を解剖台に、もう一台を器具置き場に使うためだった。

すっかり慣れた手付きでジャン＝ジャックとランベールは、器具を丁寧に並べていった。大小さまざまな手術刀をはじめとし、はさみは縫合用の針や糸——今回は副院長の懇願で、丁寧な縫合が求められたので——、開口器や穿孔用の器具、肋骨や頭蓋骨を切断するための鋸や楔《くさび》、木槌まで並べ終わった頃、納屋の扉が開いた。

アビと呼ばれる白い修道服姿のマリー＝アメリーであった。誓願前なので白い頭巾を被り、地毛の金髪を襟元でふわりと結んでいた。

化粧っ気もなく、アクセサリーの類は一切身に着けていないが、それでも彼女の気品は少しも損なわれてはいなかった。

「やっぱりあんたが志願すると思っていたよ、公妃」

「それを見越していたのでしょう？」

当初は気丈にも副院長自ら立ち会いを申し出ていたが、修道女達の説得に折れて、ボーテルヌ司祭と共にアニェスの為に聖堂で祈りを捧げているらしい。

「失神寸前だった修道女ドロテを叱責されていたわ。『聖職者が主導して建てられた慈善病院では、尼僧が看護の役割を担い、かつては遺体に着せる経帷子を縫っていたのですから、これくらいで弱気になってどうします！』とね」

苦笑するジャン＝ジャックとランベールの隣で、こっそり同伴したサンソンが言った。

「慈善病院はカトリックの浸透と共に広がっていきましたからね」

納屋の中に、見知らぬ姿があることに気付いたのか、マリー＝アメリーは首を傾げた。

すかさず、ジャン＝ジャックは明るく言った。

「ムッシュー・ド・パリの弟にあたる方だ」

「ご挨拶が遅れました。パンティエーヴル公妃、トゥールとオーセールの処刑人ルイ＝シャルル＝マルタン・サンソンと申します」

帽子を取ったサンソンが、恭《うやうや》しく頭を垂れた。

緊張していたのだろう。強張った表情のままサンソンが顔を上げたが、マリー＝アメリーは満面の笑みを返した。

「頼もしいわ。ムッシュー・ド・パリのご兄弟が検死して下さるなんて！これもきっと神の思し召しよ。初めまして、ムッシュー・サンソン。お兄様に良く似ていらっしゃるわ」

宮廷式にすぐに右手の甲をサンソンに向けて差し出したマリー＝アメリーだが、ここは女子修道院だったと気付いたのか、申し訳無さそうに引っ込めた。

「パンティエーヴル公妃も、兄が話しております通りの御方ですね」

かつてサンソンの兄シャルル＝アンリは、狩猟の帰りに立ち寄った食事処で、とある侯爵夫人と遭遇した。サンソンの素性を知らぬ侯爵夫人は、彼の端整な顔立ちや堂々とした体格、落ち着いた物腰にすっかり熱を上げて同席するように誘った。心行くまで会話と食事を楽しみ、心地よい時間を過ごした後に、サンソンの素性を知った侯爵夫人の態度は一変した。

処刑人ごときが自分のような身分ある女性に近づくとは。悍ましさと共に侮辱だと、高等法院に訴え出たのだ。

パリ高等法院は侯爵夫人の訴えを受理したが、サンソンの弁護を引き受けてくれる弁護士は一人も見つからなかった。孤立無援の中、サンソンは自分自身を弁護し、法廷で戦った。

裁判には勝ったが、世間一般の、それも爵位のある貴族階級なら尚更の反応だと思い知らされた事件であった。

だが、ランブイエ公爵とパンティエーヴル公妃の義理の父娘は、サンソン家の処刑人という職務に偏見を持たないどころか、親しい友人としての付き合いを望み、食事にまで招待していた。

「悪い噂で無いことを祈りますわ」

マリー＝アメリーの返答に、ジャン＝ジャックは眉間に皺を寄せ、サンソンは微笑み、ランベールは腹を抱えて笑った。

重苦しい空気は幾分和んだが、本来は男子禁制の尼僧院において、晩課までには全てを終えなければならない。時間的な猶予は無かった。

「アニェス・ド・ソレル。年齢は十四歳になったばかり。生まれてすぐに領地の農家に預けられて、三歳からはトゥールにあった女子修道院で養育される。両親は十五歳になったら誓願させる心積もりで、一度も面会に来たことが無い上に、遺体の引き取りを拒否しているらしく、アニェスはこの修道院に埋葬されるそうよ」

「憐れだな」ジャン＝ジャックが眉を顰め、悼みの言葉を口にした。

「ああ……」ランベールも同意だと頷いた。

納屋に隣接する羊小舎からは、二日前にジャン＝ジャックとギョームが取り上げた仔羊が鳴き声をあげている。

「あの壁の前で仔羊を抱いて亡くなっていたのよ」

「まるで聖女アグネス（アニェスはアグネスのフランス語読み）のようですね」

「ええ、確かに……」


聖女アグネスは敬虔で慈悲深く、聡明な乙女であったために、ローマの長官の息子に言い寄られるがそれを拒否し、キリスト教徒だと露見するや裸にされてローマ市中を引き回された。だが、髪が伸びて全身を覆うという奇跡が起きた。

また、アグネスの名は子羊のラテン語agnusと関係づけられた。

洗礼者ヨハネの言葉「世の罪を取り除く神の子羊を見よ」（「ヨハネによる福音書」第一章第二十九節）を根拠に、ラテン語でイエス・キリストのことをAgnus Dei（神の子羊）と言い、やがて白い子羊は聖女アグネスの象徴となった。

だからなのかと、ジャン＝ジャックは漸く腑に落ちた。

アニェスが羊小舎ばかりに足しげく通うのには、理由があったのだ。

「無邪気な娘で、私に羊小舎を案内する約束をしていたの」

白い修道服の上に白いタブリエを纏ったマリー＝アメリーは、アニェスに着せられた白い服のボタンを外して脱がせようとしたが、死後硬直が始まっているせいか中々進まない。若い娘の遺体なので、手助けして良いものか躊躇《ためら》っているジャン＝ジャックとランベールに代わり、すかさず、サンソンが手助けした。

膝近くまである長い赤毛に覆われたアニェスの無垢な遺体は、聖女アグネスを彷彿とさせた。

「ムッシュー・サンソン、始めて下さい」

サンソンは大きく頷くと、アニェスの遺体を仔細に調べ始めた。

瞼を片方ずつ開けて、それぞれを確認し、鼻、口の順に至ったその時であった。

「御覧ください」開口器で口内を検分していたサンソンが言った。

ランベールとジャン＝ジャック、マリー＝アメリーは交代でサンソンが開口器で開けたアニェスの口の奥を覗き込んだ。

「似ているな」

「ああ……」

マリー＝アメリーが尋ねるような視線を向けると、ジャン＝ジャックが答えた。

「俺たちが調べているトゥールの聖マルタン大聖堂の主任司祭と同じなんだ」

「仰せの通りです。アニェスの死因はギベール主任司祭と同じく窒息死です。ですが、アニェスもまた、頸部になんら死に至る痕跡がありません」

つまりは、絞殺の痕跡のような索溝や扼殺を示すような指の圧痕が見当たらないのに、窒息死だと告げている。

「ご覧ください。例えば、手で首を絞めた場合、この甲状軟骨が折れ、その周囲の筋肉内にも出血が起こりますが……」

「骨折もしていないし、出血も無い」

「はい。それに窒息死によく見られる舌を嚙んだ形跡はありませんね」

「では、やはり司祭と同様に、アニェスも窒息死に至る何らかの毒物を摂取したのでしょうか？」

再び尋ねるような視線を向けられたので、ジャン＝ジャックは答えた。

「俺たちは毒殺を疑って、主任司祭の内臓を野良犬に喰わせたんだ」

マリー＝アメリーは目を見開いて、硬直したかのようにジャン＝ジャックを凝視していた。

「れっきとした検死方法です」慌ててサンソンが弁解した。

「だが、犬は死ぬどころか一時間経ってもぴんぴんしていた」ランベールは両手を広げて頭を振った。

「なぜ窒息死に至ったのか。アニェスの遺体に訊いてみるしか無いわね」

サンソンが大きく頷いた。

手術刃を握ったサンソンは、遺体の胸から腹にかけてY字状に一気に切開して肋骨を露出させた。

ランベールが大きな鋏を手に肋骨を切断し、すかさずジャン＝ジャックが蓋を開けるように胸部を開いた。

露わになったアニェスの内臓を、サンソンは顔を近づけて丁寧に検分した。

「一見しましたところ、ギベール主任司祭と同様に、腫瘍や潰瘍も無く健康そのものです」

「では、病死の線は消えたということでしょうか」

「恐らく。毒殺に関しても同様でしょう。彼女の内臓を野良犬に与えたところで、死に至ることは無いかと」

「ムッシュー・サンソンがそう仰せなら仕方ないわね」

解剖の間中、もの言わぬアニェスの冷たい手を握り締めていたマリー=アメリーは、安堵のため息を漏らした。数々の解剖に立ち会って来たが、今回は憐憫が勝っていたのだろう。

「どうした？」

血の気を失い、蠟《ろう》のように青白くなったアニェスの指先を、マリー=アメリーはじっと見つめている。

「棘《とげ》かしら？　指に赤い小さな傷があるわ」

ジャン=ジャックも彼女の隣に移動し、手元を覗き込んでみた。見落としそうな程の小さな傷だ。

「秋薔薇の棘でも刺さったのさ」

摘んだばかりの花を手に、仔羊の誕生を喜ぶあどけない笑顔がジャン=ジャックの脳裏を掠めた。マリー=アメリーも納得したのか、小さく頷いていた。

＊

「俺は検死の結果を副院長殿に報告して来るわ」

慣れたとはいえ、検死解剖の助手も連日では肩や腰に疲労がたまる。ランベールは右手で左肩を押さえ、左腕を回しながら参事会室へと向かった。

「あんたもラージュ伯爵夫人も荷物を纏めて、急いでここを立ち去る準備をするんだ」

昨日までの彼とは一転、ジャン＝ジャックの切迫した声音が響いた。

「なぜ立ち去らなければいけないの？」マリー＝アメリーは首を傾げた。「修道院長にはまだお会い出来ていないけれど、実際に事件が起こったのよ。調べる必要があるわ」

その悠長とも受け取れる返事に我慢の限界を超えたのか、ジャン＝ジャックは声を荒らげた。

「俺たちは、男子禁制の女子修道院にこれ以上留まることは出来ないんだ」

「あなたたちの助けは要らないわ。あなたたちはその主任司祭の事件とやらに専念して頂戴。私はここで引き続きアニェスの事件を調べるわ」

「何を言っている。人が一人死んだんだ。殺人事件かもしれないし、あんたに危険が及ぶ可能性だってあるんだ」

「まだ殺人と断定出来ないわ。それに自分の身は自分で守れるわ。この一年、剣の稽古も付けて下さったじゃない」

「剣の腕前は漸く及第点といったところだ」

納得出来ないと言いたげな表情のまま、ジャン＝ジャックは僧衣の下から一本の剣を手渡した。彼が父親の形見だと肌身離さず腰に掲げた剣ではない。

「これは……」

もっと細身のレイピアだ。

マリー＝アメリーの脳裏には、太陽の欠片のような癖のある金髪と美の結晶のような亡きセルナンの笑顔が浮かんだ。

セルナンの死後、彼の部屋に残されていたのは、『申命記』の頁が破られた聖書と数枚の衣服。そしてルネがオペラ座の舞台上で歌った曲の楽譜のみであった。

魂の半身であったルネを亡くし、既に死を覚悟していたのだろう。貯めていた金は全て貧しい少年聖歌隊の子らに遺して欲しいと、二度と自分達のような犠牲者を出さないために使って欲しいと書き綴っていたのだ。

「ブリュネルの殺害凶器だから不吉かもしれないが、あいつの持ち物はこれぐらいしか残っていなかったんだ」

視線を逸らしたまま、ジャン＝ジャックは答えた。

亡くなった教え子の死を悼み、人知れず形見を身に着けて偲んでいたのだろう。毒舌で高雅には程遠く、エスプリの欠片も無い男だが、こうした深い愛情は誰よりも持ち合わせているのだ。

「いいえ、大切にするわ。セルナンは私にとっても大事な友人の一人だったから」

刹那、ジャン＝ジャックの腕がマリー＝アメリーの背後から優しく包み込んできた。

「決して無茶はしないと約束してくれ」

「大丈夫よ。ラージュ伯爵夫人も付いていて下さるし、何かあれば、また伝書鳩を飛ばすわ」

包み込むジャン＝ジャックの腕に、そっと掌を乗せてマリー＝アメリーは宥めるように言った。彼はマリー＝アメリーの首筋に顔を埋《うず》めたまま、身動きをしない。

「どうなさったの？」

「凄く良い香りがする……」

「ラベンダーの香りよ。世俗の物は全て取り上げられてしまうから、コルセットの中にサシェを忍ばせているのよ」

振り返ったマリー＝アメリーは、微笑みながら告げたが、ジャン＝ジャックの複雑な心境は、遂に分からずじまいだった。

ノートル＝ダム女子修道院を後にしたジャン＝ジャックとランベールは山道を下り、船着き場へと続く道を急いだ。ボーテルヌ司祭は、明日のアニェスの葬儀のために今夜は宿坊に泊まるので、一人修道院に残った。

この時マリー＝アメリーのそばを離れるのでは無かった。無理にでも連れて帰れば良かったと、後にジャン＝ジャックは自身の浅はかさを悔やむことになる。

4.

晩課の祈りを終えた聖堂には、修道女オディルがオルガンで奏でる聖歌が静かに流れている。

皆は既に食堂へ移動したが、礼拝席の最前列ではマルグリットが跪いたまま祈りを続けていた。

「アニェスの話を伺っても宜しいかしら？」

顔を上げたマルグリットは、微かな笑みをマリー＝アメリーに返した。

「私達は皆同じ修道院で育ったのです。でも、昨年閉鎖になってしまい、こちらに身を寄せることになりました」

詳しい事情は知らないが、マルグリットは生後一年程でトゥールにある女子修道院に預けられ、そのままそこで養育されていた。彼女が五歳ごろに花嫁教育を受けにカトリーヌやリュシー、アガットも預けられたという。

「カトリーヌやリュシー、アガットはそう遠くないうちに結婚が決まるでしょうから、ここを出ます」

「寂しくなるわね」

「ええ……」

曲が変わった。

「以前の修道院で、音楽の手ほどきを受けていたのかしら」

「いいえ。特別なことは何も。私、譜面も読めませんし……」

マリー＝アメリーに真摯な眼差しを向け、マルグリットは続けた。

「微かな記憶しかありませんが、子どもの頃、お世話をして下さったお姉様がとても優しい方で、よく子守唄や聖歌を歌って下さっていて。皆に慕われていましたが、きっと急に結婚が纏まったのでしょうね。突然いなくなられて、お別れを告げることも出来なくて」

婚前の娘を養育する女子修道院ではよくある話だ。マリー＝アメリーの義妹であるシャルトル公爵夫人ルイーズも、シャルトル公爵との縁談が纏まったので、それまで養育されていた女子修道院から実家へ戻って来たのだ。

「でも、こちらの修道院に移ってからは、オディル様が演奏されるオルガンを聴くのが楽しみで。親しく話したことは一度もありませんが、時々伴奏をして下さるのですよ」

「そうなのね」

二人の視線は、オルガンを奏でる修道女オディルへと向けられた。

不思議な女性だ。他の修道女や娘たちと親しくするどころか、会話も皆無だ。聖務の時間になると教会に現れて神に祈り、オルガンを弾き、修道女ドロテに介添えされながら去っていく。その繰り返しだ。

「マリー様もベアトリス様もとても音楽に詳しくていらっしゃるのですね」

マルグリットの娘らしい明るい声音に、マリー＝アメリーは顔を上げた。

「少年聖歌隊のパトロ……いえ、私もゆりかごの中からずっと音楽漬けだったから、多少は詳しくなっただけよ。残念ながら、歌の才能にも器楽演奏の才能にも恵まれなかったわ」

忌まわしい記憶だから封印していたが、生前のブリュネルも同じ心境を吐露していた。

「修道院から出たこともありませんし、これからも出ることはないでしょうから、カトリーヌたちが憧れる社交界やヴェルサイユ宮殿やサロンがどんなところか想像も出来ませんが、大好きな歌を歌えて、神へ祈りを捧げる日々は、とても満ち足りて幸福なのです」

修道女オディルもアニェスの死を悼んでいるのか、曲は鎮魂曲へと変わっていた。

5.

付属教会から自室に戻ったマリー＝アメリーは、扉を遠慮がちに叩いた。直ぐに中からラージュ伯爵夫人が鍵を開けて、安堵したような表情を見せた。

二人で使用するには手狭な部屋だ。初めて通された時は衣裳部屋だと思い込んでいて、修道女オランプが大層笑っていた。

「公妃様……」

「しっ！　ここではその呼称は使わないで」

「失礼しました。ですが、ここに……」

遠慮がちにラージュ伯爵夫人が示した袖口には、血の跡が残っていた。

「まさか女子修道院で検死解剖をするなんて想像もしていなかったわ」

マリー＝アメリーは慌てて洗面器に水を張り、麻布を浸すと袖口を擦った。

「ボーフランシュ大尉のみならず、ランベール捜査官やムッシュー・ド・パリの弟殿までいらして下さって心強いですわね」

一人だけ仲間外れにされたようで癪に障っていたが、確かに頼もしい面子である。それに、彼らに負けないくらい頼りになるラージュ伯爵夫人もこちらには付いているのだ。

気を取り直して、マリー＝アメリーは言った。

「聖マルタン大聖堂の主任司祭の死因は不明だそうよ。窒息死したのは間違いないけれど、頸部には何ら痕跡はなかったそうだし、毒物を摂取した可能性も低いらしい」

「アニェスも同様だったとか……」

「ええ。私も解剖に立ち会って、この目で見て来たから間違いないわ」

「この短期間で二人も同じような死因で亡くなったのは偶然でしょうか？」

「分からないわ。司祭に関しては、ランベールとボーフランシュ大尉が捜査継続中よ。私達はアニェスの死因を引き続き調べましょう。ところで、何か進展はあって？」

ラージュ伯爵夫人の表情は途端に明るくなって、マリー＝アメリーは少々面喰らっていた。

「姉妹方に伺ってきました」

　この短期間で修道女達と随分打ち解けたらしい。

「まず、エリザベート副院長ですね。由緒ある家柄出身で、十代半ばでこの修道院に入られて、四十歳になられるそうです。慈悲深く、常に自らを律しておられて、お手本のような方だとか」

「そんなに素晴らしい方がなぜまだ院長になられないのかしら」

「十年程前に問題を起こされたそうです」

「問題？」

　ええ、と答えながら、ラージュ伯爵夫人はまるで扇の陰に隠れるように、マリー＝アメリーの耳元で囁いた。

「自殺！」

　慌ててマリー＝アメリーは口を両手で押さえた。

「ええ。発見が早くて未遂に終わったそうですが、理由を尋ねても決してお答えにならずに、告解も一切拒否されたそうですわ」

　常に沈着冷静で自律して、修道女の鏡である副院長エリザベートに十年前に何があったというのか。

「次に修道女オディルですが」

「ああ、あの謎めいた方ね」

「この修道院一の古株だそうですよ。生後すぐに預けられて、養育もこの修道院だったと。ですが、その殆どがまるでヴェールに包まれていて、正確な年齢さえも誰もご存じないそうです。かなり高貴な家柄なのでしょうが、誰も知らないそうなのです。一説によれば、フランス王家に連なる方ではないかと噂されているそうです」

貴族や裕福なブルジョワの娘に限らず、王族の娘たちも家柄にふさわしい縁組みが無ければ、修道院へ入るのは珍しいことではない。現に先王ルイ十五世の末娘は、サン＝ドニにあるカルメル会女子修道院へ入り、正式な修道女となった。

「義妹のルイーズも修道院育ちだけれど、王族の娘が誓願して尼僧になるなら、持参金でそれ相応の地位を買わないかしら？」

その点はラージュ伯爵夫人も腑に落ちなかったのか、納得できない様子で首を傾げていた。

「修道女オランプはお見受けした通り、明るくとても親切な方です」

ラージュ伯爵夫人は、このオランプと一番気が合う様子だ。オランプも未亡人らしく、同じ過去を持つ者同士、共感出来たのだろう。

「修道女ドロテは施療院を持つ修道会へ入られたそうですが、血を見るのに耐えきれず、この修道院に移られたそうです」

「だから、アニェスの検死の際も決して手を挙げなかったのね」

「そのようですね」

「娘達はどう？　致し方ないのでしょうが、カトリーヌ達のような花嫁修業組とマルグリットとアニェス達の間には、溝があり過ぎだと感じたわ」

「それなのですが」

偶然なのか、かつて娘たちが養育されていた女子修道院は、ジャン＝ジャックらが調査中の聖マルタン大聖堂に隣接していた。

「その修道院は、昨年閉鎖されたとマルグリットが言っていたわ」

厳格なこの女子修道院とは違って、主に貴族や裕福なブルジョワの娘達の花嫁教育を行っていて、娘達が齎す潤沢な資金で経営状態も良かった。

だが、カトリーヌ達と同様に、花嫁修業で入れられていた一人の少女が、こともあろうに異端で、異端審問に掛けられて火刑に処された。

それからは女子修道院の評判は落ちていき、院長と副院長の死と共に遂に閉鎖に追い込まれた。

「異端だなんて……。数百年前の話だと思っていたわ」

マリー＝アメリーは驚きを隠せなかった。

「このロワールは、カトリックとユグノーの主戦場になった場所ですし、決して過去の事象ではないのです」

窓から見えるロワール川の悠久の流れ。かつて戦場になったこの地で、ロワール川は何か月もの間、死者達の血で真っ赤に染まったのだ。

6．聖マルタン修道院

豪快な鼾《いびき》が止まり、寝言と共に何度か寝返りをうっていたランベールが、目覚めたのか背後から寝ぼけた声で呼んだ。

「まだ休まないのか？　ボーフランシュ」

「眩しかったか？」

「いや、明日も聞き込みだし、早く寝た方がいいぞ」

ランベールは寝台から抜け出ると、寝台の脇に置かれたワイン壺からゴブレットにワインを並々と注ぐと、ジャン＝ジャックに手渡した。

「メルシー」

礼には及ばないと、ランベールも自身のゴブレットに注ぐと、喉の渇きを潤すように、一気に呷った。

「この修道院のワインも上物だな」

「ワイン造りも修道院の大事な収入源の一つだからな」

「夜更かしして何を真剣に読み込んでいるんだ？　毒の一覧？」

ランベールはゴブレットを手に、ジャン＝ジャックが広げた資料を覗き込んだ。

「ああ、ムッシュー・サンソンから過去の事例を纏めた資料を借りたんだ」

「毒殺じゃ無かっただろう」

「まだ確定してはいない」

どうしても腑に落ちなかった。主任司祭とアニェス。二人が同じような亡くなり方をしたのはただの偶然か。

「それに俺は、馬車から降りた主任司祭が、豚小舎へよろめきながら向かい、自ら豚の血甕に頭を突っ込んで絶命したというのがどうしても気になるんだ」

「偶然だろう」

「司祭は今際の際で何かを伝えたかったんじゃないのか」

「では、今回は豚の血がダイイングメッセージだとでもいうのか？」

ランベールはそれだけ言うと黙り込んでしまった。

一年前。ヴェルサイユ宮殿の一画にある公妃マリー＝アメリーのアパルトマンで、パリ・オペラ座のブリュネルが刺殺された事件で、彼は玄関広間に飾られた宗教画に血文字を残していたからだ。

「だから、豚や血に関係する毒がないか調べていたんだ」

「該当するやつは見つかったか？」

「生憎……。だが、殺人と毒は切り離せないものなんだな」

「そうだな。俺たちが検挙する殺人事件の何割かは毒殺だ」

特に砒素は手に入れやすく——殺鼠剤《さっそざい》として用いられて「猫いらず」と呼ばれた——、非力な女性が男性を簡単に殺すことが出来る。

「砒素じゃないが、有名なブランヴィリエ侯爵夫人の事件だって、夫と父親と兄弟達を毒殺した。それも財産目当てに」

「ああ、あの太陽王の宮廷に衝撃を与えた事件だな」

ブランヴィリエ侯爵夫人は、拷問の末に処刑されたが、太陽王は火刑法廷を設置してパリ警察のラ・レニーに調査を開始させた。直ぐにラ・ヴォワザンと称する毒を売買する妖しげな女が逮捕され、国王の取り巻きを含めてフランス宮廷に出入りする多くの貴族に毒薬を売ったと自白した。だが、その顧客リストには国王のかつての愛人で、国王との間に七人の子をもうけたモンテスパン侯爵夫人も含まれていた。

「モンテスパン侯爵夫人の場合は、国王の寵愛を繋ぎとめておくための媚薬だったそうだが……」

「何々。コウモリの血、カンタリジン、鉄の粉、月経の血、精子……。すりつぶした赤ん坊の腸と血、骨だって！」これ以上は無理だというくらいに顔を顰め、ランベールは資料から顔を背けた。「吐き気がしてきた……」

「宮廷貴族に売られた毒は、砒素、トリカブト、ベラドンナ、アヘンを調合したものだと考えられる……と記載されている」

「当時は枢機卿や大臣らと同じように、占星術師や錬金術師が宮廷に出入りして、未来を占い政治にも口出ししていたらしいな」

数日前訪れたアンボワーズ城も、かつてフランソワ二世の時代のフランス宮廷が置かれていた。宮廷を牛耳っていたフランソワ二世の母后カトリーヌ・ド・メディシスお抱えの占星術師も取り立てられていたのだろう。

「フランス宮廷も魑魅魍魎《ちみもうりょう》が跋扈《ばっこ》しているが、元々、イタリアの毒殺の伝統をフランスに齎したのは、メディチ家だ」

国王アンリ二世の王妃としてイタリアのメディチ家から嫁いだカトリーヌ・ド・メディシスは、洗練された風変わりなファッションや贅沢な饗宴のみならず毒殺の伝統もフランスに持ち込んだと非難された。メディチ家が薬屋として莫大な財を築いた所以《ゆえん》でもあろう。

「ボルジア家のカンタレラは砒素が主成分だが、ほかにも蛇毒、カンタリジン、トリカブト、ベラドンナ、ストリキニーネがある」

「そうか、ランベール。蛇毒は考えられないか」

「蛇って、あの蛇か？」

「そうだ！　司祭もアニェスも蛇に咬まれて毒がまわって死んだ」

「可能性としては有り得るな。夜が明けたらムッシュー・サンソンに遣いを出すか」

「じゃあ俺は、捜査の基本として主任司祭の近辺を洗い出すよ」

事件解決の糸口に繫がって欲しい、そう願いながら二人は軽く捧げた杯を飲み干すと、蠟燭を吹き消した。

四日目

1.

トゥール郊外

　翌朝、ジャン＝ジャックは見習い修道士ジルに案内されて、ギベール主任司祭の足跡を辿ることにした。中心街から少し離れただけでも、徐々に長閑な景色が広がって行った。

古い荷馬車は酷く揺れながら、靄の名残が立ち込めるロワール川沿いを下る。空は厚い雲に覆われて、頬を直に過ぎる風は冷たく、今にも大粒の雪が降ってきそうな気配さえ感じられた。公爵家の豪華なベルリン馬車とは違って、振動が直に伝わり、既に臀部は軽い痛みを伴っていた。

「ミサゴだ」

　馭者台に座るジャン＝ジャックは、餌を求めて水面を飛ぶ鳥を指差して言った。怪訝な視線を返す見習い修道士に対して、「魚を食べるから魚鷹とも呼ばれているが、聞いたことはないか？」と付け加えた。

「ロワール川付近ではほとんど見かけませんね。鴫《しぎ》よりも珍しい」

振り返ってみれば、ジャン＝ジャック自身も初めてミサゴを見たのはアメリカ大陸の、それも前線だったと記憶している。

「付き合わせて悪いな、ジル修道士」

慣れた手付きで手綱を操る見習い修道士に、ジャン＝ジャックは詫びた。本来ならば三時課の時間だ。

「ジルで結構ですよ。聖務に追われる一日よりもマシですので、どうぞお気になさらずに」

神への祈りを中核とする一日に加えて、「労働」にラテン語や神学との格闘に辟易した過去を持つので、共感は出来る。だが、違和感をぬぐい切れないジャン＝ジャックは、素直に疑問をぶつけてみた。

「俺の友人も言っていたが、なぜ修道士になろうと思ったんだ？」

「単純ですよ。修道院に居れば衣食住は保証されますからね」

「そんな理由か」呆れて開いた口が塞がらない。

「大事なことですよ」

だが、見習い修道士ジルは澄まして、さも当然だとの表情を返した。

「俺は修道院育ちだが、あんな場所は一日も早く出たかったけどな」窮屈で堪らなかった子供時代を、ジャン＝ジャックは回想した。

「それはきっと、あなたが外の世界を知らなかったからですよ」

見習い修道士ジルの訳知り顔に苛立ち、反論したかったが適当な言葉が見つからない。認めたくなかったが、核心を突かれたゆえだ。

「私はとある村の蹄鉄《ていてつ》職人の息子です。家はずっと貧しくて、親父は朝から晩まで休みなく働き続けて事故で死にました。幸い、お袋が金持ちの乳母や里親をやっていたおかげでどうにか飢え死にしませんでしたがね。ご覧下さい」

いつの間にか、馬車は川沿いから農作地へと向かっていた。

牧歌的な風景がくすんで見えるのは、今日の天候のせいばかりでは無さそうだ。

「今年は日照り続きで不作だというのに、税は重いままだし、来年豊作になる保証はどこにもない」

腰が曲がった農夫らの表情は暗く、実りの秋を迎えても収穫を祝う喜びは微塵にも感じられない。

フランス臣民の約九割は農民だ。ここ数年、作物の出来は悪く、また不作になると農村の人々はいっそう大きな被害を受けるようになる。それと同時に、農民は高い地代や低い賃金、やたら細分化された土地に苦しんでいた。そうした土地のほとんどは貴族や修道院の所有地であり、労働者のおよそ九割は食べていくだけで精いっぱいだ。

「着きました。ここですよ」

村外れにある古く寂れた教会。うらびれた佇まいに困惑を隠しきれず、ジャン＝ジャックは荷馬車の馭者台から降りると、見習い修道士ジルの後に続いた。今にも崩落しそうな扉を開けると、錆びた蝶《ちょうつがい》番のきしむ音と共に、祈りを捧げる村人らが一斉に振り向いた。

一人の禿頭の老人が、よろよろと立ち上がると、足を引き摺りながらジャン＝ジャックらに詰め寄った。

「司祭様が亡くなったのは本当ですか？」

「残念ですが、事実です」

見習い修道士ジルは両手を上げて、宥めるように老人を制した。

老人は天を仰いだ。その目は酷く落ち窪んでいる。一人の農婦は前掛けで顔を覆い大声で泣き出した。

彼らはひとしきり泣き叫び、嘆くと、次第に顔を上げて涙を拭き、生前の司祭がいかに優れた人物であったかを語りだした。ギベール主任司祭は、次期トゥール大司教と目される程の人物でありながら、村の小さな教会に通い村人達の聴罪を行い、病に倒れた人には薬を届けて励まし、神に平癒を祈った。

頃合いを見計らい、ジャン＝ジャックは教会に集った村人達に、司祭の死の当日の様子を訊いた。変わった様子は無かったか。例えば、身体の不調を訴えていたとか、酷く咳込んではいなかったか。

役に立てない不甲斐なさを嘆きながら、誰もが虚しそうに首を振る。

幼子を抱く聖母マリア像も、その顔に涙の跡のような影を作っていた。

ジャン＝ジャックは彼らに礼を言うと、次の足取りを辿るため教会を後にした。

「聖マルタンを指針にしていただけあって、まるで聖人のような生き様だな」

再び荷馬車の馭者台で揺られ、感嘆するジャン＝ジャックに対し、見習い修道士ジルの返答は思いがけず冷ややかなものであった。

「きっと罪滅ぼしか贖罪のつもりだったのでしょう」

「随分辛辣だな」ジャン＝ジャックは困惑した。

「あの方は、以前異端審問官でした」明後日の方を向いたまま、彼は続けた。「子供の頃、物珍しさから異端者の火刑を見物する機会がありましてね……。ギベール主任司祭は審問官席で眉一つ動かさず、まんじりともせずに火刑を眺めていましたよ」

　聖マルタン大聖堂に赴任する以前のギベール主任司祭は、異端審問による容赦ない迫害を行っていた。その冷徹ぶりは大司教でさえも眉を顰めるほどで、老若男女問わず多くの者たちが火刑に処されたとジルは言った。

　口を開こうとしたジャン＝ジャックを、睨みつけるような眼差しで、見習い修道士ジルは制した。

「職務だから致し方無いと言いたげですね」

　ジャン＝ジャックは言葉に詰まった。

「職務だからと言って、自分の目の前で、人がもがき苦しみながら焼け死んでいくのを平然と眺めているギベール主任司祭こそ、幼かった私には悪魔に見えましたよ」

　見習い修道士ジルは吐き捨てるように言うと、そのまま黙り込んでしまった。

　雲行きが怪しい空のように、二人の間には鉛のような重さが漂う。荷馬車の車輪の鈍い音だけが沈黙の中に響いていたが、小さな坂を越えた辺りに広がる葡萄畑では、曇天と荒れた耕作地に向かって、呪詛のように嘆きの言葉を叫ぶ農民らがいた。

「伯爵家の呪いだ」

「おお！　神様どうかお慈悲を……」

「呪いだ」

その異様な光景に、堪らずジャン＝ジャックは訊いた。

「あの人たちは何を言っているんだ？」

相変わらず澄ました顔で、表情一つ変えずに見習い修道士ジルは答えた。

「処刑されたアンジュー女伯爵の呪いだって言っているのですよ」

「呪い？」

「この辺りの伝承ですよ。今から二百年くらい前ですかね。この辺りを治めていたアンジュー家ですが、事の発端はアンボワーズの陰謀だと云われています」

アンボワーズの陰謀。この場合寧ろ騒擾《そうじょう》と呼ぶ方がふさわしい、数日前にジャン＝ジャックが滞在したアンボワーズ城の血塗られた過去だ。

宗教戦争に先立つ混乱時の一五六〇年、プロテスタント貴族ラ・ルノーディは改革派を結集し、プロテスタントの信仰の自由を求めて、対立するフランス大貴族でカトリック強硬派のギーズ兄弟から、当時の国王フランソワ二世を奪回しようと試みたが失敗に終わった。陰謀は発覚し、アンジュー女伯爵をはじめとする関係者は次々と処刑された。

「アンジュー家はカトリックだろう？　なぜ、領主が処刑されるんだ」

「当時のフランス王弟の婚約者でありながら、ユグノーの騎士に肩入れしていたそうですよ」

ラ・ルノーディと縁続きになるプロテスタントの騎士と恋に落ち、混乱に乗じて二人で落ち合う約束をしていたが、発覚して捕らえられた。

「恋人だったリシャールは、アンボワーズ城の城塞のバルコニーから吊るされて、女伯爵は領内の城に暫く幽閉されて、後に処刑されたそうです。女伯爵が処刑された後から、この辺りは今年みたいな日照りに加えて農作物が数年にわたって不作、飢饉になり、疫病も蔓延《まんえん》したのですよ」

「それが女伯爵の呪いってことか」

「はい。自分を貶《おとし》めた領民らをいまだに呪っていると」

呪術的な類は一切信じないジャン＝ジャックは、馬鹿馬鹿しいと思いながらも、見習い修道士ジルの話に耳を傾けた。

「トゥールは聖マルタンの伝説が有名だから、カトリックの牙城のように捉えられがちですが、街の中心地は職人や芸術家が多く居住していますから、リヨンやニームと同様にユグノーの勢いが最も活発な場所だったのですよ。ユグノーの名称も、トゥールの『ユーグ門』近くでプロテスタントの集会が開かれたからって言われているそうですし」

プロテスタント側は修道院にも襲い掛かり、カトリック側も容赦無く報復した。

パリの聖バルテルミの惨劇よりも十年早く、この地ではカトリックとプロテスタントの血みどろの殺戮が繰り広げられていたのだ。

――まこと、プロテスタントの教会は川の娘じゃよ、ジャン＝ジャック。

以前、ジャン＝ジャックの育て親である聖ジュヌヴィエーヴ修道院長が語っていた。フランス王国一の大河であるロワール川流域、ローヌ川の下流に広がる諸都市やジュネーヴ、ライン川流域にはバーゼルやストラスブール。川の流れに沿うように、プロテスタントの勢力は急速に伸長したと。

「ちなみに、そのアンジュー女伯爵の名は？」

「確か……クロティルドだったと」

クロティルド――。

アンボワーズ城の地下で遭遇した鎖帷子姿の騎士は、確かにその名を呼んで彷徨《さまよ》っていた。本来有るべき両眼は空洞で、血が頬から顎にかけて滴り落ちていた。

暗闇の中、ソレレット（足を保護する鉄片で作られた鎧）の金属音だけが規則正しく石壁に響き、騎士はやがて石壁の中へと消えていった。

「アンジュー家に時々現れる、独特の緑の瞳の美しい娘だったそうですが、ユグノーの男を改宗させるほどの気概が欲しかったですね」

フランク王国の創始者クローヴィスの妃クロティルドは、クローヴィスをカトリックに改宗させていた。

見習い修道士ジルの言葉は、ジャン＝ジャックの脳裏に深く刻まれていった。

2.

ノートル＝ダム女子修道院

検死を終えたアニェスの遺体は、再び柩に納められて聖堂に安置された。

ボーテルヌ司祭の元、鎮魂ミサと葬儀が行われたが、参列者は修道院に住まう娘達や修道女のみで、アニェスの両親や親族は一人も姿を現さなかった。

厳かな祈禱と聖歌は、マリー＝アメリーの耳元を風のように通り過ぎていく。太陽はずっと沈んだままで、真昼だというのに、夕刻前のような影を落としていた。

柩は黒地の布で覆われて、そばに置かれた燭台の灯りが、暗がりの聖堂の中でやけにくっきりと浮かび上がっている。無邪気で無垢なアニェスが、もう二度と目覚めることがないとは考え難く、彼女は生まれたばかりの仔羊を見せたくて羊小舎へ行き、なんらかの事情で死に至った。もしも、あの時アニェスと行動を共にしていれば、このような惨事にはならなかったのではないか。マリー＝アメリーの胸に後悔と悲しみが押し寄せて、やるせなさで一杯になった。

突然、隣席のラージュ伯爵夫人が立ち上がり、慌てて一緒に立つと鎮魂歌の演奏が始まった。打楽器から始まるジャン・ジルの鎮魂歌だが、その部分は省略されて弦楽器の演奏も修道女オディルの演奏に振り替えられた。

マルグリットの独唱が小さな聖堂に響く。

前王ルイ十五世追悼ミサにおいても演奏されたこの曲は、マリー＝アメリーに忘れていた過去を想い起こさせた。

結婚後僅か一年で夫に先立たれた異国の王女を不憫に思ったのだろう。前王は、マリー＝アメリーを実の孫たちと同様に扱い、細やかな気遣いを見せた。

ルイ十五世は、義父と共にランブイエの森に狩猟に赴く時には、必ず仕留めた獲物を届けさせて晩餐を共にした。晩餐が終わり、前王自ら珈琲を淹れる頃には、寛いだ様子を見せつつも、余生を共に過ごそうと誓った亡きポンパドゥール侯爵夫人を偲び、目を潤ませることも度々あった。

ジャン＝ジャックの実の父親は国王ルイ十五世、母親はポンパドゥール侯爵夫人だ。

平民出身の公式愛妾として、初めてヴェルサイユ宮殿に参内したポンパドゥール侯爵夫人の人生は、戦いの連続であった。大臣級の男性陣を筆頭に、身内の女性までもが敵となり、四面楚歌の中で唯一信じられたのは、己の才覚と国王が寄せる愛情のみ。

度重なる流産の末、極秘にジャン＝ジャックを出産したポンパドゥール侯爵夫人は、国王の嫡出子であることも、王族の一員としての認知も望まず、ただひっそりと遠くから息子の成長を見守った。

いつか、この事実を彼に伝えるべきか。この一年、マリー＝アメリーは悩み続けた。

前王は侯爵夫人への贈り物としてプティ・トリアノン離宮を建てた。完成を待たずに侯爵夫人は逝ってしまったが、彼女が短命でなければ、ここで平民の夫婦のように互いに寄り添い、穏やかな晩年を迎えていただろう。その二人の間には、一粒種のジャン＝ジャックの姿があったのだろうか。

存在したかもしれない、彼のもう一つの人生に想いを馳せて、マリー＝アメリーは瞳を閉じた。

*

葬儀を終えたアニェスの柩は、修道院の一画に埋葬された。

十字架と聖なる本、香炉を持った修道女たちが先頭に立ち、マリー＝アメリーらは最後尾からそれに続いた。ボーテルヌ司祭は墓所へ向かって十字を切り、墓穴に柩が下ろされると聖水を振りかけて許しを乞う最後の祈りが唱えられ、穴は埋められた。

葬列は悔罪詩篇の七つ目を歌いながら、再び教会へと戻って行った。

「先に中へ入っていて頂戴。外の風に当たってから行くわ」

葬列を見送りながら、マリー＝アメリーはラージュ伯爵夫人に言った。

この季節にしては、随分冷たい風が頰を撫でる。心配そうに見つめるラージュ伯爵夫人に努めて明るく返した。

「直ぐに戻るから安心して」

踵を返したマリー＝アメリーは、今はあの陰鬱な修道院から少しでも離れていたいと、あてもなく歩き出した。とは言うものの限られた狭い敷地だ。ヴェルサイユの庭園が、ランブイエの森が、パリの館が急に恋しくなった。

昨日、ジャン＝ジャックに啖呵《たんか》を切った手前、このますごすごと退散するのは癪に障る。

そんなことを考えながら歩いていると、風に乗って獣臭が鼻腔を掠め、羊の鳴き声が聞こえて来た。鳴き声に誘われるように、マリー＝アメリーが羊小舎の扉の把手に掌を置いた。

木の扉を外側に開くと、藁の匂いに混じって独特の獣臭が充満しているが、決して不快では無かった。当然のように人気《ひとけ》は無いが、羊たちの体温で小舎の中は心地よい温かさだ。柵で仕切られた小舎の奥は、藁が敷き詰められている。柵の中には数頭の羊たちが小さな鳴き声を上げて、干し草を食《は》んでいる。その中の一頭の母羊は、藁の上に前脚を投げ出してうずくまり、その腹の辺りでは仔羊がすやすやと眠っている。

亡くなったアニェスが抱いていた仔羊。死を迎える直前、アニェスは何を見て、何を思ったのか。

柵に両腕を置き、ぼんやりと思考を巡らせていると、だんだんと睡魔が襲ってきた。その心地良さに意識を手放しかけた時であった。

「誰だ！」

突然の怒声に、マリー＝アメリーは夢心地から引き摺り戻された。

「あなたこそ、どなた？」

「俺はギョームだ。この修道院の専ら力仕事や家畜の世話をしている」

憮然としたまま声の主の方へ顔を上げると、陽に焼けた体格の良い一人の男が、不機嫌そうな表情を隠そうともせず立ち塞がっている。

「私はマ……マリーよ。この修道院に入ったばかりで疲れていたのかしら。羊を見ていたら眠くなってしまって」

「羊？」

「ええ。生前、アニェスが私に産まれたばかりの仔羊を見せたいから羊小舎に案内したいと言っていたのよ」

「……」

「叶わなかったけれど」

二人の視線は、目を覚まし、母羊の乳を飲む仔羊へと向けられた。家畜でさえも、我が子を慈しむ術は知っているというのに、生前も亡くなった時でさえ、実の両親から顧みられることは無かったアニェスが不憫だった。込み上げてくるものを無理やり押さえつけるようにマリー＝アメリーは言った。

「お邪魔したようね。失礼するわ」

ギョームが何か言いたげであったが、気付かないふりをしてマリー＝アメリーは羊小舎を後にした。

家畜小舎の前には小さな菜園と果樹園、薬草園が広がり、視界を遮る高い城壁と相反する癒しの場所だ。

ここは本来、ロワール川の中州にあった岩山に建てられた城塞なので、開墾出来る敷地も僅かだったにも拘わらず、梨や無花果の実がたわわに実っている。城壁のそばに植えられたヘーゼルナッツの木の下にはおこぼれにあやかろうと栗鼠《りす》の姿が見えた。

菜園の奥に大きな木箱が置かれているが、何やら羽を付けた虫が周囲を旋回している。物珍しさから、マリー＝アメリーが木箱に近寄ってみると、木箱の蓋が壊れて、中から甘い芳醇な香りが漂っている。

嗅いだことがある香り……蜂蜜の香りだ。旋回しているのは蜜蜂だし、間違いないだろう。蜜蜂の死骸が落ちている。寿命が尽きて死んだのか。だが、不可解なことに、死骸は胴体から上の部分しか見当たらない。

「触るな！」

背後からの怒声に、マリー＝アメリーの身体はびくりと跳ねあがった。振り返ると、ギョームが納屋へと入り、瞬きする間に駆け出して来た。

「蜜蜂の巣箱だ」

息を切らせながら、ギョームは両手に抱えた薄い布をすっぽりと頭から被り、マリー＝アメリーにも同じものを被せた。

「初めて見たわ」

「だろうな。あんたのような大貴族の未亡人は」

ギョームは手にした干し草の束の先端に火を点けた。もくもくと煙をあげ始めた草の束を蜂の巣箱にかざして、煙が巣箱全体に行き渡るように揺らした。

巣箱の周辺を旋回するように飛んでいた蜂達が大人しくなり、巣箱へ戻って行くのを見届けたギョームは、蓋を閉じて破損している箇所を器用に釘で打ち付けた。

「そろそろ越冬の準備をしなきゃならないんだが、最近、何度も巣箱が壊されているんだ」

汗ばんだ額をシャツの袖で拭いながら、ギョームは言った。

「村と違って、そんな悪さをするガキや獣もここにはいないはずなんだが……刺されなかったか？」

「ええ、大丈夫よ。あなたのおかげね」

「こいつらは滅多に刺さないが、敵と見なした奴には命がけで針を向けてくるから厄介なんだ」

「一度刺した蜜蜂は死んでしまうって聞いたことがあるけれど本当なの」

「ああ、本当だ。蜜蜂の針は相手の体から抜けにくいような形になっていて、一旦刺すと蜂の腹ごと取れてしまい、死んじまうんだ」

「命がけなのね、蜜蜂にとっては……。ギョームと言ったわね。この修道院には長いの？」

「かれこれ二十五年になるかな。大門を出て山道を下った先にある炭焼き小屋から通っている」

「ご家族と一緒に？」

「いや、俺は独り身だ。昨日もジャンが来ていたな」

瞬時には誰のことか分からずに首を傾げていると、ギョームは揶揄《からか》うような視線を向けて言った。「あんたの元従者だよ。きっとあんたのことが心配で堪らなかったんだな」

訂正しようにも言葉が見つからない。そもそも、何を訂正しようとしているのかさえ、マリー＝アメリーには分からなかった。

「事情は多々あるだろうが、誓願がまだなら俗世に戻った方がいい」

話題を変えたくて、マリー＝アメリーは咄嗟に握りしめていた蜜蜂の死骸をギョームに差し出した。「この蜜蜂も誰かを刺したから死んだのかしら？」

掌を覗き込んだギョームの顔色はみるみる変わっていき、「あんた、これをどこで！」と肩を両手で摑まれていた。

「巣箱のすぐそばに落ちていたのよ」

ギョームのただならぬ様子に気圧《けお》されて、マリー＝アメリーは狼狽えた。だが、冷静さを取り戻したのか、肩を摑んだ彼の手の力が徐々に抜けていった。

「驚かせて済まなかった」

詫びながら、ギョームは何やら取り出し、掌に乗せた。

「羊小舎を掃除していたら落ちていたんだ」

ギョームの掌には、蜜蜂の胴体から下の死骸、それも針が抜けて無惨な形となった死骸があった。

二人の間に沈黙が横たわる。恐らく、考えていることは同じだ。

マリー＝アメリーが口を開こうとした刹那、雷鳴のような凄まじい叫び声が、修道院側から轟いた。

ギョームと顔を見合わせると同時にマリー＝アメリーは声を張り上げ駆けだした。

「行きましょう！」

3. 聖マルタン大聖堂

ギベール主任司祭が死の当日に訪れた村や教会を後にしたジャン＝ジャックは、荷馬車に揺られて漸く聖マルタン大聖堂に帰り着いた。

同行した見習い修道士のジルは、馬と馬車を繋ぎに厩舎へと直接向かうので、大聖堂前で降ろして貰ったのだ。

これといった収穫は無かった。

途中、修道院の保有する葡萄畑で「労働」に励む修道士や助修士らに話を聞けたが、やはり今年の日照りと異臭のする雨は深刻で、葡萄の出来も散々だった。つまりは、今年仕込むワインの味や質も期待出来ないということになる。

その上、あの飄々《ひょうひょう》とした見習い修道士ジルの心の奥底を垣間見た、爽快とは言えない気分を引き摺りつつ、宿坊へ足を向けたジャン＝ジャックの背を、一人の老年の修道士が呼び止めた。

「ボーフランシュ殿。客人がお待ちですぞ」

好々爺とも呼べそうな穏やかな笑顔を向けられて、ジャン＝ジャックも自然と顔が綻んだ。元々は聖マルタン大聖堂の司祭であったが、現在は修道院で薬局の薬草園の管理を担っている。

名前を思い出そうと、思案顔のジャン＝ジャックを気遣ってくれたのか、「グレゴワールとお呼び下さい」と修道士自ら申し出てくれた。

「客人ですか？」

「ええ。外出中だとお伝えしましたら、大聖堂で祈りを捧げてお待ちしていると仰せでして」

さては、やはり聖務に耐えきれなくて女子修道院から逃げ出したマリー＝アメリー達であろうと詳細を尋ねると、男性客だとの返答であった。

落胆する気持ちを振り払うように礼を言い、聖マルタン大聖堂へ向かおうと踵を返したジャン＝ジャックの背に、グレゴワール修道士は慌てて言った。

「聖ガシアン大聖堂ですぞ。くれぐれもお間違いなく」

北袖廊にそそり立つシャルルマーニュ塔の前の路をひたすら東に向かって行けば、否応なしに辿り着くと教えられ、フードを深く被り直したジャン＝ジャックは歩き出した。

パリであろうとトゥールであろうと、都市の路地は酷い悪臭が立ち込めていて、うんざりするが、先程まで嗅いでいた悪臭との違いを悶々と考えながら歩いた。あれは堆肥だったと思い至ったころ、好々爺のグレゴワール修道士が教えてくれたとおり、それと分かる聖ガシアン大聖堂の巨大な建築物が聳《そび》え立ち、曲線を多用したファサードの迫力に仰《の》け反りそうになった。こちらも聖マルタン大聖堂と同様に、多くの参拝者で溢れているが、人の波を掻き分けて中へと入ると、祭壇のある内陣の色鮮やかなステンドグラスに目が釘付けとなった。天候に恵まれた日中ならと少々残念な思いを拭いきれず、身廊を進むと、礼拝席では一人の黒い着衣の男性が跪いて熱心に祈りを捧げている。

見覚えのある後ろ姿は、処刑人サンソンであった。

「ムッシュー・サンソン」ジャン＝ジャックは彼の隣に跪いて、小声で呼び掛けた。

サンソンは兄のシャルル＝アンリに似た涼やかな目元と口元を綻ばせて、笑みを返した。

「ボンジュール、ボーフランシュ大尉。今朝頂戴した手紙の返事で伺いました」

「ご足労ありがとうございます。私が参りましたのに」

サンソンは微笑んだまま頭を振った。

「毒蛇の件ですが、大尉のご推察には恐れいりましたが、残念ながら……」

「違いましたか」

「ええ……。可能性は低いです。毒蛇の咬傷、死に至る程の傷と実際に毒が注入された場合ですと、もっと目立つ牙痕と腫れが残ったでしょう」

「そうですか」

周囲が騒がしくなってきた。聖堂の中が徐々に人で溢れてきたと同時に、少年らが隊列を作って身廊を進んで来た。

サンソンが目を細めて言った。

「少年聖歌隊ですね。この聖ガシアン大聖堂の北壁に寄り添った翼館が、聖歌隊員と参事会員の宿舎なのですよ」

かつて少年聖歌隊員であったルネとセルナン。共に天使の歌声を持った彼らは、悲劇に見舞われた。彼らだけでは無かった。

「昨年の事件では、パンティエーヴル公妃がパトロンを務める聖歌隊でも多くの少年達が犠牲になったとか」

「ええ……」

兄であるムッシュー・ド・パリから聞いたのだろう。

「時折、分からなくなるのです」

サンソンは顔を上げて祭壇を見つめた。

「己の欲望のまま人を殺めた輩を、私は何人も処刑してきました。それは、神の代理人である国王陛下より任命された職務であるゆえに、私達サンソン家の人間は、誇りを持つようにと父や祖母、そして兄より言い聞かされて育ちました」

間を置かず、サンソンは言葉を続けた。

「ですが、神は仰せなのです。汝殺すなかれと……。私達一族は敬虔なカトリック信者なのに、神は何故にこのような試練を与えるのでしょう」

慰める言葉をジャン＝ジャックは持ち合わせてはいなかった。軍人は、戦場で敵を殺せば称えられる。即ち、殺した人数によって階級は上がり、人々から敬われるのだ。正に、サンソンとは真逆の立場と言っても過言ではなかった。

「申し訳ございません。つい、大尉の前で本音が出てしまいました」

サンソン一族の苦悩を取り去ってやる事は出来ない。だからせめて、自分達は何の偏見も持ち合わせていないと覚えていて欲しい。

今一度、ギベール主任司祭が亡くなった現場を見てもらいたいとのジャン＝ジャックの願いをサンソンは快く引き受けた。

二人は、ジャン＝ジャックが来た路を並んで歩く。

見知った路でも、反対側から眺めるとまた違った側面が見えてくる。これは人にも言えることなのか。

「ここでギベール主任司祭は息絶えました」

「豚小舎の前ですね」

「ええ。修道士はここで豚を食肉にし、血を集めてソーセージにします。この血を集める甕に自ら頭を沈めるようにして亡くなりました。私にはどうしても司祭のダイイングメッセージに思えてならないのです」

「豚の血がどうしても気になられると仰せですか？」

「ええ。ムッシュー・サンソン、何かお心あたりはございませんか？」

「調べてみましょう」

二人は固い握手を交わして別れた。

4.

ノートル＝ダム女子修道院
叫び声は、修道女の居住区からであった。

マリー＝アメリーとギョームが駆け付けた頃には、一つの部屋の前に人だかりが出来ていて、それを掻き分けるように中へと入った。

「何事なの！」

その声に、先に到着していたラージュ伯爵夫人が茫然とした様子で振り返った。

部屋の中にはボーテルヌ司祭に修道女オランプ、そしてエリザベート副院長がいた。副院長は立ち上がると、寝台を自身の体で隠すように両手を広げて、声を荒らげた。

「皆さん見ないで下さい！　部屋に戻って下さい！」

目に触れさせないように退出を促す副院長と、何が起こったのか確かめようとする女達で軽く押し問答となったが、修道女オランプとマリー＝アメリーが、二人で扉を押し閉めて、ギョームの助っ人もありどうにか内側から鍵を掛けた。

納得できない修道女と娘たちは、外側から何度も扉を叩いている。

マリー＝アメリーはふっと息を吐くと、視線を副院長へと移し呼び掛けた。

「副院長様」

「リュシーですわ。間違いありません」

「おお！」

修道女オランプが両手でロザリオを折れるほど握り締めて天を仰いだ。

リュシーは寝台の上で壁を背に、両方の脚を投げ出すようにして死んでいた。腹を刺されたのか、灰色のシンプルなローブは胸の辺りにどす黒い穴が開いて、寝台の上は血の海だった。

それだけでは無い。彼女の両方の眼は無惨にも抉《えぐ》られて、生前、宝石のように美しいと讃えられた青い瞳は、だらりと垂れた掌に載せられ、血塗れで鎮座していた。

「いったい誰がこのような無惨なことを……」

副院長エリザベートの言葉が虚しく響いた。

リュシーの亡骸と真向かいの壁には、右上がりの血文字が書かれていた。

いやでも一年前の事件がマリー＝アメリーの脳裏に蘇る。

「副院長様。これは……」

修道女オランプの語尾が消えて、同時にカタカタと歯を鳴らして唇が震えだした。

副院長は瞬きさえせずに答えた。

「ええ、詩篇の一節です」

——Et dilexit maledictionem, et veniet（呪うことを好んだのだから、呪いは自身に返るように）

「呪いの言葉です」

修道女オランプの悲鳴が虚しく響いた。

「リュシー……。そうですわ、リュシーは聖女ルキアの殉教を模して殺されたんだわ」

　イタリアのシラクサに生まれた少女ルキア（リュシー）は、聖女の墓に巡礼で訪れ、母親の病が治ったのをきっかけに、キリスト教徒となった。

　当時はキリスト教迫害下にあり、すぐにルキアは捕らえられたが信仰を貫きとおした為に拷問によって両眼を抉り出されて殺された。

　再び修道女オランプが、声を上げて泣きだした。

「夜が明けたら、昨日いらした捜査官に使いを出しましょう」

エリザベート副院長は力なく言った。

遺体はなるべく動かさず、殺害現場は現状維持が好ましいのは分かっている。だが、この状態のままリュシーの亡骸を放置するのはあまりにも忍びない。

「副院長様、捜査官が到着するまでは、せめてリュシーに布をかけても差し支えございませんよね」

異存が無い合図のように、副院長は大きく頷いた。

「ギョーム、オランプ様と一緒にシーツを持ってきて下さる？　リュシーの上に掛けてあげたいの」

「分かった」

一礼し、退出する修道女オランプとギョームの背を見送ると、リュシーの個室には、マリー＝アメリーとエリザベート副院長、ラージュ伯爵夫人が残った。

「副院長様、何があったのです？」

「分かりません。聖務の時間になってもリュシーが来ないので、アガットとカトリーヌに呼びに行かせたらこのような惨状で……」

「アニェスは事故死か殺人か判断出来ない状況でしたが、これは明らかに殺人です」

「ええ……。姉妹マリー、あなたの言う通りです」

「なぜこのような惨《むご》い事件が起こるのか、副院長様にお心当たりはございませんか」

だが、マリー＝アメリーの問いかけに、副院長エリザベートは虚しく首を振るだけであった。

寝台に寝かせてやるべきかと思ったが、「現場は現状維持が鉄則だ！」と今にもランベールの劈《つんざ》くような大声が聞こえてきそうで、清潔な白いリネンを遺体にすっぽり掛けるだけに留めた。

副院長らに不自然に思われないように、瞬時に屈んで寝台下を覗き込んでみたが、生憎凶器らしきものは見つからなかった。

リュシーの部屋の外では、カトリーヌとアガットが半狂乱となって声を荒らげていた。

エリザベート副院長が、修道服の裾を摘まんで速足で退室し、マリー＝アメリーとラージュ伯爵夫人も後を追った。

「だからこの修道院には来たくなかったのよ」

「女伯爵に呪われているのよ」

「ギベール主任司祭やリュシーが死んだのも呪いだわ」

カトリーヌとアガットは興奮し、呪いだと口々に叫んでいる。

「落ち着きなさい！　あなた達」

「手を離して下さい！」

副院長の手を振り解き、薄暗い回廊を駆けようとした二人を、ギョームがそのがっちりとした大きな体軀で制止した。

「どこへ行くんだ。外は嵐だ」

本来ならば、晩課の前に女子修道院を後にする規則であるギョームも、この嵐の中帰宅出来ずにいたのだ。

「そんな……」

勝気なカトリーヌは、目を真っ赤に腫らしながらも、修道女らを睨みつけてその場を動こうとしない。アガットは両手で顔を覆いながら、膝から頽《くずお》れ泣き続けた。

＊

ラージュ伯爵夫人が入室したと同時に、マリー＝アメリーは部屋の隅に置かれた机の上から、鵞鳥《がちょう》の羽ペンを手に取った。

「それで、聞き出せたかしら？」

疲れ切った表情のラージュ伯爵夫人であったが、大役は果たしてくれたようだ。

「ええ。修道女オランプが淹れて下さった蜂蜜入りのティザーヌ《ハーブティー》を飲んで気持ちが落ち着いたのか、話してくれました」

マリー＝アメリーは机上に細長い紙を広げた。

「それで、少女たちが叫んでいた呪いとは何なの？」

「ここは曰く付きの修道院なのです」

それは重々承知の上だ。だが、呪いまでは知らなかった。

「フランソワ二世の御代にアンボワーズでユグノーとカトリックの戦いがあったのはご存じですよね」

「ええ、勿論」

「その時、当時この辺りを治めていたアンジュー家の当主であったアンジュー女伯爵が、敵のユグノーの騎士と通じていて、混乱に乗じて二人で逃げようとしていたところをカトリック強硬派のギーズ公爵に捕らえられて、騎士はアンボワーズ城の壁に吊るされ、女伯爵は後に処刑されたとか」

一気に話したためか、ラージュ伯爵夫人は珍しく咳き込んだ。マリー＝アメリーは慌てて水差しに入った水をグラスに注いで手渡した。

「処刑までの間、幽閉されていたのがかつてアンジュー家城塞だったこの修道院なのです」

なるほど、そういう曰く付きであったのか。

「女伯爵は自分を幽閉し、死に追いやったカトリックや領民らを恨み、呪いをかけたと専らの噂なのです。その証拠に、女伯爵の処刑後、この辺りは何年も悪天候続きで作物は枯れて、ペストや疫病が蔓延したとか。そう、まるでこの天候のように」

「アンジュー女伯爵といえば、あの肖像画の女性よね。美しい緑の瞳にブルネットの髪がとても印象的だったわ」

神の祝福を全身に浴びて、幸せそうな女性であったのに、そのような悲劇的な最期を迎えていたとは。

伝言を書き終えたマリー＝アメリーは、隠していた伝書鳩を入れた籠を寝台の下から取り出した。

「鳩は鳥目かしら？」

ラージュ伯爵夫人は、呆気に取られた様子で目を丸くしたが、直ぐに状況を理解したのか、笑みを浮かべながら言った。

「この嵐では大層難儀だとは思いますが、優秀な伝書鳩ならば必ず辿り着いてくれますよ」

「ええ、そうね」

マリー＝アメリーはガラス窓を開けると、豪雨の中鳩を放った。どうか、彼の元へ無事に辿り着いてくれますようにと祈りながら。

5.

聖マルタン修道院

晩課の聖務が終わった修道士らの殆どは、既に大食堂に集まっていた。大食堂は、燭台の灯りで照らされ、説教台では一人の修道士が祈禱を唱えていた。

ジャン＝ジャックもランベールも、客人として所定の席を与えられ、十分すぎるほどの歓迎ともてなしを受けていた。

食卓には、殺したばかりの新鮮な豚肉のグリルと、鶏の丸焼きも並んでいる。隣席の修道士から回された皿の上には、ハーブが添えられたブーダン・ノワールが載っていた。修道院産のワインと水で煮込んだ魚には、食欲をそそる大蒜《にんにく》と麝香草《じゃこうそう》、セージとパセリで作ったソースが掛けられている。焼き上がったばかりのパイには、修道院の畑で収穫されたばかりの野菜の微塵切りがぎっしりと詰められていた。

本来、ベネディクト会の創設者は、非常に簡素な食事を規定していたが、実際にはその修道院の院長の裁量に一任されている。

公妃マリー＝アメリーからの伝言によると、女子修道院では肉食は禁止されているので、いやでもジャンヌの手料理が恋しくなると綴られていた。

また、ラテラノ公会議で、聖職者は独身であるべしと規定されたが、内縁の妻や愛人がいることも珍しくなかった。現に、フランス名門出身のロアン枢機卿は、ウィーン大使館への赴任時代、目に余る放蕩ぶりで王妃マリー＝アントワネットの母后マリア＝テレージアから不興を買った。高位の聖職者でありながら、現在もパリ市内に十人を超える愛人を囲っているとのまことしやかな噂も流れ、当然のように王妃からも嫌われている。

突如、嵐のような勢いで、ランベールが食堂へと入って来て、皆の視線を集めた。

「ボーフランシュ、収穫だ！」

静寂の中、ランベールのしゃがれた声がいやでも響く。

ジャン＝ジャックは、これでもかと眉間に皺を寄せて友を見上げた。

「ランベール、食事中だ。おまけにずぶ濡れじゃないか」

「ああ、結構本降りになってきた。これじゃあ、ロワール川もかなり荒れるな」

＊

「あのギベール主任司祭は、生前、異端審問官だったんだ」

ランベールは、「沈黙」を旨とする食堂でも大声で話すものだから、結局二人は場所を移らざるを得なくなった。

「ああ、それは見習い修道士のジルから聞いた」

ワインをゴブレットに注いだジャン＝ジャックは、ランベールの皿に豚のグリルやブーダン・ノワール、少々冷めてしまったが、野菜がぎっしり詰まったパイをよそった。

「それだけじゃないんだ」ランベールはパイを一口齧ると、蕩《とろ》けそうな表情をして、残りを全て口の中に放り込んだ。

「ムッシュー・サンソンが初めて処刑した異端のクロティルドの事件」

「それがどうした？」

「ギベール主任司祭の担当だったんだ。司祭の死と関わりがありそうだと思わないか」

自分のゴブレットにもワインを注ぎ、ジャン＝ジャックはゆっくりと味わった。

「十年も前の事件だぞ。それとギベール主任司祭の死に何の関係があると言うんだ」

「俺の捜査官としての勘が訴えてくるんだ。ところで、そっちはどうだった」

「残念ながら蛇毒も違ったし、収穫なしだ。強いて言えば……」

両手を胸の前で広げて、首を数度振りながら、ジルから聞いたこの地に伝わるアンジュー女伯爵の呪い話をかいつまんで話した。

「なるほど、呪いね」

悪霊や呪いの類は、一切信じていない自分と同類だと思っていたが、ランベールは神妙な顔をして急に黙り込んでしまった。

突如、窓ガラスを叩く音がギベール主任司祭の執務室に響き、ランベールは飛び上がらんばかりに驚いた。

「なんだ、なんだ」

ランベールが慌てて振り返ると、窓の外には戻って来た伝書鳩が嘴《くちばし》でガラスを叩き、合図を送っていた。

「この豪雨の中飛んで来たのか」

ジャン＝ジャックは急いで窓を開けて、鳩を中に入れると脚の筒から伝言を抜き取った。

「また女子修道院で娘が死んだ。……だが、今回は明らかに殺しだ」

マリー＝アメリーからの伝言を、ジャン＝ジャックの手から奪うように取り上げると、ランベールは声に出して読み上げた。

「何々。花嫁修業中だったリュシーが自室で殺害。死因はおそらく腹部を刺されての失血死。殺されたリュシーの両の眼は抉り出されて、掌に置かれていた。部屋の壁には詩篇の呪いの一節が血文字で書かれていた……だと……」

ランベールが読み終えぬうちに、ジャン＝ジャックは司祭の執務室の扉を蹴り開けて、駆け出して行った。

「おい、ボーフランシュどこへ行くんだ！」

慌ててランベールがそのあとを追う。

「ノートル＝ダム女子修道院に決まっているだろう」

「今日は連絡船も終わっている。その前にこの天候だと川は荒れて船は出ない」

「このまま放っておけるか！」

ランベールの制止を振り切って、ジャン＝ジャックは修道院の正門を抜けてロワール川目掛けて走り出した。

何事かと修道士や助修士達も二人の後を追った。

風雨は勢いを増していて、強風に逆らって走るが、押し戻されて一向に前に進んで行かない。漸くロワール川に辿り付いたジャン＝ジャックは勢いを付けて川に飛び込んだ。

ロワール川の水は思ったよりも冷たく流れも急だ。四肢を懸命に動かすが、下流に流されていくだけで全く前に進んでいかない。

川畔ではランベールが大声で叫んでいる。

上流から大木が勢い良く流れて来た。避けきれずにジャン＝ジャックは大木と衝突した。

そこで彼の意識は途切れた。

一五六〇年五月

ロワール川孤島
アンジュー伯爵家城塞

ユグノーの処刑を終えたフランス国王と王族、カトリックの有力貴族らは、宮廷を置いていたアンボワーズ城を既に後にしたとクロティルドは聞いた。

リシャールの死を知らされてからというもの、空虚な時間と日々を、抜け殻のような身体と魂がただ彷徨っているだけだ。

夜鳴き鶯《ロシニョール》に姿を変えたリシャールが、せめてさえずりを聴かせてくれないかと。だが、彼も夜鳴き鶯のように捕えられ、無惨にも殺されてしまった。

Ne vus esmerveilliez néent,（皆さま、ことさら驚かれることはない）

Kar ki eime mut léalment（誠をつくして恋する者は）
Mut est dolenz é trèspensez,（その思いをとげられぬ時）
Quant il n'en ad ses volentez.（大層悲しみ、物思いに沈むのである）

定時になると、飽きもせずに侍女が食事を運んでくる。

「クロティルド様、お食事の時間です」

「要らないわ」

寝台にもう何日も横たわり、日に何度もこの応答の繰り返しだ。

「少しでも召し上がらないと」

「放っておいて頂戴」

クロティルドは掛布を頭まで被り壁側を向いた。実際、このところずっと気分が悪いのだ。

乳母たちはユグノーであるコンデ公が支援してくれる。ギーズ公率いる狂信的カトリックの独壇場にはさせない。母后カトリーヌ・ド・メディシスもこれ以上争い事は望んでいないと言って励ますが、クロティルドにはもうどうでも良いことだ。

グラスが割れ散る音に振り向くと、突然、侍女が咽喉《のど》を押さえて苦しみだした。血が混じった吐瀉物と共に、床に倒れてもがき続けている。

「誰か、誰か来て！」

衛兵が駆け付けたが侍女は助からなかった。

死因は「毒」。クロティルドが飲むはずだったワインに、侍女がこっそり口を付けたからだった。

ワインに毒を入れたのは、最近雇い入れた厨房の下働きの女だった。

女はクロティルドの前に引き出された。殴られたのか唇が切れ、顔を腫らした女は、両腕を衛兵にがっちりと摑まれてぐったりとしているが、クロティルドの姿を見るや否や、呪詛の言葉を口にした。

「あんたのせいで、あたしは亭主も息子も殺されたんだ、あんたが殺されていればよかったんだ」

その女は、かつて亡き父と領地の視察で訪れた、葡萄農家の女房だった。車窓から見える広大な葡萄畑は、トゥールゆかりの聖マルタンの恵みを受けて、眩しい輝きを放っていた。

だが、今のトゥールはユグノーの襲撃に遭い、カトリック教会や修道院は破壊され、農地は焼かれ、略奪も日常茶飯事だという。

彼らを守護すべき領主であるアンジュー女伯爵は、領民を見捨てたあげく囚われの身だ。

その日から、クロティルドは再び祭壇に跪き、ひたすら神に祈り、問いかけた。

五日目

1.

聖マルタン修道院宿坊

微かに聞こえる名を呼ぶ音量が次第に増していき、ジャン＝ジャックは重い瞼をゆっくり開けた。

「気が付いたか！」

鼓膜を劈くようなランベールの声が響き、ぼやけた視界が徐々に鮮明になると、目の前にはトンスラ頭と僧服姿の修道士らが数人、心配そうな面持ちで彼を見下ろしていた。

「ランベール……ここは？」

硬い寝台の上に身を起こし、室内を見渡した。

粗末な寝台に一切の装飾を排除した薄暗い部屋。一瞬、養育されたパリの聖ジュヌヴィエーヴ修道院のかつての部屋と見間違えそうになった。

「修道院の宿坊だ」

宿坊の造りは、どの修道院でも大差が無い。見間違えたのも無理からぬことか。

全身、特に脇腹から鳩尾《みぞおち》にかけて強打されたように痛む。豪雨の中、制止するランベールの腕を振り切って、ロワール川に飛び込んだところまでは覚えている。泳ぎには自信があったし、アメリカ独立戦争では軍艦に乗船して海上の作戦に何度も従事した。

だが、晩秋の水温や川の流れを甘く見ていたのか、巨木が勢いよく流れて来てそれからの記憶が無かった。

「流木で腹を打って意識を失っていたが、幸いなことに修道服が流木の枝に引っ掛かっていたから溺れ死なずにすんだんだ」

「そうだったのか……」

修道士らも頷いている。

顔を上げてランベールを見据えたジャン＝ジャックは、一、二発殴られるのは覚悟して、両眼を閉じて歯を喰いしばった。

しかしランベールは、目元を腕で拭い「皆さんにお礼を言っとけよ」と早口で言いながらどこかへ行ってしまった。

修道士らも神に感謝の祈りを捧げると、聖務の時間だからとそれぞれ宿坊から退出していった。

寝台の上で茫然としていると、扉の外から遠慮がちなノック音がした。

「入ってもよろしいかな?」

薬局の責任者グレゴワール修道士が、扉から丸顔を覗かせた。彼は盆の上に湯気が上る器を載せている。

「どうぞ……」

この修道士の姿を見ると気持ちが和み、懐かしささえ覚える。修道服に染み付いた薬草の香りが、かつて養育された聖ジュヌヴィエーヴ修道院を思い起こさせるからだろうか。それとも、慈愛に満ちた笑顔が、育て親のトゥルネー修道院長やパングレ教授らを彷彿とさせるからだろうか。

「この修道院に代々伝わる特製のヴァンショー《ホットワイン》じゃ。体が温まりますぞ」

修道士は湯気が上る器をジャン=ジャックに手渡すと、寝台のそばに置かれた丸椅子に「どっこいしょ」と言いながら座った。

「あ、ありがとうございます」

グレゴワール修道士から受け取った木製の器に鼻を近づけると、シナモンの強烈な香りが白ワインから立ち込める。器の底に沈む大胆に切られた柑橘類にクローブが山ほど刺されていて、一口啜ると懐かしい味がした。

「とても美味しいです」

素直な感想を告げると、修道士も目を細めて嬉しそうに微笑んだ。

飲み終える頃には、腹の奥底からじんわりと温まり、漸く気持ちも解《ほぐ》れて来た。

そんなジャン＝ジャックの様子を見守り、見計らうようにグレゴワール修道士は声を掛けた。

「ボーフランシュ殿は素晴らしい友人をお持ちで羨ましい限りじゃ。今も聖堂で貴殿の無事を神に報告し、お礼の祈りを捧げておられる」

ランベールは、友の命を助けてくれるのなら、今までの不義理を反省して、これからは毎日でも教会に通うと誓ったらしい。

「本当ですか？」

聞き間違いではないかと、驚愕の眼差しを修道士に向けていた。

「左様」

グレゴワール修道士は、笑顔で何度も大きく頷いた。

ランベールとは長い付き合いになるが、彼がルイ・ル・グラン学院とパリ警察に入った経緯が、パンティエーヴル公妃の義父ランブイエ公爵の口利きであるという以外何も知らないことに、ジャン＝ジャックは今更ながら驚いていた。

彼がどんな生い立ちなのか。なぜ洗礼式と母親の葬儀以外、教会から足が遠のいていたのか。

ジャン＝ジャックは暫し思いを巡らせたが、直ぐに振り解いた。そのようなことを知って何になるのかと。酔っ払い同士の乱闘から始まった仲だとしても、言えることは只一つ。ランベールは今までもこれからも信頼に値する唯一無二の存在だ。

「ええ。大切な、大切な友人です。ですが、私の無鉄砲な行動で彼を危険な目に遭わせてしまいました」

寝台の上で背筋を正し、真摯な眼差しをグレゴワール修道士に向けたが、彼は笑顔を崩さずにジャン＝ジャックの話を頷きながら聞いていた。

「グレゴワール修道士は、私の短慮な行いを叱責されないのですか？」

ランベールに殴られなかった分、年長者でもある修道士に、その少々面倒な役割が回ってきたのだと思っていた。だが、口を開いた修道士からは予想もしなかった言葉が返ってきたのだ。

「恋は盲目とよく言うではありませぬか」

ジャン＝ジャックは慌てて訂正しようとした。だが、何をどう訂正すれば良いのか、言葉にならない。

——恋……。

公妃マリー＝アメリーへの気持ちを、恋だと胸を張って言える自信が無かった。そもそも没落した田舎貴族が、王族に恋心など抱いてどうなると言うのか。

「神に仕える身ではありますが、そういう類の話は大好物ですぞ」

押し黙ってしまった彼の様子を肯定と見なしたのか、修道士はほっほっほっと笑いながら丸椅子から立ち上がった。

「さてさて、ヴァンショーのお代わりをお持ちしましょう。それを飲んで朝までぐっすりお休みになると良い」

受け取った器を盆の上に載せると、大きな丸い身体を揺らしながら退出しようとした修道士が、そうそうと言いながら振り返った。

「但し、嵐の夜に身一つでロワールに飛び込むのは感心しませんな」

何も反論出来ない。ジャン＝ジャックは素直に頷くしか出来なかった。

「難攻不落の城塞に、身一つで挑むなど我ながら愚かだったと反省しております」

「いや、もともとノートル＝ダム女子修道院が建つ孤島は、城塞ではなく修道院が起源でしてのう。次回はこれをお使いなさい」

グレゴワール修道士は、持参した麻袋から何やらごそごそと取り出すと、思いがけない物を手渡した。

「儂《わし》の手製じゃ。足りないようなら、薬局においでなさい」

ジャン＝ジャックの瞳が忙しなく動き、困惑した表情を浮かべると、グレゴワール修道士は満足げな様子で退室して行った。

2．

ノートル＝ダム女子修道院

賛課の時間を迎えても、日の出は一向に感じられず、空は闇に沈んだままであった。

このノートル＝ダム女子修道院は、格式ばった行列祈禱式は取り入れておらず、それぞれが聖堂に入り、鐘の音が鳴るまでに跪いて祈りを捧げる。

カトリーヌとアガットは姿を見せず、聖堂は副院長と修道女オランプとドロテ、オディル、マリー＝アメリーとラージュ伯爵夫人、マルグリットと宿坊に泊まるボーテルヌ司祭と嵐で帰宅出来ないギョームの姿があった。
豪雨は少しも収まる気配を見せず、ロワール川は氾濫して大型の輸送船や連絡船も欠航するだろうとギョームは話していた。

本来ならば、夜明けと共に捜査官のランベールに連絡を取り、すぐさまリュシー殺害の捜査を依頼する手筈であったが、この嵐で叶わない。現場となったリュシーの部屋は施錠されて遺体も現場検証を終えるまでは動かせないために、葬儀も出来ない。

せめてもの慰めで、ボーテルヌ司祭の元でリュシーの追悼ミサが行われた。

エリザベート副院長の顔に疲労の色が濃く表れている。恐らく、昨晩は一睡も出来なかったのであろう。だが、決して狼狽えた姿は見せず、粛々と司祭とミサを執り仕切っていた。

終盤は、いつものように盲目の修道女オディルが「平和の賛歌」をオルガンで奏でる。

修道女オディルの横顔は、陶器で作られた人形のようで、死者に対する悲哀は窺えない。

ただ、その細く長い指は、楽譜に綴られた音符を完璧なまでに再現していた。

重苦しさがまるで澱《おり》となったかのような中、聖務を終えた一行は、食堂へと場所を移し、今は不在の院長の椅子に頭を下げ、それぞれの椅子の前に立ち、食前の祈りを捧げた。

漸くカトリーヌとアガットが姿を見せたが、二人共に顔色が悪く、項垂《うなだ》れたままだ。

エリザベート副院長は「普段通り」を貫く姿勢なのか、いつものように「聖人伝」の朗読にマルグリットを指名した。

食堂隅にある数段上の壇に立ち、よく通る澄んだ声でマルグリットは朗読を始めた。

アガットはカトリーヌとは離れて、マリー＝アメリーの隣席に座った。

昨夜は眠れたか尋ねようとしたが、あのような状況でぐっすり眠れるのなら、よほどの強心臓だろう。言葉を飲み込み、黙してスープを口に運ぼうと、匙を上げると同時にアガットが言った。

「マリー様、私のスープと交換して下さいませんか」

その言葉に、ラージュ伯爵夫人が眉根を寄せて、匙《さじ》の動きを止めた。

「ええ、宜しくてよ。まだ口を付ける前で良かったわ」

左手でラージュ伯爵夫人を制止すると、マリー＝アメリーはにこやかに自身のスープ皿をアガットの皿と取り換えた。間髪容れずに匙でスープを掬《すく》い口に運ぶと、野菜の濃厚な味が広がった。特に苦みも痺れもましてや吐き気も無い。毒物は混入されてはいないということだろう。

マリー＝アメリーの一連の動作を緊張の面持ちで見つめていたアガットは、堪え切れなかったのか泣き出した。

「昨晩は怖くて一睡も出来なくて……。お腹はすくし、喉も渇くし、でも毒が入っているかもと思うと何も口にできなくてずっと震えていました」

皆の視線はアガットに注がれる。

泣き止まないアガットの背を撫でながら、エリザベート副院長の姿を探すと、副院長は無言で頷いている。

「お部屋に戻りましょう。私達が付き添うわ」

食堂には殉教者が受けた苦難——丁度聖女ルキアの苦難を読み上げるマルグリットの声が響き渡っていた。

＊

パンと焼き菓子を修道女オランプに包んで貰い、アガットの部屋でティザーヌを淹れて毒見役は率先してラージュ伯爵夫人が引き受けた。

数日前に焼いたヌガー・ドゥ・トゥールを竈で温めたので、作り立ての味には程遠いが、甘い菓子と蜂蜜入りのティザーヌで空腹が満たされたのか、アガットも漸く泣き止んだ。

硬い寝台に腰かけて座るアガットの両脇から、それぞれラージュ伯爵夫人とマリー＝アメリーが宥めた。

「アガット、気持ちを強く持って。嵐さえおさまれば、ご両親がお迎えに来て下さるわ」

だが、アガットは絶望を露わに、首を振った。

「両親はきっと来ないでしょう。父は愛人の館に入り浸りだし、母は私が顔も知らない年上のブルジョワとの結婚を承諾しないから怒って、最近では便りも滞っています」

結婚を承諾さえしていれば、今頃は修道院を出て、嫁入り支度の最中であっただろうと。

「アガット、その方がブルジョワだから結婚したくないの？　それともその方の人柄が嫌だから結婚したくないの？」

「ブルジョワだからです」

アガットは毅然とした態度できっぱりと告げた。

「私の家は豊かではありませんし、財産もかなり目減りしているそうです。だからと言って、ブルジョワにお金で買われるような結婚だけは嫌です」

マリー＝アメリーは驚愕した。十代もまだ半ばの少女なのに、女王然とした誇り高さだ。

「私も夫の顔を初めて見たのは、結婚式の当日だったわ。おまけに、夫は私には全く関心が無くて、放蕩三昧の果てに結婚後僅か半年で亡くなったの」

悲嘆に暮れていたアガットが、弾かれたように顔を上げて、憐れみの眼差しをマリー＝アメリーに向けている。これ以上に無い不幸に見舞われた心持ちから一転、この世には、もっと可哀想な人も存在する、といった心境だろうか。

マリー＝アメリーは慌てて訂正する。

「そんな顔をしないで頂戴。私は決して不幸では無いし、寧ろ、今は日々幸せを感じています」

嘘偽りの無い本心から出た言葉だ。

「それは、祈りの道を選ばれたからですか？」

マリー＝アメリーは言葉に詰まった。

見習い修道女は仮の姿だ。事件の捜査が終われば俗世へ帰る身だ。

生きている喜びを心から実感したのはこの一年。それは、殺人現場という思いがけない場所で出会ったボーフランシュ大尉ジャン＝ジャックと過ごした一年だ。

パリのロワイヤル広場近くにあるマリー＝アメリーと義父ランブイエ公爵が住まう瀟洒《しょうしゃ》な館。以前はマリー＝アメリーの寵愛を得て、恋人か愛人の座におさまりたい洒落者たちで溢れ返っていたが、今はすっかり姿を消した。

昨年の事件解決後、ジャン＝ジャックは頻繁に館を訪れるようになっていたが、二人の関係は事件前と何ら変わりが無かった。

雑念を払拭するかのように、マリー＝アメリーは仲睦まじい友人夫妻を例にあげ、話題を変えた。

「友人のマリー＝アンヌは、貴族の出だけれど、裕福な伯爵との縁談を断ってブルジョワの夫を選んだのよ」

そんなことがあるのかと、疑いの眼差しを向けたアガットに「ラヴォワジェ夫妻よ」と当代一の科学者夫妻の名を告げた。

「私は彼らの仲睦まじさを見る度に、神の前で愛を誓った相手と相思相愛であり続けることが野暮だなんて風潮こそが、可笑しいと思えてならないの」

釣り合いの取れた家柄だけで相手を選ぶ結婚の虚しさは、両親の不仲を知るアガットも理解できるだろう。

「アガット、まずはその方のことを少しでも知ろうとなさいよ」

ラージュ伯爵夫人も続けた。

「お姿やお顔立ちよりも、お人柄はどうなのか」

「案外、気が合って上手くやっていけるかもしれないし、裕福な方ならあなたが憧れているローズ・ベルタンの新作衣裳も作り放題だわ」

アガットは噴き出した。やっと笑みを見せ、普段の快活さを少し取り戻したようだ。

「リュシーとあなたは、幼い頃から共に同じ修道院で育ったと伺ったわ」

アガットは無言で頷いた。

「私達五人は同じトゥールの修道院で養育されました。でも、マルグリットとアニェスはいずれ修道女になるから、ここに来るまではさして交流もなかったのです」

アニェスの死に際し、冷酷ともいえる態度は致し方ないと言いたげだ。

「カトリーヌは年長で先生方からも信頼が篤く、頼り甲斐もありますが、強引すぎるところもあって、普段はリュシーと二人で行動することが多かったのです」

「この修道院にいらしてから気付いたことがあれば聞かせて頂戴。何でも良いから」

「ずっと気になっていたことが頭の片隅に在ったのですが、漸く、それが何だったのか分かりました。確かめたらすぐにお話ししますわ」

マリー＝アメリーとラージュ伯爵夫人は大きく頷いた。

3.

ロワール川畔

昼になっても雨は一向に止む気配が無い。ロワール川の氾濫はますます勢いを増していた。

フード付きのマントを被ったジャン＝ジャックは、ロワール川の畔で伝書鳩を放った。

直ぐにでも駆け付けたいが、悪天候に加えてロワール川の氾濫で、船も出せない状態だ。

だが、どうか無事でいてくれ。アニェスの検死で再訪した際、何故無理にでも連れて帰らなかったのか。酷く後悔していると伝言に綴った。

昨晩は、公妃マリー＝アメリーの安否が気掛かりで、何度も目が覚めてしまった。

こんな風に一人の女のことで、眠れぬ夜を過ごすのは何年ぶりだろうか。

パリ・オペラ座の踊り子で恋人だったニコルが、ジャン＝ジャックのもとから黙って去ってからの喪失感は、何にも埋められなかった。半ば自暴自棄でアメリカ独立戦争に志願したと言っても過言ではない。戦死しても悲しむ家族もいなかった。だが、死ななかった。代わりに消えない傷が顔と腕に残っただけで、世界は相変わらず灰色だった。そのモノクロームな世界を無理やり塗り替えたのが公妃マリー＝アメリーであった。

常に遠慮することなく対等にぶつかりあってきたが、彼女のそばで世界は鮮やかに色づき、花々の香りに満ち溢れ、生きている実感を噛みしめられる。いつしか、心の大半を占めていたニコルの存在が小さくなり、想い出さない日も増えて来た。

公妃に対する感情が何であるか。この一年、深追いしなかった。いや、寧ろ無理矢理心の奥底に固く封じ込めていた。

「いい加減、自分の気持ちに素直になって認めたらどうだ？　公妃もお前を憎からず想っているのは明白だろう？」

背後からランベールの野太い声が飛んで来た。頭の中を覗き見られたような羞恥からか、苛立ちが募る。

振り返らずにジャン＝ジャックは答えた。

「認めた後はどうなると言うんだ？」

「公妃は未亡人だ。結婚だってできるだろう」

堪え切れず、振り返ったジャン＝ジャックは友に苛立ちをぶつけた。

「結婚だと？　ふざけるな！　フランス国王ルイ十六世の従妹だぞ。父親はスペイン王で兄はナポリ＝シチリア王。貴族と平民の結婚よりも笑い種だ。第一、国王陛下が、ランブイエ公爵が、スペインの父親が、ナポリの兄が許すはずがない！」

友の一言が引き金となって、裡に秘めていた感情が止めどなく溢れて、そのまま怒りとなった。

「結婚だけが全てじゃないだろう」

ジャン＝ジャックの咆哮に、さすがのランベールも狼狽えたのか、後退《あとずさ》った。

「あいつに媚びを売る芸術家の卵らと同じように、愛人になれというのか？」

公妃マリー＝アメリーの新しい愛人だと耳打ちしたトレヴィル侯爵の淫靡《いんび》な笑い、シャルトル公爵の値踏みするような眼差しを決して忘れはしない。

偶然、その場に居合わせたランベールも思い至ったのだろう。

「悪かった……ボーフランシュ」

「いや……俺の方こそ済まない」

言葉の途中でジャン＝ジャックは踵を返した。

「どこへ行くんだ」

「先に修道院へ帰るよ」

これ以上、醜態を晒したくない。惨めになるだけだ。ジャン＝ジャックはロワール川畔を速足で過ぎ、修道院へと向かった。

暴風雨は勢いを増し、吹き飛ばされた木の枝が足元に絡んで掬われそうになる。フードを深く被っても、普段の軍靴とは違い、グルカ履きの足は汚泥に塗れてすっかり冷え切っていた。

宗教戦争時代、このロワール川畔でも多くのユグノーらの処刑が行われたと聞いた。この汚泥には、彼らの怨念も溶け込んで沈殿しているのかもしれない。

＊

漸く修道院へ帰り着いた時には、またロワール川に飛び込んだと見間違えられる程ずぶ濡れで、回廊を急ぐジャン＝ジャックに一人の小柄な修道士の身体がぶつかりそうになった。

いつもの軽快さはなりを潜め、どんよりとした様子のジル見習い修道士だった。

「ジル」

「ボーフランシュ殿」

その声に、ジル見習い修道士は視線を向けたが、徹夜で祈りでも捧げていたのか、眼の下にはどす黒いクマが出来ていた。

「昨夜は迷惑掛けたな」

「何の話ですか？　聖務に遅れそうなので失礼します」

怪訝そうな眼差しを返し、そのままジルは速足で立ち去ってしまった。

変によそよそしいジル見習い修道士の去り行く背中を見送りながら、ジャン＝ジャックはぽつりと呟いた。

「あいつ、俺がロワールに飛び込んだことを知らなかったのか」

視線を動かすと、中庭の向かい側にある薬局の前から、グレゴワール修道士がにっこりと笑みを浮かべてジャン＝ジャックに手招きをしている。断る理由は何もない。腹の奥底がじんわりと温かくなった昨夜の感覚を思い出し、中庭を横切り、薬局へと歩みは向かっていた。

「お引き止めしましたかな？」

「いいえ。この雨ですし遠出は出来ません」

「では、薬局でティザーヌでもいかがですかな？」

「ええ、喜んで」

グレゴワール修道士の「城」は、全面がガラス張りの温室で、ジャン＝ジャックが彼に促されて一歩足を踏み入れると、レンガ造りの炉を備えているためか、春の陽だまりのような暖かな心地がし、鼻腔に薬草の強い香りが飛び込んで来た。かつてその香りに酔ってしまった過去を想い出し、自然と笑みが溢れた。

ずぶ濡れの修道服はすぐさま脱がされ、代わりに炉のそばに置かれた椅子と、身体を全て包み込める掛布をすすめられた。

一歩下がって、ジャン＝ジャックの頭の天辺から足先まで何往復か観察したグレゴワール修道士が言った。

「顔色も良いし、発熱も無い。咳も出ておらぬし、ヴァンショーの効果はありましたな」

修道女ドロテの薬局と同様に、聖ダミアンと聖コスマスの木像が壁に掛けられ、炉の前に無造作に置かれている黒い革製の「鞴《ふいご》」は、炉に空気を送り、火力を調節する器具だ。

薬局の中央には蒸留装置が、隣の大きな木製の台の上には、乳鉢や丸底のフラスコにガラスの漏斗《ろうと》も置かれ、全てが懐かしさに溢れている。

「私も十歳まで修道院で育ちました」

ほおっと声を上げて、グレゴワール修道士はティザーヌが注がれた器をジャン＝ジャックの掌に置いた。レモングラスと薄荷《はっか》の爽やかな香りが鼻腔を擽《くすぐ》る。一口啜ると、徐《おもむろ》に昔話が口から零れた。

「幼い頃、薬局は錬金術師の工房だと頑なに信じていたくらい、私を別世界に誘《いざな》ってくれた場所でした」

「錬金術の試行の過程で、蒸留や精製、精錬といった技術が発達しましたし、ここにある実験器具も錬金術の産物であるといえるでしょうなあ」

グレゴワール修道士の見解に、ジャン＝ジャックも大きく頷いた。

「聖務も写字も大嫌いでしたから、いつも図書室か薬局に逃げ込んでいました。薬草園と薬局担当の修道士を手伝ったおかげで、薬草の効用もいくつか覚えました。例えば、姫酸葉《ひめすいば》とサボン草の根は炎症に、蕗《ふき》タンポポは咳に良く効く……」

ジャン＝ジャックの声にグレゴワール修道士の声が重なった。

「上質の竜胆《りんどう》は消化を助け、庭常《にわとこ》の樹皮からは肝機能を助ける煎じ薬が出来る。お見事！」

グレゴワール修道士は手を叩いて称賛し「このまま修道院に残って、儂と一緒に薬草を育てていこうではありませぬか」と興奮気味に言った。

興奮の治まらない修道士は、薬草棚に置かれた自身のコレクションに解説を交えてジャン＝ジャックに披露した。

棚には、美術品と比べても遜色がない、美しい陶器の薬壺やガラス容器が綺麗に並べられている。陶器類は、マヨルカ、スペイン、ギリシアなどヨーロッパ各地で創作され、匠《たくみ》の手による珍しい薬箱なども置かれている。

「珍しい植物を世界各地から蒐集したものじゃよ。これは絹の道を越えて、アジアから来たウラボシ。骨の疾患や心臓病、リウマチに効く。これは北アメリカ東部から来たムラサキバレンギク。解毒作用があり、皮膚炎や扁桃腺《へんとうせん》の内服薬にも用いられる……」

蒐集は毒草にまで及んでいた。

「これはインドからやって来たアザミゲシ。重篤な症状だと心不全から死に至ってしまう。そうじゃなくとも、下肢のむくみは数か月続くことがある」

「トリカブト、ベラドンナ、カンタリジンまでありますね。グレゴワール修道士、窒息死に至る毒物に、お心当たりはありませんか？」

「薬物と毒物の境界線は曖昧でしてね、良薬も間違った処方をすれば毒にもなり得ます。摂りすぎると中毒になる。ギベール主任司祭の件ですかな？」

ジャン＝ジャックは頷いた。

「ギベール主任司祭とノートル＝ダム女子修道院で死亡したアニェスは、二人とも偶然にも窒息死だと確認されましたが、原因が分かりません。蛇毒かとも思い、調べてもらいましたが、これも違ったようです。遺体にも毒物の反応は見られませんでした」

「毒物の多くは何の痕跡も残さぬからなあ」

ジャン＝ジャックの落胆した表情から察したのか、グレゴワール修道士は甕の中から数種類の薬草を取り出すと、ポットに入れて熱い湯を注いだ。

再び熱いティザーヌが手渡され、湯気からは柑橘系の甘酸っぱい香りが立ち上り、気持ちを和ませた。

「生前のギベール主任司祭もふらりとこの薬局に現れては、貴殿と同様にこの爺に昔話をしてくれたものでしてね」

ティザーヌを啜ったグレゴワール修道士が顔を顰めた。熱すぎたらしい。

「子どもの時分はかなりやんちゃだったらしく、蜂の巣から蜂蜜を盗もうとしたら、蜜蜂に追いかけられて散々な目に遭った話とか」

ジャン＝ジャックは笑った。聖人の生き様を指針としても、幼い頃の男子は誰もが似たような道を通るのだと。

「そうそう、儂の大好物の恋の話も聞かせてくれましてね」

口に含んだティザーヌを、ジャン＝ジャックは派手に噴き出した。熱さのせいだけでは無かった。

「恋！　ギベール主任司祭が」

軽い火傷を負ったのか舌がひりつくが、お構いなしに続きを促した。

「無論、誓願前の話じゃ」

亡きギベール主任司祭を偲ぶかのように、グレゴワール修道士は眼を細め、視線を窓の外へと向けた。

「身分違いの、実らぬ想いだったそうじゃ。相手の女性は爵位もある貴族のご令嬢で、完璧な婚約者もいて、到底叶わぬ恋だったと語っておられたな」

聖人のような生き様であったギベール主任司祭に、そのような過去があったとは。

身分違い――。

ギベール主任司祭のように、いつかは気持ちに区切りをつけるべきなのだろう。振り切るように、ジャン＝ジャックは立ち上がった。居心地が良すぎて、つい寛いでしまっていた。

「グレゴワール修道士、またお邪魔しても良いですか」

「いつでも大歓迎じゃ」

グレゴワール修道士の背後には、鮮やかな花が咲き誇り、温室の隅には蜜蜂の巣箱が置かれていた。

「タチアオイじゃよ。蜜蜂たちが好むので、この温室で育てているんじゃ」

ジャン＝ジャックの視線に気づいたのか、修道士が目を細めてタチアオイを見つめた。

「私もギベール主任司祭と同様に、蜂の巣箱にいたずらして、刺されそうになって院長様に大目玉……」

「どうかされましたか？」

「いえ……」

そうだ。あの時いつもは温厚で穏やかな薬局担当の修道士にこっぴどく叱られた。それだけでは収まらず、院長様の所へ連れて行かれて、そこでも散々叱られたのだ。

何故あれほどまでに叱られたのか。ジャン＝ジャックは記憶の糸を懸命に手繰り寄せた。

4．

ノートル＝ダム女子修道院

アガットが落ち着きを取り戻したのを見計らい、マリー＝アメリーとラージュ伯爵夫人は自室へと戻った。

第三時課の後は「労働」に戻るか、「詩篇」の黙読を続けるかの二択だが、この暴風雨に伴い、外での「労働」は無理だと判断されて、自ずと「詩篇」の黙読になった。

粗末な椅子に腰かけ、詩篇の頁を開いたままマリー＝アメリーの感情と視線は別の場所を彷徨っていたが、我慢出来ずに「沈黙」を破ってしまった。

「ラージュ伯爵夫人は、ラージュ伯爵が亡くなられた時は悲しかった？」

「詩篇」の黙読をしていたラージュ伯爵夫人が、驚きと困惑が入り交じった表情で顔を上げた。

「ぶしつけな質問だったわね」

「いいえ……。正直に申し上げますと、今でも分からないのです。夫は二十歳以上年上で、初めて会ったのは公妃様同様に結婚式当日でしたし。ただ、子どもが亡くなったと知らされた時は大層堪えました」ラージュ伯爵夫人は述懐する。「王后陛下のように、手元で育てていないのに、どうしてあれほど悲しかったのか、今でも分かりません」

「王后陛下は口癖のように仰せね。この子達を亡くしたら悲しみのあまりに死んでしまうと」

子どもを持てなかった自分には、その気持ちが永久に理解出来ないのかもしれない。

マリー＝アメリーの心境を素早く察知したのか、ラージュ伯爵夫人はさりげない気遣いを見せた。

「王女様や王子様は公妃様が大好きだといつも仰せですよ。それに王子様はボーフランシュ大尉が殊の外お気に入りで、宮廷に伺候されるのを楽しみにされていると侍女たちも申しておりました」

「大尉は馬に乗せたり庭園を駆けまわったりして全力で遊ぶから、子ども達から好かれるのね」

王太子ルイ＝ジョゼフがジャン＝ジャックを大層気に入り、それ以上にポリニャック公爵夫人ガブリエルを嫌っているのが気掛かりの一つであった。

ラファエルが描く聖母を彷彿とさせ、王妃を魅了したポリニャック公爵夫人ガブリエルを「香水臭い」と王太子は罵り、そばに寄ることさえ嫌がる。

王妃お抱えの調香師ジャン＝ルイ・ファージョンが口惜しがるように、ポリニャック公爵夫人は香水を一滴も纏わないことで有名だったので、「香水臭い」はあり得なかった。

無欲なジャン＝ジャックに対して、ポリニャック一族は今のところ警戒心を抱いていないようだ。だが彼の出生の秘密が明らかになると、事情は違ってくるだろう。王弟達をはじめとするシャルトル公爵ら王位継承権に関わる者たちが、猛禽類のように襲い掛かってくるかもしれない。

——だが、彼は知る権利があろう。

従兄《ルイ十六世》の言葉がいまだに耳に残っている。

大粒の雨が窓に当たる音に混じり、こつこつと叩く音に気付いて窓を見遣ると、ジャン＝ジャックの元へ飛ばした伝書鳩が嘴で窓を突《つつ》いている。

マリー＝アメリーは窓辺へ駆け寄ると、すぐさま窓を開けた。鳩が室内へ飛び込んで来ると同時に大粒の雨が風に煽られて、室内に吹き込んで来た。

「こんな悪天候の中、よく飛んできてくれたわね。いい子ね」

ラージュ伯爵夫人が乾いた布で鳩の水気を丁寧に拭っているそばで、ジャン＝ジャックからの伝言を開き、目を通し始めたマリー＝アメリーがみるみる渋面になった。

「大尉は私達を助け出そうとして、この嵐の中、ロワール川に飛び込んだそうよ」

鳩の腹を優しく撫でていた手が止まり、ラージュ伯爵夫人が顔色を変えた。

「ランベールや修道院の方々が救出してくれたから、大事には至らなかったと書いているわ」

マリー＝アメリーは心底呆れていた。夜半のそれも水嵩が増した流れも速いロワール川に、身一つで飛び込むなんて自殺行為だ。彼が熟考するよりも先に体が動いてしまう性分であるのは知っていたが、ここまで無謀だとは存外だった。

だが、ラージュ伯爵夫人の反応は違った。

「きっと公妃様が心配で、居てもたってもいられなかったのですね。ご自身を危険に晒してまで助けようとするなんて……。そこまでの騎士道精神をお持ちの男性は、ヴェルサイユには一人もおりませんわ」

言い終えるとラージュ伯爵夫人は、両掌を組んで夢見るような眼差しを宙に向け、古い騎士物語の暗唱を始めた。

Seigneur, vous êtes amoureux!（騎士様、恋をしておいでですね）
Évitez de trop dissimuler vos sentiments!（お隠しになるのもほどほどになさいませ）
　Vous pouvez aimer de telle sorte（恋がかないますことをお念じになって）
que votre amour sera bien placé.（恋すればよろしゅうございます）
Celui qui voudrait aimer ma maîtresse（奥方さまを恋しくお考えなら）
devrait la tenir en grande estime.（ひたすらお慕いあそばされることです）
Cet amour serait exemplaire（お二人とも変わらぬ気持をお持ちになれば）

si vous étiez fidèles l'un à l'autre（似合いの恋となりましょう）
car vous êtes beaux tous les deux.（あなたさまも奥方さまも、お美しいのでありますから）

なぜなのか、ラージュ伯爵夫人の暗唱を聴き終えたマリー＝アメリーの頬が、発熱したように赤くなった。

この数日冷え込んだせいで、風邪気味なのだろう。きっとそうだ。

「厨房に行ってティザーヌを淹れて貰うわね」

熱っぽい頬を見られたくなくて、俯きながら視線をラージュ伯爵夫人から逸らして立ち上がった。

「私が参ります」

慌ててラージュ伯爵夫人も椅子から立ち上がった。

二人の間で暫し押し問答が続いたが、結局、妥協点に落ち着き、マリー＝アメリーはラージュ伯爵夫人を伴い部屋を出た。

＊

ノートル＝ダム女子修道院は、もとは城塞だったから窓も少なく、日中でもほとんど陽が射さない造りだ。今日のような天候では、夜と大差がないくらい暗い。石壁に掛かる松明を頼りに、二人は厨房へと向かった。

修道女の居住区の入口に備えられた螺旋状の小さな階段を下り、右へ進み、石壁に沿うように行くと厨房に辿り着くようにはなっているが、途中にある小さな階段を上ったり、下りたりが少々面倒で、考え事をしながらだと迷ってしまう恐れもあった。

「やはり、公妃様にご一緒して頂いて正解でしたわ」

普段は数歩後ろに付き従うラージュ伯爵夫人だが、まるで初めてグラン・シャトレの拷問室を訪れた時のように、震えを堪えているようだ。

「実家のナポリでは、いつも兄や弟達と城内を探検していたから迷路は得意なの。そうだわ。良い機会だし、元城塞内を探検してみましょうよ」

マリー＝アメリーの瞳が、名案だと言いたげに輝いた。

反して、ラージュ伯爵夫人の顔が途端に硬直したが、この女主人が一度言い出すと滅多なことでは引かないと、長年の付き合いで熟知しているのだろう。だが、徒労とは思いつつも抵抗を試みたようだ。

「そろそろ晩課ですし、それはまた別の機会に……」

(しっ!)

黒い修道服姿に色ガラスの眼鏡を掛けた一人の修道女が、ひっそりと付属教会の後陣から出て来て、左右を一度ずつ確かめると、修道服を翻して去っていく。

(修道女オディルだわ。どこに行くのかしら)

(いつもの介添え役のドロテはいませんね)

(後をつけてみましょう)

有無を言う隙を与えないように、ラージュ伯爵夫人の手首を摑むと、マリー＝アメリーは人影を追った。

岩山の上に建てられた三層構造の城塞が元なので、自ずと下の層へ行くと岩山が占める割合が増える。よって、修道女らの居住区や食堂、厨房や修道院は主に三階に設けられている。段数の少ない階段を下り、通路を過ぎてまた下って行くと、いやでも岩肌の冷たさを感じないではいられない。

(どこにいくつもりなのかしら?)

この先にあるのは、聖人の名が冠された聖堂やかつて城塞時代に使用されたという、牢獄だ。

二人は薄暗い中、後を追い続けた。だが、既に明り取りの窓から射す光は届かず、暗闇に覆われそうになる中、人影は一つの聖堂へと入った。

聖マルタンの聖堂であった。

確かに、この中に入ったのだ。だが、中には人影どころか、虫一匹いない。

「消えた……」

「まるで、煙のように消えてしまいましたわ。いかがなさいました？　公妃様」

眉間に皺を寄せて、思考を巡らすマリー＝アメリーに、ラージュ伯爵夫人は訝しげに訊ねた。

「残り香が、嗅いだことがある匂いなの。どこで嗅いだのかしら……。思い出せないの」

5．

聖マルタン大聖堂

薬局を後にしたジャン＝ジャックは、生前、ギベール主任司祭が使っていた執務室へと向かった。ランベールがそこで司祭が扱った書類を調べていたからだ。

執務室の扉は開け放たれ、フード付きのマントはずぶ濡れのまま、無造作に脱ぎ捨てられている。

ランベールは扉を背に書類と格闘中なのか、山積みの紙束を前に頭を抱えている。

「ランベール」

「なんだ？」

背後からの声に、振り返らずにランベールは答えた。

「さっきは済まなかった。それから昨晩は助けてくれてありがとう。嬉しかったよ」

そんなことかと言いながら、ランベールは振り返り、人差し指で鼻の下を数度擦った。

ジャン＝ジャックは知っていた。それは彼が照れ隠しをする際の仕草だと。

「捜査の手掛かりになりそうなものは見つかったか？」

椅子に腰かけるランベールの肩に手を置き、ジャン＝ジャックも書類を覗き込んだ。

そこには、見覚えのある女性らしい綴り字が並んでいた。

「公妃からの伝言を読み返していたんだ」

何度も読み返したマリー＝アメリーからの伝言を、ジャン＝ジャックは攫い摘んで読み上げた。

「エリザベート副院長は、夜が明けたらランベール捜査官に捜査依頼の使いを寄こすつもりであったが、嵐のせいで叶わなかった。アニェスの葬儀後、晩課の前に寄宿舎から悲鳴が聞こえて、薬草園にいたギョームと駆け付けると、リュシーが殺されていた。リュシーは寝台の上で壁を背に、脚を投げ出した格好で腹を刺されて死んでいた。両眼は抉り取られて両手に置かれ、遺体の向かい合わせの壁には、詩篇の呪いの一節が血文字で残されていた」

「随分と派手な演出だな。殺しだけでなく、眼玉を抉り出して壁には詩篇の呪いだと。まるで劇場で芝居でも観ている気分だ」

同感だとジャン＝ジャックも頷きながら、一枚の紙を机上に置いた。

「修道院に足止めになっている奴らの一覧だ。この中に殺害犯がいるとは断言できないが、今出来ることをやろうと思って」

「ああ、そうだな。何々……。男が二人に女が十人か」

「男のうち一人はボーテルヌ司祭だ。ミサをあげた後、この嵐で帰れない」

「なら真っ先に除外だろう。この下男のギョームはどうだ」

「愛想も無くてぶっきらぼうだが、決して悪い印象は無かった」

ましてや、少女を残虐に殺すなどあり得ないと。

「信じたいのは理解できるが、人を殺す理由は——」

「分かっている。それ以上は」

言わないでくれと、消え入りそうな声でジャン＝ジャックは言う。

かつての教え子がそうであったように、善良な人間でも人を殺める理由はある。

話題を切り替えるように、ランベールが咳払いを一つした。

「次に女だが、公妃とラージュ伯爵夫人は除外するとして、残るは、エリザベート副院長、修道女オディル、修道女オランプ、修道女ドロテ、見習い修道女のマルグリット、貴族の娘のカトリーヌとアガット、そして未だに正体不明のアデライード院長殿か」

「公妃は何としてでも院長殿に目通りすると言っているが」

公妃のことだ。また無茶をするのではとジャン＝ジャックは拳でこめかみを押さえた。

「ラージュ伯爵夫人も付いているんだ。無茶な行動は全力で阻止してくれるさ。この副院長殿だがお前から見た印象はどうだった？」

ジャン＝ジャックは脳裏に、エリザベート副院長の姿を思い浮かべた。

「模範的で完璧だな。管理者に有りがちな冷酷さもなかったし、俺たちへの対応も柔軟だった」

「まさしく、理想的な修道女殿だな。だが、この副院長殿、十年前に自殺未遂をやらかしている」

ランベールはマリー＝アメリーから届いた伝言の一文を指で弾いた。

「十年前に何があったのか、気になるな」

「ああ」

「次に修道女オディル。この尼さんは盲目だ。いくらなんでも殺しは無理だろう。除外、除外と」

「公妃の伝言によれば、修道院一の古株だ。生後すぐに預けられて、養育もこの修道院だったと記されている。生まれも、正確な年齢さえも誰も知らず、フランス王家に連なるのではないかと噂されているそうだ」

「だが、王族の娘が誓願して尼僧になるなら、持参金でそれ相応の地位を買うのが通例だ。どちらにしても、この修道女が謎めいているのは確かだな」

ジャン＝ジャックは頷いた。

「修道女ドロテは薬局と薬草園を管轄している」

ジャン＝ジャックは伝言を読み上げながら、修道女ドロテの青ざめた顔と今にも倒れそうな姿を思い浮かべた。

「あの気が弱そうな尼さんに、人殺しは無理だろうと思いたいが……」

ランベールが同感だと頷きながら答えた。

「俺は暴力を振るう旦那を、ひ弱な女房が殺した現場を何度も見てきたからな」

「修道女オランプは温厚で人当たりも良く、世話好きでラージュ伯爵夫人ともウマが合うそうだ」

そこで二人の会話は止まり、沈黙が訪れた。灯された燭台の蠟燭が燃える音だけがやけに大きく聞こえた。

これだけの情報では、容疑者に挙げるだけの決定打が何一つ、誰一人無いのだ。

「異端クロティルドの調べは進んだか？」

「ああ。今、ムッシュー・サンソン経由で当時の裁判記録を高等法院から取り寄せている最中だ」

二人は窓を打ちつける横殴りの雨の雫《しずく》を見つめた。いや、正確には何をすれば最善であるのかを模索していた。

多分に同じことを考えているのだろうが、敢えてジャン＝ジャックはそれを口にした。

「隣の廃院に今から行ってみるか」

「そうだな。この嵐の中、遠出は無理だし気休め程度だが」

ランベールが椅子から立ち上がると、下には水溜まりが出来ている。

さすがにこのままでは風邪をひくから着替えろとジャン＝ジャックは口煩《うるさ》く言ったが、外へ出ればまた濡れるのだからと押し切られてしまった。

＊

高い塀で修道院の周りは囲まれているが、塀にはいくつもの穴が開いていて、大聖堂に続く扉をはじめ、果樹園や菜園に通じる扉やかつて女子修道院だった廃院と共同で使っていた門もあった。要するに吹き曝《さら》しの状態であるが、盗られて困るものは聖マルタンの聖遺物くらいだとの認識なのだろう。

ジャン＝ジャックとランベールが女子修道院の宿坊であった場所の扉を開けた。

昨年までは、人が住んでいたとは思えぬほどの荒れ様だ。窓は割れて風雨が容赦なく部屋の中にまで降り注ぎ、床板は変形して反り返っていた。

二人は手分けして各部屋を検分することにした。ランベールは厨房や参事会室、ジャン＝ジャックは大部屋から調べることにした。

施療院を思わせるような大部屋は、少女たちが養育されていたのか、等間隔に寝台が置かれていて、区分けに使った幕布が、変色して破れたまま天井から垂れていた。

ここでも床板は変形して反り返っていて、一匹の鼠が隙間から顔を出していた。

ジャン＝ジャックの背筋に戦慄が走った。まさかこの女子修道院の床下にも地下に通じる階段が設けられ、悍ましい光景が待ち構えてはいるのではないかと。躊躇《ためら》いつつも、意を決し、隙間に指を入れて床板の一枚を勢いつけて剝がした。

拍子抜けするくらい、床板は簡単に外れ、勢い余ったジャン＝ジャックは、尻餅をついた反動で頭を寝台の柱の角に打ち付けていた。

「……くそっ」

痛みで悪態すら直ぐには出てこない。己の不甲斐なさやら何やらが綯交《ないま》ぜとなって、ジャン＝ジャックは額に掌を置いて暫く目を閉じた。

マリー＝アメリーのことが頭から離れない。こうしている間にも、彼女の身に危険が迫っているのではと想像するだけで、叫びたくなる。

漸く瞼を開けてぼんやりと視界を巡らしていると、寝台の柱の死角に書かれた文字の羅列を見つけた。落書きだろうか。だが、子どもの落書きには到底思えない。ジャン＝ジャックは声を張り上げて友の名を呼んだ。

「どうしたボーフランシュ！」友の声音に緊迫した響きを感じ取ったのか、ランベールが大部屋へ駆け込んで来た。「うわっ！」隣の聖マルタン修道院の厨房まで遠征するのか、鼠の一家が彼の前を一列に横切っていった。

その慌てぶりに、一瞬だけ頰を緩ませたジャン＝ジャックであったが、直ぐに真剣な面持ちになり、寝台の柱の死角に彫られた文字を、ランベールに指し示した。

「ここを見てみろ」

אתירארא

「これは一体どっちが上なんだ。右、いや左から読むのか。そもそも文字なのか？」

「護符だ」ジャン＝ジャックは声を潜めて、ランベールの耳元である信仰の名を囁いた。

「ここはカトリックの女子修道院だぞ！」

ランベールの驚愕は怒声になった。

「だから不可解なんだ」

6. 聖マルタン修道院

晩課の鐘が鳴り響く中、二人は聖マルタン修道院に帰りついた。

空からは相変わらず大粒の雨が降り注ぎ、冷たい風は雨粒を容赦無く叩きつけている。

ジャン＝ジャックの忠告を聞かず、ずぶ濡れのままだったランベールは、派手なくしゃみを繰り返した。

修道士たちは「労働」を終えて、聖務に向かっている。修道院の回廊は、修道士らが行き交っていた。

修道士たちの列に交じり、回廊を行く二人に中庭を挟んだ薬局前からグレゴワール修道士が手招きをした。

途端に、ジャン＝ジャックの裡に小春日和のような心地良さが広がった。ランベールの腕をひき、有無を言わさず薬局へと向かった。

「ボーフランシュ殿、ランベール殿、客人がお待ちだ。今日は嵐だし、ここでお待ちいただいておりますぞ」

グレゴワール修道士の「城」である、薬局の中には、驚いたことにサンソンの姿があった。この天候では、重罪人の処刑日も延期になる。

「ボンジュール。資料をお持ちしました」

資料を渡したら、長居はせずにそのまま退散するつもりだったのか、遠慮がちなサンソンをグレゴワール修道士が引き留めた。

「宜しかったらこのままこの薬局で話されぬか？　ヴァンショーでも入れましょう」

「しかし……」

「どなたでも大歓迎じゃ。それにムッシュー・サンソンの薬学の知識は素晴らしい！　儂ももう少し貴殿と会話を楽しみたいのじゃが、いかがかな？」

茶目っ気たっぷりに言いながら、修道士は三人を薬局の奥へと誘った。

世間の常識に捉われない、グレゴワール修道士の懐の深さに、サンソンのみならず、ジャン＝ジャックやランベールさえも心が揺さぶられる思いだった。

「お二人の濡れたフードはこちらの火のそばに掛けておきましょう。あちらのテーブルと椅子を使われると良い。儂は厨房でヴァンショーを拵えて来ますゆえ」

三人で遠慮なく語らえるように席を外してくれたのだ。グレゴワール修道士の細やかな気配りが心に沁みた。

「早速ですがムッシュー・サンソン、こちらの書面をご覧ください」

ジャン＝ジャックは伝書鳩が携えた伝言をサンソンの前で広げた。

「これは、パンティエーヴル公妃からですね」

察しの良いサンソンは、すぐに理解したようだ。

「また女子修道院で娘が亡くなったと。今回は胸を刺され、両眼を抉り出されている。これは明らかに殺人ですね」

「本来ならば、本日の夜明けと同時にランベールに捜査依頼の連絡が届く予定でしたが、この天候で足止め状態です」

「天候ばかりはやむを得ないですね」

そう言いながら、サンソンは風雨を避けるためにか何重にも保護した包みを開いた。

「ランベール捜査官より頼まれておりました異端で処されたクロティルドの記録をお持ちしました。驚いたことに、ギベール主任司祭は、クロティルドの審問のやり直しを申請中でした。但し、申請に伴う証拠書類が、司祭の死で期間内に提出されなかった為、宙に浮いた状態です」

「つまり、司祭は異端審問官として裁き、処刑したクロティルドの判決が間違っていたと認めたということですか」

サンソンが大きく頷いた。

三人の間に暫し沈黙が流れる。亡くなったギベール主任司祭は、どのような理由があって、自身が関わった審問のやり直しを求めたのだろう。

「クロティルドの事件ならば覚えておりまするぞ。何せ、隣の修道院にいた娘でしたから」

芳醇なワインと柑橘類、香辛料の香りと共に、グレゴワール修道士が言った。

「そう、あれは……」

ヴァンショーが注がれた器を皆に手渡し終えたグレゴワール修道士の視線は、暫し宙を彷徨った。

「クロティルドは器量にも恵まれ、何より気立ての良い、優しい娘でした。女子修道院の敷地で収穫された果物やコンフィチュールをいつもこの修道院に届けてくれ、修道院の一画に花壇を拵えて季節の花々を咲かせ、大層子ども好きで子どもからも好かれておりました」

既に廃墟となった隣接する女子修道院で、そのような営みがあったとは。俄かには信じ難かった。

「異端だったと聞きました」

「左様。儂もそれを聞いた時には耳を疑いましたよ。あれほど信心深く神への愛に溢れていた娘はそうそうおりませんでした」

「では、なぜ？」

「修道院で養育されていた少女が証言したのです」

ヴァンショーをゆっくりと味わっていたサンソンが、該当する資料を開いた。

「無論、少女達にはそれが何かは理解出来ておらぬようじゃったが……。幾通もの助命嘆願書が異端審問所に提出されましてね。儂もその一人じゃったが。だが、肝心のクロティルドが一切否定しなかったことで有罪が確定しました」

ジャン＝ジャックの脳裏には、三日前にサンソンから聞いたクロティルドの壮絶な拷問から死に至るまでが克明に蘇っていた。ランベールも同様だろう。いつも豪快かつ陽気な友も口を重く閉ざしたままだ。

「あの時、村の少年が警護を振り切って、クロティルドの処刑を止めようとしたのを覚えておりまする」

「思い出しました。そうでしたね」

「服の袖が燃えるのも構わずに、両手に大火傷を負い、それでも燃え盛る薪を手で摑もうとしていましたが、警護に取り押さえられましてな」

「ええ。クロティルドの幼馴染だとか」

「クロティルドの幼馴染か……。そいつが異端審問官だったギベール主任司祭を恨み、殺した線はどうだ？　当時はガキでも、十年経てば立派な大人だ」

「動機としては大いにあり得るな」

友の賛同を得られて気を良くしたのか、久方ぶりにランベールの顔に生気が漲《みなぎ》っていった。

「ムッシュー・サンソン、その幼馴染の身元は分かりますか」

「調べてみます」

事件解決の糸口になるかもしれない。

そんな高揚した雰囲気に呼応するかのように、雨粒が叩く音に交じり、鳩が薬局の窓ガラスを嘴で突いている。

「公妃からの伝書鳩だ」

俄かにジャン＝ジャックの顔が綻び、笑みが広がった。この伝書鳩を連れて来て良かったと何度思ったことか。

　すぐさま薬局の窓を開けた。大粒の雨が風に煽られて、室内に吹き込んで来たが、鳩は薬局内を数回旋回すると、ジャン＝ジャックの肩にとまった。

　ずぶ濡れの鳩を撫でて労い、脚に付けた筒から伝言を抜き取って、すぐさま目を通した。

「ノートル＝ダム女子修道院でまた殺しだ……」

「嘘だろう！」

　信じられないと呟きながら、ランベールはすぐさまジャン＝ジャックの掌から伝言を奪い取った。

「行儀作法の修行中だったアガットが付属教会の祭壇前で殺害された。背後から刺されての失血死。殺されたアガットは全裸で、両の乳房が切り取られていた……だと」

「今回も前回と同様、聖堂の床には詩篇の呪いの血文字が書かれていたそうだ」

「ノートル＝ダム女子修道院殺人劇第三幕の開演か」前回の殺人同様、余りにも芝居がかっていると、ランベールは大きく頭を振った。

「アニェス、リュシー、今回はアガットか……」

「聖女アグネス、ルキア、アガタですね」

　サンソンの言葉が終わらないうちに、ジャン＝ジャックの右腕は、ランベールからしっかり摑まれていた。

「安心しろ、ランベール。同じ過ちを繰り返すほど愚かじゃない。もうロワールに飛び込んだりしないから」

ランベールは安堵で胸を撫でおろした。

ジャン＝ジャックは爪が食い込んで血がにじむほど拳を握りしめていた。

一刻も早く女子修道院へ向かい、現況を確かめたいのに、どうにも出来ないもどかしさと不甲斐なさが苛立ちへと変わっていった。

六日目

1.　ノートル＝ダム女子修道院

まんじりともせず夜が明けた。正確には、今日も陽の光が射さず、空は厚い雲が隙間なく埋め尽くして大粒の雨を降らしている。

水嵩が増したロワール川は、濁流で覆われて、根元からなぎ倒した大木を小舟のように軽々と下流へと押し流していた。

前日の晩課の支度の為に、聖堂へ向かった修道女オランプが、アガットの遺体を発見したのだ。

聖堂には修道女オランプの悲鳴がこだまし、図書室から回廊を通り聖堂へと向かっていたマリー＝アメリーとラージュ伯爵夫人、そしてカトリーヌは顔を見合わせて、そのただならぬ様子に先を急いだ。

祭壇前には、既にマルグリットとギョームの姿があり、変わり果てたアガットの姿を茫然と見下ろしていた。

強烈な血腥さが鼻を撲《ぶ》つ。

何事かと急ぎ足で入って来た副院長エリザベートは、祭壇前で小さな悲鳴を上げると同時に、隣に立つギョームの腕に縋《すが》った。足元では、修道女オランプが腰を抜かしてがたがたと震えている。

息を切らして入って来たボーテルヌ司祭が、片膝を床についてアガットの体を検分したが、口を噤《つぐ》んだまま大きく頭を振った。

「駄目です。既に事切れています」彼の髪が燭台の炎に照らされて、光輪のような輝きを放った。

ボーテルヌ司祭が言わずとも、誰の眼にも明らかであった。

祭壇に凭《もた》れ掛かるようにして息絶えていたアガットは、塗料をぶちまけたかのように上半身を真っ赤に血で染めている。大きな柘榴《ざくろ》の実を二つ抱えているように見えたのは、両の乳房が切り取られていたからだ。切り取られたお椀のような乳房は、だらりと伸ばされた両手の甲の上に置かれていた。

アガットの背には、鋭利な刃物で刺された痕跡があり、恐らくこれが死因だろうとボーテルヌ司祭は言った。

迫りくる死の恐怖と苦痛からか、アガットの頬には涙の跡があり、小さく開かれた口は助けを求める声を上げようとしていたのだろうか。

ラージュ伯爵夫人がずっと肩を抱いていたカトリーヌは、震えが止まらず、大声で泣き出した。

祭壇前の床には、リュシーが殺害された時と同様に、詩篇の一節が血文字で書かれていた。

——Et dilexit maledictionem, et veniet（呪うことを好んだのだから、呪いは自身に返るように）

最後に修道女オディルの手を引いて入って来た修道女ドロテは、アガットの遺体を一目見るなり劈くような悲鳴を上げて、腕を振り解くと同時に口元を押さえてそのまま聖堂入口へと走り去った。悍ましさに堪え切れなかったのか、込み上げる吐瀉物と共に嗚咽《おえつ》が交じっている。

「いったい、誰がこんな残酷なことを……」

皆の胸の裡を代弁するように、エリザベート副院長が呟いた。

＊

以降の聖務は休止されて、修道院に残った者たちは食堂に集められた。

食堂に集まったのは、エリザベート副院長、修道女オランプ、マルグリット、カトリーヌ、マリー＝アメリーにラージュ伯爵夫人。そして足止めされたボーテルヌ司祭と下働きのギョーム。盲目の修道女オディルは、修道女ドロテに手をひかれて遅れてやってきた。

食事の支度は、主にギョームと修道女オランプが、修道女ドロテとマルグリットが給仕係を担っていた。

焼き立てのパンとスープが黙々と配膳されて、食堂内は暫し食欲をそそる匂いと温もりに包まれたが、誰も手を付けようとはしなかった。

鉛が沈殿したかのような重苦しさに耐えきれなかったのか。それとも困惑と不安を隠すためなのか。副院長のエリザベートが、絶え間なく窓を叩く大粒の雨を見遣り、ぽつりと呟いた。

「この雨は、いったいいつになったら止むのでしょうか？」

彼に問いかけたつもりは無かったのだろうが、食堂の窓から下界の様子を見つめていたギョームが、副院長の声に振り返った。

「ここまで酷い豪雨は、俺が生まれてから一度も経験がないな」

「『諸聖人の洪水』以来でしょうか」

珍しく、ボーテルヌ司祭が口を開いた。

「聖務は一旦中止します。皆さんもなるべく一人にならないように、どなたかと行動を共にして下さい」

副院長エリザベートの通達に異を唱えるかのように、突然カトリーヌが両手で机を叩き、その勢いで立ち上がった。

「嫌よ！」

叫ぶと同時に、カトリーヌは衣服の裾を翻して食堂の扉へと駆けだした。

「カトリーヌ、どこへ行くの？」

慌ててマリー＝アメリーとギョームが後を追った。

「山を下りるわ」

もう幾日も陽の光が射さない城塞内は、闇を纏い、松明の灯りを頼りに進んでも心許ない。カトリーヌも湿気で覆われた石の階段で滑りそうになりながら、大粒の雨が降りしきる外へと飛び出して行った。

その後を追うギョームもマリー＝アメリーも既にずぶ濡れだ。

「山を下りても船は無い」

漸く追いついたギョームが、カトリーヌの腕を摑もうとしたが、するりとすり抜けて行ってしまった。

「泳ぐわ」

正門に辿り着いたカトリーヌは、閂《かんぬき》上の渡り木を外し、扉を外側へと押し開けようとするが、扉はびくともしない。

ギョームとマリー＝アメリー、ボーテルヌ司祭も加わってみたが、四人の力を以てしても扉を開けることは叶わなかった。

「正門のそばに植えられていた大木が、恐らくこの嵐で根元から倒れて門を外側から塞いでしまったんだな」

「そんな……」

強い絶望の声音を伴い、カトリーヌはその場に蹲《うずくま》って泣き出した。

「呪いよ。女伯爵《ラ・コンテス》の呪いだわ。だからこんなところは嫌だと言ったのよ」

「カトリーヌ落ち着いて。一旦お部屋に戻りましょう」

雨に打たれ、撥ねあがった泥に塗れたカトリーヌは、よろよろと立ち上がった。マリー＝アメリーに肩を抱かれながら、再び修道院へと歩き出したが、ボーテルヌ司祭とすれ違う際に、鋭い眼差しを向けると、吐き捨てるように言った。

「お兄さまのせいよ！　私はこんな曰く付きの修道院になんか来たくは無かったのよ。でも、嫁ぐまでの辛抱だからとお兄さま達が言うから……。違う、違うわ！　クロティルドの呪いだわ！」

ボーテルヌ司祭は無言だ。やや俯き加減で両手の拳を握りしめたまま、激しい雨に打たれている。

修道女オランプと共に追って来た、副院長エリザベートが代わりに答えた。

「世俗世界において、ボーテルヌ司祭はカトリーヌの兄君です」

父親か母親が違うのか。それだけ二人の容姿は似通っておらず、情熱的な黒髪に浅黒い肌のカトリーヌに、北欧の騎士を思わせるボーテルヌ司祭。兄妹と言われても、違和感しかなかった。

＊

修道女オランプとラージュ伯爵夫人が、ずぶ濡れのカトリーヌを着替えさせ、落ち着かせるために彼女の部屋へと付き添った。

着替えを済ませたマリー＝アメリーは、一人食堂の窓辺に腰かけて、降り続く雨をぼんやりと眺めている。

「マリーさん」

爽やかな香りが鼻腔をくすぐると同時に、熱いティザーヌをギョームが手渡してくれた。

「ありがとう」

飲食の殆どは食堂ではなく、厨房の隅で摂る彼には珍しく、マリー＝アメリーから窓を一つ離れて座ると、両手で抱えた器からティザーヌを啜っている。

「マリーさん、あんたもこんな時にここに来るなんて災難だったな」

ギョームの言う通り、ヴェルサイユ宮殿のアパルトマンでの殺害現場に遭遇した経験はあるが、まさか滞在中の女子修道院で連続殺人が起こるとは、想像すらしていなかった。

「ジャンも心配しているだろう」

マリー＝アメリーとの仲を穿鑿《せんさく》したいのか。それとも、ほんの僅かな時間の共有で意気投合したのか。顔を合わせる度に、ギョームはジャン＝ジャックの名前を持ち出す。

「この荒れたロワール川に、身一つで飛び込んだそうよ」

一瞬、ギョームの表情が硬直した。

「同行していた捜査官や滞在している修道院の方達が助けてくれて、大事には至らなかったらしいわ」

だが、間髪容れずに付け加えたので、彼は安堵のため息を漏らしながら苦笑した。

「どうして知ってるのかはあえては訊かないが、呆れるほど無鉄砲だな」

彼の意見に、諸手を挙げて賛成するしかないと、マリー＝アメリーは大きく頷いた。

「実家から連れて来て、婚家でも従者だったんだろう。付き合いも相当長いのか？」

返答に困った。そのような設定でここにやって来たが、細かい打ち合わせは何も行わず、所謂《いわゆる》行き当たりばったりだ。これ以上追及されて齟齬《そご》が生じるよりも得策だろうと、マリー＝アメリーは話題を変えた。

「修道女オディルについて伺っても宜しいかしら？　彼女は本当に盲目なの？」

「なぜそんなことを訊く？」

ギョームの顔は、途端に険しさを伴った。

「オルガン演奏があまりにも見事だから、疑問に思っただけよ」

気圧《けお》されてはならないと、マリー＝アメリーも視線を逸らさずに彼を見据えた。

「俺達がここへ来た時にはもう既に古株の一人だったが、一度も話したことはない」

だが、と言いながらギョームが眉根を寄せた。

「普段は男子禁制だから、修道院の中には立ち入らないようにしているが、今回のように、食事の支度や給仕をやってみて気付いたんだ。修道女オディルは、食事にはほとんど手を付けない。せいぜい水かスープを一匙口に運ぶくらいだ」

益々謎めいて、生きている人間かどうかも分からない。

「ここが呪われた修道院だと言うのは本当なの？」

「何を指して呪いというのか俺には分からないが、彷徨っている死霊を見たことは一度も無いし、人が殺されるのだって今回が初めてだ」

ギョームの意見は至極真っ当だ。当初、ここを訪れた際には楽園と見紛う長閑さだった。

「先程、俺達と仰せだったわね。エリザベート副院長様とあなたのことね。お二人こそお付き合いは長いの？」

マリー＝アメリーの返しに、面喰らった表情をしながらも、ギョームは答えた。

「エリザベート様は、元々侯爵家のご令嬢で、俺はそこに仕える馬丁の息子だ。エリザベート様が十五歳でこの女子修道院に入ることが決まり、俺を伴われたんだ」

「それほどの家柄なら、山程ご縁談もあったでしょう。なぜ、修道女になられたのかしら？」

「それは……」言葉に詰まったのか、ギョームは言い淀んだ。「色々事情ってものがあるんだよ。あんただってそうだろう？　マリーさん」

返答に窮するマリー＝アメリーの表情を愉快気に一瞥すると、彼の視線は窓へと向けられた。

「死んじまったけど、司祭のギベールと俺は幼馴染で、子どもの頃は、エリザベート様も交えて三人でよく遊んだものだ。あいつは甘いものが大好きでころころ太って、気の良い奴だったのに」

「そうだったのね……。この修道院のお菓子が大好きだったと伺ったわ。結局、いまだに死因も分からないらしいけれど」

「そうなのか……。では、あれが最期だったんだな」

ギョームは言った。少女達は交代で、ミサに訪れたギベール主任司祭にお菓子を渡していた。その日はアニェスが当番だったのか、はにかみながら司祭に渡していたと。

「ギベールは嬉しそうに受け取っていたが、珍しくカトリーヌお嬢さんが話しかけていて驚いたんだ」

「なぜ驚くの？」

「理由は分からないが、一度ギベールに叱咤されたとかで、ひどく腹を立てて、嫌っていたみたいだったからな」

「改心して、お詫びでもしていたのよ。それよりも、カトリーヌとボーテルヌ司祭が兄妹だったなんて、全く気付かなかったわ。あなたはご存じだったの?」

「ああ……」

それ以降、なぜかギョームは口を噤《つぐ》んでしまった。

すっかり冷めてしまったティザーヌを、無言で啜る二人の間には、窓を叩く雨粒の音だけが途切れることなく流れていた。

2.

聖マルタン修道院〜トゥール城

ジャン＝ジャックとランベールは、夜を徹してギベール主任司祭の審問記録を読み込んでいた。

かつて、カタリ派のような大量の犠牲者を出した狂信的な異端狩りからは時代が進み、異端審問の制度的な確立と官僚化が進んでいた。また、法学者や神学者による理論化も進んでいたが十分とは言えなかった。

「ジルはギベール主任司祭を冷酷な悪魔だと評していたが、実際はかなり違うな」

「この事例なんか、全ての審問官は、この未亡人を魔女だとして行政官に委ねているが、ギベール主任司祭は最後まで反対意見だった」

町に住む一人の未亡人が魔女との嫌疑で隣人たちから告発された。女の元には何年もの間、毎夜、悪霊が訪れて性交し、頭が狼で脚が蛇、胴体が人間という怪物が生まれた。女はその怪物に赤子や子どもたちを喰わせて育て、餌を捕らえるために夜毎うろつき回っていた。

拷問による自白に加えて明らかに精神的に狂っており、異端審問官によってその女は世俗権力に引き渡された。

行政長官の命令により、ロワール川畔にて火炙りの刑に処された。

異端審問官の大多数は、いまだにドミニコ会士が占めている。かつて教皇グレゴリウス九世の勅令により、従来の司教の裁判権とは別に、教皇直属のドミニコ会士による異端裁判権が置かれた名残だろう。

「クロティルドの審問はどうだ」

審問記録はラテン語で記載される。ルイ・ル・グラン学院を及第点すれすれで卒業したランベールと、修道院育ちだがラテン語が大嫌いだったジャン＝ジャック、二人の読解力を合わせて、どうにか読みこなしていた。

「クロティルドに無実だと、真実を告白するようにと、ギベール主任司祭は散々説得している」

「クロティルドは無言を貫いていたが、告発が決め手となった」

それは月明りが一切射さない暗黒の日で、夜鳴きカラスと梟《ふくろう》の声だけが聞こえる夜、姉のように慕うクロティルドに起こされて、少女は寝間着のまま、森の奥へと連れて行かれた。

森の奥では怪しげな宴が開かれていて、山羊の姿をした者に出迎えられた。中には、空を飛んで宴に参加する者もいた。

宴では、弦楽器や打楽器が演奏されて、集まった男や女たちは踊り狂い、裸で重なり合っていた。幾人かの女はカエルの頭を切って、蜘蛛や灌木の樹皮などと共に粉にしていた。

少女が何を作っているのかと聞くと、「人を殺し、穀物を枯らすための秘薬だよ」と答えた。別の女は、黒い粟《あわ》の粉と赤子の肝臓で「黙秘薬」を作っていた。

告発した少女によると、

「神と悪魔は同等であるとクロティルドに教えられた。前者は天の王であるが、後者は地上の王だと」

また別の少女達の証言によると、

「イエスは神の子でなく人だと認めるよう、何度もクロティルドに強いられた」

「森の怪しげな宴の証言をしたのはカトリーヌ。神への冒瀆を強いられたのはリュシー、アガットなる娘達であった」

「カトリーヌ、リュシー、アガット……」

「ノートル＝ダム女子修道院の少女達だったのか……」

ジャン＝ジャックとランベールは言葉を失い、顔を見合わせた。

「異端審問官の一人ギベールは、少女達の年齢と証言の信憑性を問題視したが、証言に矛盾点は一切無く、ギベールの意見は却下された」

「では、証言をした少女達が次々に殺されているということなのか」

ジャン＝ジャックの脳裏には、無邪気なアニェスの笑顔が浮かんだ。

「だが、アニェスも死んでいる。彼女は証言していない」

「いや、あの娘は未だに他殺か事故かも分からない。ギベール主任司祭と同様に」

閉ざされた城塞とこの悪天候において、外部からの侵入は不可能だ。では、あの中にいる誰かが、次々に少女を殺して次の獲物を狙っているというのか。

「犯人の目的はいったい何だ。復讐か、それとも、信じ難いが呪いなのか？」

ジャン＝ジャックは、髪の毛を両手で掻き乱すと、勢いをつけて椅子から立ち上がった。古びた長机に置かれた燭台がその勢いで倒れそうになり、ランベールが既の所で燭台の脚を摑んだ。

身を翻したジャン＝ジャックが、部屋の扉脇に掛けたフード付きの外套を手に取ると、背後から慌てたランベールの声が追って来た。

「ボーフランシュ、どこへ行くんだ！」

「少し頭を冷やして来るだけだ」

無鉄砲な真似はしないからと、その唇は友を安堵させるように動いた。

土砂降りの雨の中、修道院の門を抜けると、そのままあてもなく歩き出した。人通りはなく、行き場の無い雨水は通りにも溢れて、濁った小川のようだ。こんな時でも鐘楼は正確な時を刻んでいる。

ジャン＝ジャックの足取りは、鐘の音がする聖ジュリアン教会へ差し掛かっていた。隣接する修道院はワイン造りが盛んだとかで、この地方を代表するワイナリーの一つだとグレゴワール修道士が教えてくれた。だが、高い塀に阻まれて、中の様子を窺い知ることは出来ない上に、降りしきる雨に掻き消されてか、芳醇なワインの香りはおろか、甘い葡萄の匂いさえもしなかった。

修道院の脇を過ぎて通りを左折すると、ジャン＝ジャックは、ロワール川畔へと向かっていた。

視界には、薄ぼんやりとではあるが、ノートル＝ダム女子修道院の姿が見えているのに。グレゴワール修道士に借りた望遠鏡を覗いて見ると、修道院の丁度正門にあたる部分が倒れた大木で塞がれていた。恐らく、この豪雨続きで地盤が緩んだせいだろう。これでは、豪雨が止んでも修道院の門扉をすぐに開けることは叶わない。

どうすれば良い。地団太を踏みたい衝動を必死に堪え、ジャン＝ジャックは懸命に模索する。

「せめて投石機でもあれば、あの正門を破壊できるのに」

王立士官学校の教官で軍人の性か、築城学の教本に描かれた図版が、実際の戦闘の生々しさとなって、次々と頭に浮かんで来た。

トレビュシェットは、石の重りを利用して石弾を飛ばし、ロープのねじりの復元力で石弾を飛ばすのは、マンゴネルと呼ばれる投石機だ。

俄かに、かの時代の戦場が、ジャン＝ジャックの脳裏に鮮やかに再現された。

鉄製の兜を被った兵士たちが、投石機を操っている。無言で立ちはだかる石の巨大な城塞に向かって、次々と石弾が繰り出され、唸りを上げて飛翔する。あちこちで鈍い破壊音がし、城塞からの応戦に負傷した兵士の叫びがこだまする。

レオナルド・ダ・ヴィンチが晩年を過ごしたクロ＝リュセの館にならば、投石機が保管されているはずだ。だが、悪天候の中、巨大な投石機をアンボワーズからこのトゥールに陸路で運ぶのも、荒れたロワール川を渡るのも不可能だ。

ジャン＝ジャックは再びロワール川畔を雨に打たれながら歩き出した。

雨水は、地面の上にも溢れ出し、水の流れとは逆流しながらロワール川の上流方向へと向かう。サンダル履きの足はすっかり冷えて、ふやけてしまったが、そんなことはお構いなしだった。

「そうだ。投石機なんかじゃない。大砲さえあれば」

一三七七年のアンドレの攻城戦で、フランス軍の大砲が城壁を貫通したのが史上初の記録だが、十五世紀中葉に、強力な攻城砲が出現したことにより、それまで無敵であった城郭も、その攻撃に耐えられなくなってしまったのだ。それによって、大砲の先進国であったフランスのシャルル八世は、ヨーロッパで最も築城技術が遅れていたイタリアに侵攻して、イタリア諸都市を瞬く間に陥落させてしまった。

だが、この天候だ。大砲を輸送するにしても、いったいどこから、どうやって。

その時であった。数日前にサンソンを探しに訪れた、聖ガシアン大聖堂の鐘が鳴り始め、予期せぬ大音量にジャン＝ジャックは現実に引き戻された。

鐘の音がする方へ顔を上げると、大聖堂に隣接する雨に打たれて灰色に濡れそぼった古い塔が視界を占め、ジャン＝ジャックは身動き出来ず、立ち竦んでしまった。

「坊さんよ。この大雨の中、何をずっと見ているんだい？」

「あれはなんだ？」

背後からの声に、振り返ったジャン＝ジャックは、古い塔を指差し訊ねた。ノートル＝

ダム女子修道院を三角形の頂角部分とすれば、古い塔の場所は底角の一つにあたる。

「ああ、あれはトゥール城だよ。ギーズの塔とも呼ばれている」

「ギーズって、あのギーズか！」

ジャン＝ジャックは行商人らしき初老の男に詰め寄った。

いきなり胸座《むなぐら》を摑まれた男は、面喰らいつつも苦しそうに答えた。

「他のギーズは知らないが、バロアの最後の王様アンリ三世に殺されたあのアンリ・ド・ギーズだよ。アンリ・ド・ギーズがブロワで暗殺された後、アンリの息子シャルルがこの塔に暫く幽閉されていたんだ。あのジャンヌ・ダルクの軍勢もオルレアン包囲の前に、このトゥール城に立ち寄ったんだ」

「親父、助かったよ」

行商人の会話を途中で遮り、ジャン＝ジャックは古い塔へ向かって駆けた。足元では雨水が生き物のようにびしゃびしゃと撥ね上がり、チュニカの裾を濡らした。

トゥール城に到着すると、古い正方形の塔を大きさや高さが不揃いの丸い塔が囲んでいる。かつては王宮としても使用されていたという、トゥール城のアーチ状の石門を潜《くぐ》り、丸い塔の中でも一番大きな塔の扉を開けて、螺旋状の石階段を走り上っていった。上り切った先には、彼の予想通り、古い青銅の大砲が残されていた。

「おお……。神よ……」

ジャン＝ジャックは、滅多なことでは口にしないその名を呼び、砲身を両の腕で抱いた。

初期の大砲は鉄製であった。一四五〇年頃から青銅製にとって代わりはじめたのだ。万が一トゥール城の大砲が鉄製であったなら、この作戦は計画すら不可能であっただろう。

3．

ノートル＝ダム女子修道院

食堂を後にしたマリー＝アメリーであったが、このまま自室に戻り、大人しく籠もっていられる性分ではない。修道服の下には、セルナンの形見の剣をいつも携えているし、昨日見失った修道女の正体も確かめたい。

回廊の角を曲がると同時に、きつい香の匂いが鼻腔を刺激する。先を行くのは副院長エリザベートだ。後ろ姿からも疲労感が窺い知れた。

マリー＝アメリーは副院長に呼びかけながら、後を追った。

「副院長様、お待ちください」

「何事です。姉妹マリー」

振り返った副院長エリザベートの容貌は、眼に見えてやつれていた。化粧や装飾品の類は無くとも、理知的で清らかな美しさを兼ね備えた人であったが、この数日で深い苦悩が皺として刻み込まれていた。

「このような事態になっても、なぜ院長様は姿をお見せにならないのですか？」

苛立ちを隠そうともせずに、副院長は語気を強めた。

「最初に伝えたはずです。院長はお加減が優れず、床に伏しております。ですが、詳細は私から逐一報告済みですのでご安心なさい」

「しかし、私は一度もお目通りが叶っておりません。お時間は取らせません。一言ご挨拶が叶えばそれで満足です」

それに、と言いながらマリー＝アメリーは続けた。

「無礼を承知で申し上げます。この女子修道院での連続殺人事件で、現場に一度もお姿を現していないのは院長様お一人だけです。この場合、不在証明が無いと疑われても致し方ないと」

生半可な理由では決して引き下がらない。そんな決意をマリー＝アメリーの毅然とした眼差しから読み取ったのだろう。

副院長は大きなため息を吐き、二、三度頭を振った。

「分かりました。院長室へ同行して頂けますか。そこでお話ししましょう」

根負けしたのか、副院長は踵を返し、付いて来るようにと促した。

強い乳香と没薬の香りが、副院長のヴェールからふわりと立ち込めた。何十年もの間、繰り返された聖務とミサにおいて、すっかり染み付いてしまった匂いだ。

副院長が立ち止まった部屋の扉の材質は、明らかに他の部屋とは違い、一目で特別な部屋だと、ここが院長の部屋であると告げている。

袖口から鍵の束を取り出した副院長エリザベートは、一つの鍵を鍵穴へと入れて開錠し、その音と共に、扉が大きく外側へと開いた。

存外に小さな部屋だ。豪華な家具や調度品の類は一切無く、換気されていないせいか、埃っぽさと薬草の強い臭気が鼻についた。

マリー＝アメリーは、副院長に誘われて部屋奥の寝台前へと進んだが、そこにあったのは、皺ひとつなく整えられた寝具のみで、主である高貴な院長の姿はどこにも無かった。

「院長は、既にご逝去されました」

「いつのことですか」

マリー＝アメリーの声音に、驚きの響きは無かった。

「半年ほど前に。少女達がこの修道院にやって来た頃です。一度だけ対面でお声をかけて、その後に……」

「なぜ、秘密にされているのですか？」

「院長様のご遺言です」

副院長エリザベートは、主を失った寝具をそっとひと撫でした。

「ある方が、必ず救いの手を差し伸べて下さるからと。それまでは、何としてでもご自分の死を隠し通すのだと。そう申されました」

「ある方とはどなたですか？」

「分かりません」

副院長は数度頭を振った。その仕草に、嘘や隠し事は読み取れなかった。

「今までは、院長様の御威光に護られていましたが、その後ろ盾を失くしたなら、この修道院は解散か閉鎖を命じられる可能性が高いと。そうなると、私達は行き場を失くします」

副院長は、亡き院長の寝台から窓辺へと進み、視線を窓へと向けた。

「この修道院の姉妹達は、皆、何かしら事情を抱えています。姉妹ドロテは以前居た修道院で酷い虐めに遭い、服毒未遂を起こしました。姉妹オランプは、暴力を振るう夫を鍋で殴り、夫は幸い脳震盪《のうしんとう》で済みましたが、婚家を追われて実家にも戻れません。私は……私は」

「なぜ自死を選ばれたのですか？」

マリー＝アメリーの問いに、エリザベート副院長は視線を戻した。二人の間に暫し沈黙が続いた後、強張っていた表情は徐々に緩み、同時に瞳を潤ませた。

「たった一つの生きる希望を突然奪われたからです」

「それはいったい……」

副院長は、再び視線を窓へと向けると、手で頰に流れた雫《しずく》を拭い、マリー＝アメリーへ退室を促した。

「今はこれだけしか申せません。姉妹マリー、あなたも早く自室に戻って下さい。なるべくお一人にはならないように。良いですね」

漸く心の扉を開きかけた副院長エリザベートであったが、また扉を固く閉ざされてしまった。それに、肝心の修道女オディルに関して、何も訊けず仕舞いだった。

＊

自室へ戻る前に、聖堂で祈りを捧げようと扉を開けると、そこには一人オルガンを奏でる修道女オディルの姿があった。介添え役を担う修道女ドロテの姿は見当たらない。

ノートル＝ダム女子修道院の秘密が徐々に明らかになっていくが、この修道女だけは未だに実態が摑めないでいる。

礼拝席の最前列で跪き、祈りを捧げながら、マリー＝アメリーの視線は修道女オディルの姿を追った。

（オディル様、あなたは一体何者なの？）

心の中で、マリー＝アメリーは盲目の修道女に問いかけた。

聖女オディルはアルザスの守護聖人と言われている。

七世紀末にアルザス公に娘が誕生したが、生まれつき盲目で、公爵は娘を殺せと命じた。

娘の生みの母は修道院に我が子を匿《かくま》い、十二歳の時に洗礼を受けさせた。そのときに与えられた洗礼名が、Odile《オディル》だと言われている。

洗礼を受けて奇跡的に目も見えるようになったオディルは、父に許しを得るために故郷へ帰るが、父はオディルを政略結婚に利用しようとした。

その後、父と和解したオディルは、父の領地の城を修道院にしてそこで余生を送った。オディルの話は口づてに広まり、多くのキリスト教徒が修道院を訪れたという。とくに、「見えない目が見えるようになった」ことに、人々は神秘性を感じるのだろう。

後にオディルは聖人に列せられた。

盲目であっても真実を見通すという意味なのか。聖女オディルは、プロビデンスの目と共に描かれる。

曲目が変わった。

ヒルデガルド・フォン・ビンゲンが作曲した、殉教者たちに捧げる「咲きみだれるバラの花よ」だ。本来は声楽の曲だが、修道女オディルは、それをオルガン用にアレンジを加えている。奇を衒《てら》う風は無いが、それでいて意表をついたその演奏は、曲の半ばに差し掛かる頃には、オルガンを通してオディルが歌っているようにも聴こえた。

ラージュ伯爵夫人がこの場に同席していたら、感嘆しながら聴き惚れていたであろう。ティトルーズにデュファイ、ジョスカン・デ・プレそしてヒルデガルド・フォン・ビンゲン。

偶然かもしれないが、修道女オディルが弾く曲は、古い作曲家のものばかりだ。

再び曲目が変わった。

常に完璧な指運びで演奏する修道女オディルにしては、ミスタッチが多い。いや、これはミスタッチではなく、意図的に異なる鍵盤を押さえているのだ。

オディルのミスタッチには規則性がある。かつて音楽教師であったピッチンニに教わり、ナポリの兄弟たちと作り上げた暗号文が浮かび上がってきた。

音階基本七音をアルファベのC－D－E－F－G－A－Bと対応させて、それ以降も規則的に対応させるのだ。

マリー＝アメリーは耳を澄ませた。その音を丹念に拾っていくが、既知の単語には当て嵌《は》まらない。フランス語ではなく、英語、いやラテン語か。

もう一度演奏に耳を傾けるが、ミスタッチの音を解読できないまま、演奏は終了した。

演奏を終えた修道女オディルは、迎えに来た修道女ドロテと共に、ゆっくりとした足取りでマリー＝アメリーの横を通り過ぎ、正面扉口から外へ出て行った。

修道女オディルの奏でる音がなおも消えずに、マリー=アメリーの頭の中でこだまする。

(オディル様、あなたは一体何者なの?)

教会に一人残り、主祭壇を見上げながら、マリー=アメリーは盲目の修道女に再度問いかけた。

4. 聖マルタン修道院

トゥール城から聖マルタン修道院へ帰り着いたジャン=ジャックは、相変わらずロワール川を泳いできたかのように、ずぶ濡れだ。

助修士も修道士も既に見慣れたのか、皆苦笑しながら、早く着替えて身体を乾かす様に促している。親切な修道士は、風邪をひくからと、わざわざ沐浴場で温まるように勧めてくれた。

彼等に丁寧にお礼を言いながら、ジャン＝ジャックの足は、修道院の東壁奥にある鍛冶工房へと向かい、そこにいるはずのジルを探したが見当たらない。

「ジルを見かけませんでしたか」

作業台で小さなガラス板を磨く修道士の一人に訊いた。

「あいつには今、写字室の担当をさせているんだ」

ずぶ濡れのジャン＝ジャックの姿に驚きつつも、火のそばでチュニカを乾かすよう誘いながら、彼は答えた。

「ラテン語の読み書き向上が目的だが、実は、最近やけに疲れていて、この前も立ち眩みを起こして、燃え盛る火の中に頭から突っ込みそうになって危うかったんだ」

夜通し聖堂で、居眠りしながらラテン語教本と格闘しているのだろうと、鞴《ふいご》で火を調整する助修士が、揶揄《からか》い交じりの声を上げて、皆で笑いはじめた。

「お前たち、やめるんだ」

現場の監督官である修道士は彼らの声を戒めた。

がっちりとした体格の持ち主で、トンスラから白髪交じりの髪が薄っすらと生えていて、修道士というよりは、職人たちを纏め上げる親方といった風情が漂う。

「ジルは神学校どころかコレージュもまともに出ていない。知識に関しては修道院内の研究者や知的集団の足元にも及ばんが、その分培ってきた技術を十分に生かしてくれているじゃないか」

監督官は、ジルが手掛けた色つきのガラスをあれこれと見せてくれた。その一部に、濃淡が違う青色のガラスがあった。

ジャン＝ジャックはその中でも淡い色合いの一枚を手に取った。

マリー＝アメリーの瞳のように、澄みきった空のような青色。締め付けられそうなせつなさが、ジャン＝ジャックの胸に込み上げて来た。

「青色は特に貴重な色です」

監督官はそう言いながら、紺碧の海のような色合いの一枚を手に取った。

「陽が高く昇った時に、青色を通して大聖堂の内陣に差し込む光は、天国の色と云われています。残念ながら先人から継承されなかった技術なので、我々には到底出せない色合いですが、いつの日か、それを超える青色を拵えるんだとジルはいつも言っています」

＊

鍛冶工房を後にしたジャン＝ジャックは、そのまま写字室へと向かった。ずぶ濡れだったチュニカもすっかり乾いていた。

　かつてジャン＝ジャックが養育されたパリの聖ジュヌヴィエーヴ修道院とは比べようが無いが、宗教画が描かれた丸天井はロマネスク様式の石柱に支えられ、外部へ張り出した壁には、大小幾つもの窓が設けられている。生憎の天候続きだが、この写字室は、凍てつくような真冬の日にも、春の陽だまりが享受出来るような設計であった。

　丸天井の真下で、顔を上げて宗教画に見入っていたジャン＝ジャックに、聞きなれた声が呼び掛けた。

「ボーフランシュ殿、何をしているのですか」

　声音の方へ顔を向けると、何冊もの写本を抱えたジル見習い修道士であった。

「ジル！　あんたを探していたんだ。手伝ってくれ」

　明らかに迷惑そうな表情を隠そうともしないジル見習い修道士であったが、ジャン＝ジャックはお構いなしに言った。

「地図を探してくれ。まずは、ノートル＝ダム女子修道院を含めたこの辺りのトゥールの地図だ」

　渋々といった体で、ジルはジャン＝ジャックを図書館にある地図が納められた棚へと誘った。

ジャン＝ジャックは棚を上の段から確認し、不要なものは床へと放り投げていった。

「手あたり次第ぶちまけないで下さい。片付ける私の身にもなって下さいよ」

呆れ顔のジルは、大袈裟なため息を吐きながら地図を拾い上げた。

「これは……」ジャン＝ジャックの手の動きが止まった。

「何ですか？」

「さすがは聖マルタン修道院だけあって、資料の蒐集は見事だな。これはバルトロメウ・ヴェーリョの『世界図』だ」

ジャン＝ジャックは興奮気味に語り出した。

このポルトガル出身のバルトロメウが地図製作者として活躍した大航海時代の真っ只中、ポルトガルは世界各地にネットワークを張り巡らせていた。同時に、齎される世界の最新情報は、地理学の発展を促して、王室の支援を受けた工房で製作される世界地図は、ヨーロッパの最高水準を誇っていたと。

「知っていたか？　ジル。この時代のポルトガルの地図製作者の大半がそうだったらしいが、イエズス会士にもマラーノが多いことを」

「マラーノって何ですか？」

地図を拾い上げる手を止めず、迷惑そうにジルは答えた。

「知らないのか？　マラーノとは……」瞬時、ジャン＝ジャックの動きが止まった。「そうか、そうだったのか……」と呟くと、手にした「世界図」も放り投げて、図書館を飛び出して行ってしまった。

「ボーフランシュ殿、どこへ行くんですか！　まだ片付けが終わっていませんよ」

ジルの声がジャン＝ジャックの背中を追ったが、既に図書館の扉に手を掛けて、入室しようとした修道士とぶつかりそうになりながら、走り去って行った。

階段を駆け下り、そこでも修道士らとぶつかりそうになりながら、ランベールを探して回廊を駆けた。

「ランベール！」

ジャン＝ジャックは亡きギベール主任司祭が使っていた執務室へと駆け込んだ。

騒々しさに、何事かと振り返ったランベールの表情が、友の姿を見るや否や、瞬く間に綻んだ。

「ボーフランシュ！　捜しに行こうとしていたところだ。これを見てくれ」

ランベールが手招きをする。本来、書類仕事は苦手で、捜査現場こそ真の居場所だと自負する彼だったが、ここ数日ですっかりこの執務室の主のように馴染んでいた。

「クロティルドの記録か」

ランベールは頷いた。

「それから、こっちを見てくれ」

ランベールは、審問記録の後はベネディクト会の資料を読み漁っていたらしい。

「クロティルドとエリザベート副院長の出自が同じ？」

「ああ。クロティルドの父親は侯爵で、エリザベート副院長の兄に当たる。姪と叔母の関係だな」

「偶然にしては妙だな」

「俺もそう思う」

二人の間に様々な疑念が浮かんだが、今はこれ以上、真相には辿り着けそうになかった。

ランベールは思い出したかのように、そうそうと言いながら訊いた。

「お前も俺に何か用があったのか？」

「ギベール主任司祭のダイイングメッセージが分かった。マラーノだったんだ！」

「マラーノ？」

「そうだ。だからギベール主任司祭は今際の際、豚の血を伝言として残したんだ」

5.

ジャン＝ジャックは、マリー＝アメリーにギベール主任司祭のダイイングメッセージを解読したとの伝言を伝書鳩の脚に付けて、修道院の回廊で飛ばした。必ず助けに行くから、それまでは無事でいてくれと渾身の願いを込めて。

だが、鳩の飛翔を見送りながら、彼は独り言ちた。

「俺の読みが甘かった。伝書鳩もあと数羽用意すれば良かった」

「伝書鳩をご所望ですかな？」

突然の背後からの声に慌てて振り向くと、いつも笑顔を絶やさず、最上のもてなしで接してくれるグレゴワール修道士が立っていた。

「アンボワーズ城とオーセールの砲兵連隊へ至急用件を伝えたいのです」

「お力になれますでしょう。こちらにおいでなされ」

踵を返したグレゴワール修道士の後に続き、ジャン＝ジャックは家畜小舎へと向かった。回廊ですれ違う幾人もの修道士たちは、グレゴワール修道士の姿に気付くと、慌てて立ち止まり、深々と頭を下げている。

グレゴワール修道士は好々爺の面持ちを崩さずに彼らを労うと、足早に回廊を抜けて家畜小舎へと向かった。

きつい獣臭が充満しているが、何人もの助修士らによって掃除と手入れを行き届かせている為か、動物たちも一様に穏やかな様子で餌を食《は》んでいる。同じ棟の脇に、鳩小舎があり、年老いた助修士が、壁にこびりついた糞を丁寧に落としている最中であった。

彼はグレゴワール修道士に気付くと、慌てて深々と頭を下げてどこかへ行ってしまった。

鳩小舎の壁には、方角別、行先別に区分けされた木製の棚が設置されている。

「アンボワーズ城近辺とオーセールの砲兵連隊兵舎近くの修道院へ伝書鳩を飛ばし、修道院から使いを寄こして貰えば宜しい。聖マルタン修道院のグレゴワールと記載頂ければ、すぐに動いてくれるでしょう」

グレゴワール修道士は、「オーセール」と記名された棚から鳩を取り出すと、胸に抱いて優しくその背を撫でた。

「グレゴワール修道士、感謝します」

慈愛に満ち溢れた修道士の笑顔を見つめながら、ジャン＝ジャックは、裡に広がる温もりを感じずにはいられなかった。

「生憎天候には恵まれませんが、その分、猛鳥に襲われる心配も減るでしょう」

認《したた》めた伝言を、鳩の脚に付けた細い筒の中に入れると、それぞれ目的地に旅立つ鳩をグレゴワール修道士と共に回廊から見送った。

返信は早くとも夜が明けてからになるだろう。気持ちは焦るが、ここは我慢して待つしかない。

そんなジャン＝ジャックの心境を慮ってくれたのであろう。

「ボーフランシュ殿、宜しかったらまた薬局までいらっしゃらないか？」

「喜んで」

緊張を解きほぐす、とっておきのティザーヌを用意しましょうと言いながら、グレゴワール修道士は自身の「城」へと誘ってくれた。

回廊を渡り、薬局へと向かう二人を追って、ランベールが血相を変えて駆けて来た。

「大変だ。大聖堂に住民らが集まって、大騒ぎになっている」

緊迫感溢れる友の様子を受けて、グレゴワール修道士も、促すように大きく数回頷いてくれた。

ジャン＝ジャックは隣に立つグレゴワール修道士に黙礼すると、ランベールと共に回廊を駆けて大聖堂へと急いだ。

*

「この雨はいつになったらおさまるんだ！」

「きっと呪いだ！」

大聖堂の扉の前では、聖職者たちが押しかけた人々の対応に追われていた。

「ノートル＝ダム女子修道院が元凶だ。あの修道院に呪いをかけろ」

「違う！　隣の修道院にいた娘の、あの魔女の呪いだ！」

「皆さん、落ち着いて下さい！」

ランベールや司祭らが群衆を鎮めようとしたが、彼らの不安と憤りは一向に収まる気配が無い。このままでは、暴動に発展してしまうのではないか。一触即発の危険を孕《はら》みながらも、彼らの説得は続いた。

聖マルタン修道院からは、副院長をはじめとする修道士たちも応援に駆け付けた。

頭に血が上った一人の信徒が堪えきれずに修道士に腕を振り上げた。その腕が修道士の顎に見事に命中したものだから、やり返そうと殴られた修道士が拳を振り上げたその時であった。

水を打ったような静けさが、波紋のように大聖堂内に広がっていった。

普段は閉じられた側の大聖堂の扉が開かれ、同時に噎《む》せ返るような香の匂いと煙に包まれた。

金銀糸の刺繡入りのミトラを被ったトゥール大司教を先頭に、白装束の聖職者達の行列と聖歌隊らが大聖堂に入場してきたのだ。

口々に呪いだ、呪いだと喚《わめ》いていた人々も、礼拝席を確保しようと我先にと動き出した。

聖マルタン大聖堂の鐘が打ち鳴らされ、ミサが始まろうとしていた。

高価な乳香や没薬がふんだんに焚かれて、大聖堂内の隅々にまで匂いが行き渡る。

トゥールの民たちの狂気じみた行動を、大聖堂の最後部で冷ややかに傍観していたジャン＝ジャックは、呆れたような表情をし、大荷物を担いだ占い師ジョルジェットの姿を見つけた。

「婆さん」

「おお、ジャン＝ジャック・ルイか。この大雨でロワールの堤防が決壊しそうだとかで、大聖堂に避難するようにだとさ」

ジョルジェットは吐き捨てるように言った。

「ふん、何が呪いだ。馬鹿馬鹿しい」

「俺も呪いの類は一切信じないから、婆さんに同意するよ」と言いつつも、ジャン＝ジャックの脳裏を、アンボワーズ城の地下で遭遇した鎖帷子の血塗れの騎士の姿が掠めた。

「そもそも天変地異が呪いなんぞで引き起こせたら苦労はせんわ」

「へえ！　じゃあ、この異常気象には理由があるのか？　婆さん」

挑発的な物言いのジャン＝ジャックに対して、ジョルジェットは穏やかな眼差しを向けて言った。

「ジャン＝ジャック・ルイ。お前さん士官学校の教師とか言っていたな。科目はなんだ。物理は出来るのか？」その眼差しは、何かを懐かしむようにも見えた。

「生徒たちに教えているよ」

「ほお！　なら天体の軌道計算も出来るな？」

「一応……」

「ここでは坊主の説教が煩くてかなわん。どこか静かで座れるところはあるか」

ジャン＝ジャックは苦笑いしながら、かつてギベール主任司祭が使っていた執務室へと案内した。ランベールが広げた資料が、乱雑に放置されたままだが、構わないとジョルジェットは言った。

「お前さんが、天体は地球を中心に回っているとか言う、時代遅れな奴でなくて良かったわい」

椅子に腰を下ろし、ランベールが広げっぱなしにしていた資料を机の隅に押しのけると、占い師ジョルジェットは、自身の大荷物を置いた。

「俺こそ、婆さんがさっきから口にしている言葉には驚きっぱなしだ」

ジャン＝ジャックは素焼きの壺から修道院産のワインをゴブレットに注いで、ジョルジェットに手渡した。

「わしの占いはインチキ占い師どもとは違う」ジョルジェットは受け取ったゴブレットからワインを美味《うま》そうに飲み干した。直ぐにゴブレットを突き出し、お代わりの催促をしながら言った。

「わしの命の次に大事な七つ道具だ。これを貸してやるから、まずは今年の天体運動を計算で出してみろ」

袋の中からは、ジョルジェットの商売道具の一つであるアストロラーベや渾天儀やノクタラーベが顔を覗かせている。それだけではない。一七八一年に新しい惑星を発見したウィリアム・ハーシェルが寄稿した論文まで入っている。

覚悟を決めたジャン＝ジャックは、チュニカの袖を捲り上げた。椅子に腰を下ろし、ジョルジェットの観測資料をもとにして、ランベールが書き損じた紙の裏に黙々と計算式を書き出していった。

「これを見て、何か思わぬか」

ほろ酔いになったジョルジェットは、計算を終えたジャン＝ジャックの手元の紙を覗き込んだ。

「地球から見て、五つの惑星と近頃発見された惑星も含めて、全て四十五度以内に収まっている」

「そうじゃ」

お見事、という素振りなのか、ジョルジェットはゴブレットとワイン壺を手にしたまま、数度拍手するような素振りをしながら執務室の出入り口へと行き、扉を開けると通りかかった修道士にワイン壺を無理やり押し付けて、お代わりを催促した。

「では、やつらが呪いだ、呪いだと喚いている、アンジュー女伯爵クロティルドが処刑された辺りの天体の軌道計算をやってみろ。確か……一五六〇年の三月ごろが『アンボワーズの虐殺』だったはずじゃ」

上機嫌のジョルジェットは、皺一つない紙をジャン＝ジャックの正面に置いた。

ジャン＝ジャックはゴブレットを奪うと、中のワインを一気に煽り、再びチュニカの袖を捲って計算式を書き出していった。

計算が終わり、そこに描き出されたものに、ジャン＝ジャックは驚愕した。

「婆さん！　これは……」

「そうじゃ。恐らくこれが答えじゃ」

背後から覗いていたジョルジェットは、満足そうな表情を返しながら五杯目のワインを飲み干していた。

6.

ノートル＝ダム女子修道院

自然の怒りが、突如として沈黙する瞬間があった。

やっと訪れた静けさは、ほんの気休め程度にしかならず、空は再び厚く黒い雲を孕み始め、腹の底に響くような不気味な音をかき鳴らしている。

この地へ来て、まだ数日しか経っていない筈なのに、もう数か月も数年も過ごしたかのようだ。普段は感じない疲労感に苛まれて、マリー＝アメリーは重い身体を引き摺るように自室へと向かっていた。

扉の鍵を開けようと、鍵穴に鍵を入れる寸前、二つ先の部屋から、劈くような悲鳴が聞こえた。

開け放たれた扉からは、両手で口を押さえてがたがたと震えるカトリーヌの姿が見え、部屋の壁には、血文字で呪いの言葉が書かれている。


——Et dilexit maledictionem, et veniet（呪うことを好んだのだから、呪いは自身に返るように）

悲鳴を聞きつけて、カトリーヌの部屋の前にはボーテルヌ司祭やギョームを始め、この閉ざされた修道院に残された者たちが続々と集まって来た。

「呪いよ……。やはりクロティルドの呪いだったのよ……」

カトリーヌは皆を一睨みすると、扉近くから強制的に追い出して、扉を固く閉ざしてしまった。

「カトリーヌ、扉を開けて頂戴！」

マリー＝アメリーと駆け付けたラージュ伯爵夫人、修道女オランプは扉を叩き続ける。

「嫌よ！　もう誰も信じられないわ」

部屋の中からは、半狂乱のカトリーヌの声が聞こえる。

ギョームとボーテルヌ司祭が体当たりで開けた扉の内には、短剣を手にしたカトリーヌの姿があった。長い黒髪は乱れ、顔は涙に濡れているが、手にした刃物にはどす黒い物がこびり付いている。

「カトリーヌ！　とにかく刃物を離して。こちらへ来て！」

極度の緊張からか、マリー＝アメリーは喉が引き攣れるような痛みを感じた。

「こないで！　それ以上近づくと、ここから飛び降りるわ」

カトリーヌは窓を開けて、窓枠に腰かけて身体を半分以上外へと乗り出している。彼女の背後の上空では、黒い雲がかき鳴らす不気味な音に代わり、不規則な光が放たれ始めた。

「駄目よ！　窓には近づかないで」

マリー＝アメリーは焦った。このままだと取り返しがつかない事態になると。

「こないで！」

刹那、カトリーヌの絶叫と同時に雷鳴が轟いた。

まるで打ち上げられた花火が、夜の闇を染めたかのように、稲妻が部屋を一瞬だけ明るく照らし、カトリーヌの断末魔が響いた。

短剣に落雷したのだ。

彼女の身体は、そのままゆっくりと窓から落下して行った。

咄嗟に駆け寄り、窓から下を覗いたギョームが虚しそうに首を振った。

「駄目だ。恐らく即死だろう」

カトリーヌの身体は、粉碾小舎に隣接する古い風車の上に落下していた。

ギョームの隣に立ち、窓からカトリーヌの死を確認した副院長エリザベートは、苦悶の表情を浮かべて十字をきった。

「カトリーヌ……聖女カテリナ」

呟くと同時に修道女オランプが悲鳴を上げて泣き崩れた。

「アニェス、リュシー、アガット、カトリーヌ。皆、聖女達の殉教をなぞって死んでいくなんて……」

愕然とした声で、ボーテルヌ司祭が妹と少女達の死を悼んだ。

聖女カテリナは、エジプトのアレクサンドリアの貴族の家に生まれた。

学識高く、あらゆる才能に恵まれたカテリナは、一人の隠修士からキリストの教えを説かれて洗礼を受けた。

ローマ皇帝マクセンティウスは、カテリナの賢さと美しさに心を惹かれて妃に迎えようとした。だがカテリナが毅然とした態度で拒否した為に、皇帝は怒り、車輪に括りつけて、身を引き裂く刑に処した。だが、そこでは命を落とさなかったために、最後は斬首された。

カテリナの遺体は、天使によってシナイ山に運ばれたと伝えられている。

落雷が収まるのを待って、カトリーヌが落下した修道院の裏手へと向かった。暴風雨は再び勢いを増していた。

部屋の窓からは窺い知れなかった遺体の惨状を目の当たりにして、エリザベート副院長は悲鳴を放ちかけて口元を覆った。ボーテルヌ司祭は辛うじて平静を保っているが、その顔は普段にも増して蒼白だ。修道女オランプは、ラージュ伯爵夫人の腕に縋り泣いていた。修道女ドロテとオディル、マルグリットには、これ以上の心的負担を与えぬよう、自室での待機を副院長自ら命じていた。

カトリーヌの遺体は、高所から風車に目掛けて落下した衝撃で、頸椎《けいつい》が砕かれ、鋭角な歯車によって頸筋が断裂していた。辛うじて、顎下の皮一枚で繋がってはいたが、まるで、斬首されたような状態だった。

風車の脇には、カトリーヌが握りしめていた刃物が落ちていた。

泥に塗れながらも、マリー＝アメリーは地面に膝をついて、刃物を検分した。雨によって幾分洗い流されてはいたが、刃物の刃先には、べっとりと血糊が残っていた。

「この刃物の付着物は、人の血かしら？」

マリー＝アメリーは、顔を上げて斜め上のギョームに問いかけた。

「人か動物かは分からないが、血には間違いなさそうだ」

少しの間を置いて、ギョームはマリー＝アメリーを見据えてはっきりと答えた。

「マリーさん。多分あんたの考えている通りだ」

では、カトリーヌがリュシーとアガットを殺したのか。いや、殺しただけでなく、聖女達らの殉教を模して、遺体にあれほど残忍な手を加えたというのか。

マリー＝アメリーは大きく頭を振った。信じられない、いや、信じたくない。どのような理由があろうとも、あのような残虐な行為を、カトリーヌに出来るはずが無いと。

「ひとまず遺体を中へ運ぼう」

ラージュ伯爵夫人が抱えてきた白布で包まれて、カトリーヌの遺体はエリザベート副院長と修道女オランプ、ギョームとボーテルヌ司祭によって修道院内へと運ばれていく。

まるで葬列のような一行を見送りながら、土砂降りの雨の中でマリー＝アメリーは佇んでいた。

どの位の時が経過したのか。五分だったのか、それとも半時だったのかは分からない。気付いた時には、ギョームが心配そうに顔を覗き込んでいた。

「早く部屋に戻った方がいい。ベアトリスさんも酷く心配している」

マリー＝アメリーは無言で頷いた。ギョームは落雷で壊れたカトリーヌの部屋の窓を修繕するそうだ。

作業場へと向かうギョームと別れ、修道院へと向かうマリー＝アメリーの足元へ、赤く染まった雨水が流れて来た。

カトリーヌが流した血だろうか。

再び先ほどの惨劇が脳裏を過ったが、ふらふらと辿って行くと、伝書鳩が腹を大きく割かれて死んでいた。常に足に付けていた細い小さな筒は空っぽだ。ジャン＝ジャックからの伝言は、誰かの手によって抜き取られたのだろう。

「あ……」

彼に繋がる唯一の手段を奪われた。

唯一の希望を奪われて、力なくその場に頽れたマリー＝アメリーの水色の瞳は潤み、大粒の涙が雨粒と混じって頬に零れ落ちた。

七日目

1.

ノートル＝ダム女子修道院

悲しみと焦燥感で寝付けないマリー＝アメリーは、寝台の上で何度も寝返りを繰り返してはため息を吐いていた。

ここに来て、毎日のように少女達が死んでいく。果たして、昨日亡くなったカトリーヌで終わりなのだろうか。それとも、血に飢えた殺人鬼は、新たな犠牲者を選別しているのか。もしくは、既に狙いを定めているのだろうか。

どうしても眠れないのだ。この際、事件の詳細を整理しようと、暗闇の中、天井を見つめながら胸の上で両の掌を組んだ。

最初の死者であるギベール主任司祭。彼の死は、このノートル＝ダム女子修道院連続殺人事件と関連付けられるのか否か。

この修道院でミサをあげた帰りに、豚の血を集めた甕の中で絶命した。窒息死であるのに、なんら外傷が残っていない。病死なのか事故なのか、それとも殺人なのか。

次に死んだアニェス。聖女アグネスをなぞるように、生まれたばかりの仔羊を抱いて、眠るように亡くなっていたが、彼女もまた、ギベール主任司祭と同様に窒息死だが外的な証拠が残っておらず、いまだに病死かどうかも判明していない。

リュシーはこの修道院の自室の寝台で殺されていた。彼女も聖女ルキアの殉教をなぞるように、胸を刃物で刺され、抉り出された両眼は両掌に置かれていた。

アガットは聖堂の祭壇前で事切れていた。背後から鋭利な刃物で刺され、聖女アガタの殉教をなぞり、両方の乳房は切り落とされていた。

最後にカトリーヌ。

リュシーとアガットの死を受けて、「呪いだ」と叫び続けていた。リュシーとアガットとの違いは、生前に詩篇の呪いの一節が血文字で壁に書かれていたこと。だが、その後の落雷によって自室窓から落下して、偶然にも聖女カテリナと同じように、車輪に纏《まつ》わる死を迎えた。

この状況を一刻でも早くジャン＝ジャックに伝えたい。だが、唯一の連絡手段であった伝書鳩は無残にも腹を裂かれて殺されていた。彼からの伝言も抜き取られていた。いったい誰が。

堪えていた涙がまた溢れて来た。

カトリーヌの亡骸のそばには、落雷し、血糊の付いた短剣が落ちていた。それは、リュシーとアガットの殺害凶器を示唆する証拠だった。

ギョームも多くは語らなかったが、彼の眼差しは同意見だと告げていた。

もしや、伝書鳩を手に掛けたのはカトリーヌだったと言うのか。ジャン＝ジャックとのやり取りを、カトリーヌは知っていたのか。

居ても立っても居られずに、マリー＝アメリーは寝台から起き上がると、素早く寝間着から修道服に着替えた。隣の寝台で眠るラージュ伯爵夫人を揺り起こそうか暫し思案したが、身軽な方が良いだろうと、セルナンの形見の剣を抱え、そっと自室を後にした。

二つ隣のカトリーヌの部屋の扉を開ける。主を失い、窓は落雷によって破損したので、ギョームが応急処置として、板を打ち付けていた。

昨夜まではカトリーヌが使っていた寝台。マリー＝アメリーは部屋の中を見渡した。固い寝台の枕元の壁に、小さなキリストの磔刑像があるだけで、年頃の娘らしい華やかな装飾品や飾り物は皆無だ。寝台と向き合う壁には、血文字で書かれた詩篇の一節が残されたままだ。

ジャン＝ジャックからの伝言が隠されていないか、寝台の下や隙間、石壁の隙間も手燭のささやかな灯りを頼りに探した。

小さな衣裳箪笥を開けても、少女達が纏う灰色の服の替えとタブリエ、寝間着と下着と靴下があるくらいで、何も見つからない。仕方なく扉を閉めるが、勢い良く閉めすぎたのか、中から何やら落下する物音が響いた。

再び衣裳箪笥の扉を開けて、中を覗いて見ると、一冊の分厚い書籍が落ちていた。

「本……では無いわ。聖書？」

古びたラテン語版の聖書だが、パラパラと捲《めく》ると破られたのか、数頁が不規則に欠落している。

衣裳箪笥の中を探してみるが、欠落した頁は一枚も見つからない。おまけに、手燭を照らして良く見ると、どす黒い染みがべったりと付いている。

「血？　それにこれは何？　アルファベではないし、記号？　それとも暗号かしら」

את יראה

おそらくペンで書かれたのか、「出エジプト記」の頁に、見当もつかない文字が並んでいる。聖書を縦に横に斜めにと暫し格闘したが、お手上げだ。

疲労感が増したマリー＝アメリーは、カトリーヌが使用していた寝台に腰かけた。寝台脇に置かれた手燭の蠟燭の芯が燃える音だけがじりじりと聞こえる。

こんな時にやっと睡魔が襲って来たようだ。瞼を無理にこじ開けるよりも、自室へ戻ろうと立ち上がると、微かに響く衣擦れの音が、確かに扉の外から聞こえた。

マリー＝アメリーの不在に気付いて、探しに来たラージュ伯爵夫人ではと、扉をそっと開けてみるが、人影は、そのまま宿坊を通り過ぎて行ってしまった。

左手に手燭を持ち、腰にはセルナンの剣を掲げてマリー＝アメリーは人影を追った。

石積みの階段を下った先には、石壁の廊下が続いている。行き止まりの石壁は古びた綴れ織りの幕布で覆われていた。だがその奥には、階段が隠されており、松明の灯りもない暗闇の中を手燭だけを頼りに進んでいった。

　階段を下った先の廊下は、枝分かれしたように、複雑に入り組んでいたが、それが一枚の巨大な鏡による錯覚だと気付いた頃には、この修道院がかつて城塞であったことをマリー＝アメリーにいやでも思い起こさせたのだった。

　この城塞の囚われ人であった故アンジュー女伯爵クロティルド。

　彼女の幽閉先にこの城塞があてがわれたのは、迷宮のような内部ゆえに、逃亡や外部からの侵入を防げるからだ。

　実家の城の探検で、迷路には慣れているマリー＝アメリーも、これ以上先に進むと本当に迷ってしまうと、引き返そうとした。

　行きと反対側の石壁伝いに戻っていると、明らかに新しい石材の壁があった。手燭で照らして近づいてみると、壁に見せかけた扉であり、同化させていた把手に手を掛けると、一目で特別な部屋だと判る空間が出現したのだ。

　天井に幾つもの明り取りの窓が塡《は》められ、まるで聖堂のような静謐さを湛えていた。

　そこには、石造りの大きな柩が一つだけ置かれていた。

「クロティルド・オディル・ダンジューここに眠る……」

ここが女伯爵クロティルドの霊廟《れいびょう》であったのかと、柩の下に彫られた銘を読み上げながら、マリー＝アメリーの心は、万感の思いで溢れていた。

栄華を誇ったアンジュー家の女伯爵としてではなく、ここには「アンジュー家のクロティルド」とだけ記されている。

その銘を何度も読みながら、マリー＝アメリーの裡にある疑念が広がっていった。

少女達は、「女伯爵《ラ・コンテス》の呪い」または「アンジュー女伯爵《ラ・コンテス・ダンジュー》の呪い」だと言っていた。だが、カトリーヌは、「クロティルドの呪い」だと何度も叫び、酷く怯え、死んでいった。

同じ名前だから気付かなかったが、カトリーヌが名指した「クロティルド」は、このアンジュー女伯爵では無い。別のクロティルド、恐らく、異端の罪で処刑されたクロティルドだ。

「なぜ、カトリーヌはクロティルドから呪われるの？」

異端の罪でクロティルドが死んだのは十年前。その頃、カトリーヌもリュシーもアガットも、皆、まだほんの子どもだ。

それとも、やはりマリー＝アメリーの穿《うが》った見方なのだろうか。

真下に立ち、天井の明り取りの窓を見上げると、それぞれが角度を付けられており、全てがアンジュー女伯爵の柩の上に、陽光が射し込む配置だと気付いた。

まだ夜明け前の時刻だが、マリー＝アメリーはそれを見たいと真剣に思った。きっと天から光の矢が降り注ぐような光景であろうと。

幻想的な想像から再び柩に視線を戻したマリー＝アメリーは、銘の下部に彫られた文字の並びに手燭を翳《かざ》した。

――Bele amie, si est de nus
――Ne vus sanz mei, ne mei sanz vus.

フランス語でもラテン語でもない。だが、決して知らない言語ではなかった。

記憶を手繰り寄せていると、微かな衣擦れの音と共に、こちらに近づいて来る気配に気付いた。マリー＝アメリーは息を潜めて間合いを取った。扉からここまでの大体の歩数を思い出し、セルナンの形見の剣を鞘《さや》から抜き取ると、振り向きざまに勢いを付けて、渾身の一撃を放った。

「うっ！」

（女性の声！）

急所は外したようだが、手ごたえはあった。顔を見ようと手燭を翳したが、ヴェールを纏い、俯いた女はそのまま身を翻して駆け出した。

「お待ちなさい！」

マリー＝アメリーも後を追う。彼女の被ったヴェールからは、乳香と没薬の微かな香りがする。アーチ状に組まれた石の柱を幾つも通り過ぎて後を追うが、手燭の小さな灯りだけでは心許ない上に、いつ消えて、暗黒の世界へ放り出されるか気が気でない。

「消えた……」

角を曲がった先で人影は忽然と消えた。突き当たりには、人頭くらいの石が無造作に積まれている。この空間全体を見渡すには、灯りが乏しい。ゆっくりと歩を進めながら、ヴェールの主が隠れていないか確認していると、石が積まれたそばの地面に大きな穴が開いていた。その奥の壁には、十字架と辛うじてそれと認識出来る聖母像が掛かっている。

ここは最小限しか人の手を入れず、自然の原形を留めた聖堂なのだ。無造作に積まれた石は祭壇で、穴は遺体をおろすためのものかと手燭を翳し、高揚した気持ちで穴を覗いた。

一瞬の隙だった。

強い力で背中を押されて、抗う術もなくマリー＝アメリーは穴の中に落ちて行った。

手燭の灯りは消え、落下した時の打撲の痛みで暫く動けなかった。脚や手をゆっくりと動かしてみる。幸い、骨折はしていないようだ。とにかく、早くここから出なければと立ち上がると、穴は思ったよりも深くはなかった。これなら踏み台になる物があれば逃げられる。何か踏み台になりそうなもの、この際、髑髏《どくろ》でも人骨でも良いと、腰を屈めて足元を探った。

髑髏らしきものを幾つか拾い集めていると、背中にぱらぱらと何やら降って来た。顔を上げて、頭上を見上げると、今にも石の蓋が閉じられようとしている。

「やめて！」

マリー＝アメリーの必死の抵抗と懇願は虚しく払いのけられ、蓋は鈍い音を伴い閉じられた。

そこには暗黒の世界と絶望だけが残った。

2.

聖マルタン修道院

眠れぬ夜を修道院の鳩小舎の中で過ごしたジャン＝ジャックの元には、待ち焦がれた陽の光と同時に、返信を携えた鳩が次々と戻って来た。

オーセールにいるかつての教え子二人からは、既にこちらに向かって馬を駆けていると の返事があり、彼らの軍人としての成長を窺い知れる頼もしさに、久方ぶりに心が晴れ渡る感覚だった。

ジャン＝ジャックが特に心待ちにしていたのは、アンボワーズ城にいるブルワー嬢からの返信であった。

重要な調査を依頼したのだ。貪るように彼女からの返信に目を通した。

「やはりそうだったのか……」

予想が確信に変わった瞬間であった。この短時間で、ブルワー嬢は最上の働きをしてくれていた。亡きセルナンを想い、未だ癒されぬ日々の中、それでもパンティエーヴル公妃の侍女としての責任を果たしてくれたのだ。

ジャン＝ジャックの心中を映し出すかのように、大聖堂の鐘が打ち鳴らされている。夜通し続けられたミサも、天候の回復によって漸く終わりを告げたのだ。

トゥール大司教の壮麗な馬車が大聖堂前に到着し、信徒や住民たちが次々と家路へと急ぐ中、入れ替わるように、トゥールの処刑人サンソンが、大慌てで修道院に駆け込んで来た。

「ボーフランシュ大尉、ランベール捜査官。ギベール主任司祭の死因がわかりました。それとクロティルドを助け出そうとした少年の身元も」

サンソンは言った。ギベール主任司祭が生前纏っていたチュニカのフードは、豚の血を吸っていて検死の際には既に脱がされていたので、調査が遅くなってしまったと。

「ムッシュー・ド・パリである兄なら、このような初歩的なミスは決して犯さなかったでしょう」と自身の未熟さを恥じた。

悔しさから唇を嚙みしめるサンソンの背を、ランベールは自身の失敗談を幾つもぶちまけながら、親しみを込めて何度も叩いた。

気持ちがほぐれたのか、やっと笑顔を見せたサンソンは、上着の隠しから取り出した小さな布を開いた。

「これをご覧ください」

ジャン＝ジャックとランベールは、サンソンの掌に置かれた屍骸を食い入るように見つめた。

「蜂……蜜蜂ですね」

サンソンは大きく頷いた。

「針を失った雌の蜜蜂です。ギベール主任司祭のチュニカのフードに仕込まれていました。彼の死因は蜂毒による窒息死です」

「では、不幸な偶然ということですか？」

ランベールの表情は曇っていた。捜査官としての直感は外れたのかと。

「いいえ、これは明らかに殺意を持った行為です。満腹の蜂は従順です。犯人は蜜蜂に蜜を与えて大人しくさせて、ギベール主任司祭のチュニカにこっそり仕込んだのでしょう」

「ですがムッシュー・サンソン。蜜蜂に刺されたくらいで死ぬものでしょうか」

例えば狂暴なスズメバチならともかくとの意味が、ランベールの言葉には含まれていたのだろう。

「それが死ぬんだ。ランベール」

幼い頃、ジャン＝ジャックも蜂の巣箱にいたずらして、ギベール主任司祭と同様に、刺されそうになり、薬局担当の修道士に大層叱られた。それだけでは終わらなかった。修道院長トゥルネーの元へ引きずられるように連れて行かれて、これまでに無いほど叱られた。

何故あれほどまでに叱責されたのか。ジャン＝ジャックは漸くその理由を思い出したのだ。

「なるほどね……。では、ノートル＝ダム女子修道院のアニェスも、ギベール主任司祭と同様の理由で死んだのか？」

「断言は出来かねますが、恐らく同じ死因でしょう」

「とにかく、ノートル＝ダム女子修道院に一刻でも早く救出に向かおう」

三人は大きく頷いた。このままでは、取り返しのつかない事態になると。

「ボーフランシュ、大型船を確保出来た。助修士や修道士の方々も救出に協力してくれるそうだ」

ランベールの言葉を受けて、既に決めていたのかサンソンが申し出た。

「私も一緒に救出に向かわせて下さい」

正直、サンソンが行動を共にしてくれれば、どれほど心強いか。だが、マリー＝アメリーからの返信が途絶え、この天候で孤立しているノートル＝ダム女子修道院がどれほどの危険を孕んでいるのか。ジャン＝ジャックにも、捜査官のランベールにさえ、予測がつかない状態なのだ。

「かなり危険を伴うと考えられます」

だが、サンソンはきっぱりと答えた。

「承知の上です。それに、負傷者がいれば必ずお役に立てるでしょう」

処刑人の家系に生まれたサンソンにとって、家族や親戚、奉公人以外との交流は皆無に等しかった。常に侮蔑の眼差しと言葉を浴びせられ、生まれてきた意味を問う日々の中、ジャン＝ジャック、ランベール、そしてマリー＝アメリーとの出会いと関係性は、何物にも代え難いものになっていたのだ。

「近道の心当たりがあります。ムッシュー・サンソンは私と共に、そこから修道院へ向かいましょう」

サンソンが頷いた。

「じゃあ、俺は最初の手筈通りに、小舟を船渠に着岸させてから助修士達と山道を登っていく。上手くいけば、聖ガシアン大聖堂の正午の鐘を合図に、例のヤツが……なんだな？」

「ああ」

ジャン＝ジャックは大きく頷いた。

3.

助修士らを引き連れたランベールと分かれ、ジャン＝ジャックとサンソンはロワール川の川畔から少し離れた古井戸へと向かった。

ジャン＝ジャックは手にした筒に火を点けると、それを古井戸へと投げ込んだ。

尿を枯草と土にかけたものに植物を燃やした後の灰を混ぜ、それに砂糖と重曹を加えると、発煙筒が完成するのだ。

古井戸の中からは白い煙が上がった。絶叫が聞こえて、慌てて駆け上るような動作音が井戸の壁に響いた。

「やっぱり抜け道があったんだな」

背後からの声に、古井戸から出て来たジルは飛びあがり、そのまま尻餅をついた。

「スコットランド出身の将校から、以前、聞いたんだ。宗教改革時代、迫害されたカトリック教徒らが、礼拝に行くために家から抜け穴を掘って、こっそり教会に通っていたと」

それに、とジャン＝ジャックは続けた。

「ノートル＝ダム女子修道院のような、周りを川で守られた城塞は、直接侵入するのは困難だ。この場合、最後の手段として『地下』つまりは『坑道掘り』という危険を伴う手段が取られていたんだ」

追い詰めるようなジャン＝ジャックの鋭い眼差しと、凄みが増したサンソンに気圧されて、ジルは尻餅をついたまま、後退った。

「ノートル＝ダム女子修道院の少女達を殺したのはお前か、ジル！」

ジャン＝ジャックは、腕を摑んで更にジルを追い詰める。

「ち、違います。殺してなんかいません！」

「では、見聞きしたこと全部話せ」

「話します！　全て話しますから！　腕を離して下さい！」

ジルの掌からは、手製であろう色付きガラスが入った、不格好な眼鏡が滑り落ちて来た。

＊

地下坑道～ノートル＝ダム女子修道院

古井戸の中へ下りたジャン＝ジャックとサンソンとジルは、カンテラと松明を手に、古井戸の底と直結する城塞への坑道を急いだ。

小柄なジルでも通り抜けるのが精いっぱいで、上背のあるジャン＝ジャックやサンソンは、常に腰を屈めて進まなければならない。

「随分不安定な坑道だな。いつ崩落しても不思議じゃない。かなり昔に掘られた穴だな」

補強に使っている丸太もかなり古く、腐りかけている。天井からは、ぱらぱらと泥が降ってきた。

「なぜ、私がノートル＝ダム女子修道院に行き来していると気付いたのですか？」

松明に照らされたジルは不満顔だ。決して発覚しないとでも思っていたのだろうか。

「お前は、俺が夜中の荒れたロワール川に、身一つで飛び込んで大騒ぎになったことを知らなかった。その時間は修道院を抜け出していたからだろう」

呆れたようにジルは言った。

「あなたらしい」

「色付き眼鏡を掛けた尼さんが、修道院の地下で消えたと聞いた。だがその尼さんは盲目だ。供もつけずに暗い修道院内を身軽に行き来は出来ない。お前が尼さんのふりをしていたんだな。ヴェールを被れば、暗い院内で顔の特定は難しいからな」

鍛冶工房で色ガラス作りを任されたジルなら、遠目なら判別できない色付き眼鏡を手作りするのは容易だろうと判断したからだ。

「それに、その尼さんが消えた聖堂の残り香は、ミサで使う乳香や没薬では無くて、ヴェルサイユにある国王陛下の錠前作りの部屋と同じだったと聞いたから、お前だと確信した」

「ヴェルサイユに国王って……。あなた達はいったい何者なんですか？」

急に立ち止まったジルの顔が硬直している。

「新入りの尼さん二人は国王陛下の従妹とその女官。俺はパリにある王立士官学校の教官だ」

そんなことよりも、と言いながら、ジャン＝ジャックはジルを促して先を急いだ。

「鍛冶工房の監督官は、お前が今まで培ってきた技術や労働態度を凄く評価している。監督官の期待を裏切るようなことはするなよ」

それ以降、ジルは口を噤んでしまった。

三人は地下坑道を黙々と進んでいった。長身のジャン＝ジャックとサンソンはすっかり腰が痛くなったが、ようやく辿り着いた先の出口は、聖堂下の祭壇の中だった。

「地下聖堂に繋がっていたんだな」

辛うじて、明り取りの窓が設けられた聖堂。壁の十字架が無ければ、見過ごすほどの小さな聖堂だった。

「ここは聖マルタンの聖堂です。私が知る限り、地下には、あと二つ聖堂がありました」

「地下に三つの聖堂か……」

それは何を意味するのか。ジャン＝ジャックは、顎先を拳に置いて暫し思考を巡らした。

「ボーフランシュ様！」

顔を上げたジャン＝ジャックの瞳には、手燭を掲げたラージュ伯爵夫人と修道女オランプ、見習い修道女のマルグリットの駆け寄る姿が飛び込んできた。

「ラージュ伯爵夫人、公妃は！」

「お姿が見当たりません」

同室の公妃マリー＝アメリーは、夜中にこっそり抜け出したのか、目覚めるとその姿はなく、厨房から聖堂、宿坊と思い当たるところは全て探しつくしたが、見つけ出すことは叶わなかったと、ラージュ伯爵夫人は自身の不甲斐なさを詫びた。

「ジル。この三人を連れて、先に地下坑道から逃げるんだ。必ず、安全なところまで連れて行けよ」

「分かっていますよ」

相変わらず面倒くさそうに言いながら、ジルは一枚の紙片をジャン＝ジャックに手渡した。

「祭壇前で殺された娘が握っていたんですよ」

「アガットですわ」すかさずラージュ伯爵夫人が言った。

ジャン＝ジャックは、ジルから手渡された皺だらけで血塗れの紙片を広げた。

גלגל

ラテン語の聖書の印刷文字の上にペンで書かれている。

「ヘブライ語ですね。『魂の転生』もしくは『輪廻』『生まれかわり』を意味します」

横から覗き込んでいたサンソンが言った。

「ムッシュー・サンソン！　ヘブライ語が読めるのですか！」

サンソンは言った。ルーアンの寄宿学校を退学した兄シャルル＝アンリ・サンソンの家庭教師を引き受けてくれたのは、グリゼルという教会を追放された元神父だった。彼も兄の傍らに座り、グリゼル元神父の元でラテン語を学び、ヘブライ語を学んだのだ。

「だがこれは、伝統的なユダヤ教やユダヤ哲学にはない概念です。あるとするなら……」

遠慮がちに、サンソンはジャン＝ジャックに耳打ちした。

その言葉に驚愕し、眩暈《めまい》を感じながらも、ジャン＝ジャックは「ジル、これをグレゴワール修道士に渡してくれ。手紙に付けて、今から言う所に伝書鳩を飛ばして欲しいと必ず伝えてくれ」と声を張り上げた。

ジルは大きく頷いた。

「今後二度と監督官の期待に背くようなことはしませんから。そして、いつか必ずシャルトルの大聖堂にも負けない青いガラスを造ってみせますよ」

いつものシニカルな口調は相変わらずだが、眼差しは真摯だ。

決意を受け止めたジャン＝ジャックは、彼の背中を数度叩くと、ラージュ伯爵夫人とマルグリット、ボーフランシュ大尉、修道女オランプを託した。

「分かりました。私は一旦修道院の外に出て、家畜小舎周辺を探します」

サンソンの提案で、ジャン＝ジャックは地下から地上へ通じる階段を駆け上がる。大階段を上り、修道院の裏手に出ると、古びた風車と隣接する粉碾小舎がいやでも目に留まった。

昨日、カトリーヌが落雷で命を落とし、この風車に落ちたと、別れ際にラージュ伯爵夫人は告げていた。

「公妃！　どこだ」

ジャン＝ジャックの焦りは募る。

風に乗って家畜小舎から聞こえる動物たちの鳴き声が妙だ。胸騒ぎを感じたジャン＝ジャックは家畜小舎へ向かって走り出した。

急ぎ家畜小舎へと向かい扉を乱暴に蹴り開けると、眼に飛び込んで来たのは、背後から短剣で刺されて俯せに倒れているギョームの姿だった。

彼のそばを、数日前に出産を終えた毛刈り嫌いの母羊や、生まれたばかりの仔羊までもが取り囲み、鳴き声を上げている。

「ギョームしっかりしろ！」

ジャン＝ジャックはギョームの身体を起こし、膝をついて腕に抱えた。

「ジャ……ンか」

肺を刺されたのか苦しそうな息づかいで、ギョームは肩で喘《あえ》いでいる。

「誰に刺されたんだ」

分からないと言いながら、ギョームは頭を振った。

「あの方は……エリザベート様はご無事なのか？」

今度はジャン＝ジャックが分からないと頭を振った。

「そうか……。あの方を守りたかった。だが俺は、ただそばにいて見守ることしか出来なかった」

あの方の苦しみや嘆きを取り除いて差し上げることは、到底叶わなかった、とギョームは虚しそうに言った。

「あんたがそばにいたから、今まで守れたんじゃないか」

抱えるジャン゠ジャックの腕にギョームは自分の手を添えて、力なく這わせた。

「お前も俺と同じか？」

愛しい人に相応しい身分も地位も金も何もない。惨めさに苛まれながらも、諦める勇気もないと。

「ああ……」

ギョームが口角を上げて、微かな笑みを作った。

「お前は守り抜けよ」

言い終えると、ギョームはそのまま息絶えた。

ジャン゠ジャックは胸に下げたロザリオを外すと、ギョームの両掌を胸の上で組ませてロザリオを握らせようとしたが、彼は掌に小さな書付を固く握りしめていた。


——話があります。夜が明けたら家畜小舎にいらして下さい。

敬虔なカトリック教徒だと胸を張って言えるほど信仰心に篤く無いが、死者への弔いのやり方はいやでも身に染み付いている。

十字を切り、振り切るように立ち上がると、ジャン＝ジャックは駆けた。

「公妃！　どこにいる！　返事をしてくれ！」

付属教会の身廊にジャン＝ジャックの声がこだまする。

（あの時と同じだ――）

一年前の事件で、公妃は危うくセルナンと共に殺される寸前であった。あの時のように、心臓を鷲掴みにされたような、胸の苦しさが蘇ってきた。

「どこにいるんだ！」

ジャン＝ジャックは思考を巡らした。あの公妃のことだ。囚えられているとしても、必ず、何かしらの手掛かりは残しているはずだと。

「これは……血の跡？」

セルナンの形見の剣を持っているならば、仕留めることは出来なくとも、一撃くらいは与えたはずだと、ジャン＝ジャックは血痕を追った。

血痕は地下へと続いていた。階段を下った先の廊下は、まるで枝分かれしたように複雑に入り組んでいる。血痕のおかげでどうにか迷わずに進んでいるが、さすがは元城塞だけあって迷路のような作りだ。

血痕は壁の前で途切れていた。

だが、ジャン＝ジャックがよく目を凝らして見ると、一部だけ新しい石材が使われている。「壁に見せかけた扉だな」

勢いを付けて扉を開くと、一際広い空間に、石造りの大きな柩が一つだけ置かれていた。ここでは、物音を立てることさえ憚られるような気がして、ジャン＝ジャックはゆっくりとした歩調で柩まで進んだ。

「クロティルド・オディル・ダンジューここに眠る……か」

ジャン＝ジャックは、柩の下に彫られた銘を読み上げた。ここがブルネットの髪と緑の瞳が美しいと言われた、アンジュー女伯爵の霊廟なのかと。

婚約者がいながらユグノーの騎士と愛し合い、引き離され、この城塞に囚われ処刑されたと聞いていた。だが、クロティルドの霊廟は、天井に嵌められた幾つもの明り取りの窓から光が降り注ぎ、厳粛で神々しいまでの空間だ。

恐らく、ここが二つめの聖堂なのだ。

この場所だけ乳香や没薬に混じって、花の香りが微かに漂っている。最後にマリー＝アメリーを背後から抱きしめた時に嗅いだ、ラベンダーの香りだ。

——世俗の物は全て取り上げられてしまうから、コルセットの中にサシェを忍ばせているのよ。

「ここで犯人と揉み合いになったのか……」

では、そう遠くない場所にいるはずだと、踵を返したジャン＝ジャックは、二つめの聖堂を後にして、地下を駆けた。

「どこだ、どこにいるんだ！」

「ボーフランシュ大尉！」

呼応するかのように、サンソンの声がする。声の方へ向かって走ると、暗く小さな聖堂に、長身のサンソンが佇んでいた。

半円状にくり抜かれた壁には、十字架が飾られ、祭壇の下には「生と死」を表す文字が刻まれている。

「ここはおそらく聖エティエンヌの聖堂でしょう」

ギベール主任司祭と同様の亡くなり方をしたアニェスの遺体は、埋葬までこの聖堂に置かれていた。

「私は階上へ行き、修道院内を探してみます」というサンソンに応えて、

「分かりました。私はもう少し地下を探します」とジャン＝ジャックは告げた。

再びサンソンと分かれたジャン＝ジャックは、ジルとの会話を思い出し、この城塞の地形を思い浮かべた。

この城塞は、尖った岩の上に造られている。水平の土台を築くわけだから、その為には、巨大な基礎部分を造らなければならない。

そもそも、なぜ地下に幾つもの聖堂を造ったのだろう。何らかの意味があるはずだと、ジャン＝ジャックはその真意を読み取ろうとしていた。

何か、何か意味があるはずだと。


——もともとノートル＝ダム女子修道院が建つ孤島は、城塞ではなく修道院が起源でしてのう。

「そうだ……。修道院が起源なら、イエス・キリストの受難を表現している十字の形であるはずだ」ならば、聖堂は四つ。この修道院は、四つの聖堂を囲んで構成されているはずだとジャン＝ジャックは確信した。

「今見つかっている地下聖堂は三つ……。だが、あと一つ必ずどこかにあるはず……。そうか、そこか！」

ローマ十字は、短い横軸と長い縦軸がやや上方で交差している。教会の平面図も同様だ。見つかった三つの聖堂、聖マルタン、聖エティエンヌ、そしてアンジュー女伯爵の霊廟であり聖堂。残る一つの聖堂は、十字架の縦軸の上の部分、つまりは教会の後陣にあたる場所だ。

まだ見つかっていない最後の地下聖堂を探しに、ジャン＝ジャックは駆け出した。

アーチ型の開口部を潜ると、幾つものヴォートルの稜《りょう》と横断アーチの場所に差し掛かった。

だが、残り三つの聖堂とは違い、ここは、人の頭くらいの石が、無造作に積まれただけの空間だ。祭壇らしきものも見当たらない。

「ここでは無いのか……」

周囲を見渡すと、壁に掛けられた聖母像が、ジャン＝ジャックを見下ろしている。

「そうか、ノートル＝ダム。聖母マリア……マリー……ここだ！」

恐らくここが、この修道院の真の要である聖母聖堂《ノートル＝ダム》だ。そして、この無造作に積まれた大量の石こそ、この聖堂の主祭壇なのだ。

「公妃、今出してやるからな」

積まれた石を放り投げるように次々と動かして、漸く石材の蓋に辿り着いた。

だが、重い石の蓋は、力を込めて押し開けようとしても、びくともしない。

「くそっ！」

ジャン＝ジャックは焦りを感じずにはいられない。このままだとマリー＝アメリーの体力が持たない。

聖堂の壁から柱、全てを見渡した。何か、何か使えるものは無いかと。

キリスト教徒にはあるまじき行為だが、致し方ないと、壁に掛けられた大きな十字架と聖母像を外して、先端を柩の蓋の隙間にねじ入れた。

適当な石を支柱部分に据えると、梃子《てこ》の原理で一気に力を入れて石の蓋を開けた。

漸く開いた蓋の隙間から、蹲るマリー＝アメリーの姿が見える。

ジャン＝ジャックは石材の蓋を押し開けると、十字架を放り投げ、穴の中へ飛び降りた。

「公妃！　大丈夫か！　怪我は」

抱き起こすと、ジャン＝ジャックの姿を見てマリー＝アメリーは力なく微笑んだ。

自力で脱出しようとしていたのか、両手の指先は押し上げようとした石の蓋で擦れて血が滲み、足元には踏み台に使ったのか、髑髏が転がっている。髪は乱れ、瞳は涙で濡れて充血しているが大きな怪我は無い。

ジャン＝ジャックはマリー＝アメリーをかき抱いた。柔らかな感触とともに彼女の匂いと温もりが、直に伝わってくる。

「良かった……無事でいてくれて」

左腕で抱きしめる力を強めると、右手の指で彼女の金髪を梳《す》きながら何度も撫でた。

マリー＝アメリーも瞳を潤ませて、ジャン＝ジャックの背に回した両の腕に力を込めた。愛でるように額から金髪を梳いていたジャン＝ジャックの掌が、そのまま顎まで滑り、マリー＝アメリーの両の頬を挟むように持ちあげた。

二人はしばらく、無言のまま見つめ合った。ナポリの紺碧の海に似た深く青い瞳と澄み切った空のような水色の瞳は、お互いだけに向けられた視線を絡ませ、やがて閉じられた。

二人の唇が近づき、お互いの吐息を直に感じそうになった時、ジャン＝ジャックは遠くに鐘の音を聞いた。

「鐘の音……？」

マリー＝アメリーはジャン＝ジャックの腕から逃れて立ち上がった。

風に乗って、微かに鐘の音が聞こえる。

ここではない。聖ガシアン大聖堂の鐘が、渾身の力で打ち鳴らされているのだ。

「公妃、あんた俺に訊いたよな。無敵だった城塞建築がどうして廃れていったのかと」

「ええ」

この孤島に向かう船の中で、確かにそのような会話をしていた。

「これが答えだ」

ジャン＝ジャックが答えると同時に、衝撃音とともに腹の奥深くから振動が響いた。

「何なの？　この振動は」

「大砲だ」

ジャン＝ジャックは言った。

築城にもっとも影響を及ぼしたのは攻城兵器であった。特に十五世紀中頃に出現した攻城砲は、ヨーロッパ中世の城を大きく変えた。中世末期までは、どちらかというと攻囲よりも籠城が有利な時代が続いていたが、大砲の出現によりこれが逆転したのだと。

「俺の元教え子達が、オーセールの砲兵連隊に配属されているんだ。陛下とランブイエ公爵には事後報告になるが、トゥール城、別名ギーズの塔の大砲がまだ使えそうだったから、奴らに修理させて、正門を大木ごと破壊して貰った」

マリー＝アメリーは言葉を失った。失敗すれば、この修道院に被弾する可能性もあるのに。

「心配するな。二人共砲兵将校としての腕は抜群だ。俺が鍛え上げたから」

彼は嬉々としているが、手加減しないスパルタ教育だったと容易に想像できた。

「それはお気の毒に……」

「何か言ったか」

ジャン＝ジャックはわざと聞こえないふりをしている。

「ともかく、早くここから脱出しよう」

「ええ……」

膝を抱えられたマリー＝アメリーは、穴から這い出た。昨夜は暗闇で見えなかったが、穴の中は髑髏や人骨が溢れている。一晩ここで過ごしたのかと、今頃になって眩暈がした。

長身のジャン＝ジャックは、弾みを付けて、難無く穴から抜け出て来た。

刹那、二人の足元が小さな振動から大きく揺れ出して、立っているのがやっとの状態だ。

「これも砲撃なの？」

「違う……。これは……これは地震だ！」

マリー＝アメリーを庇うように、ジャン＝ジャックは全身で覆いかぶさった。先ほどの砲撃の衝撃とは比べものにならない程の振動だ。

「揺れはおさまったのかしら?」

小さな揺れは断続的に続いていた。その度に、修道院の天井や壁からは、石の欠片がぱらぱらと落ちてきた。

二人は揺れと揺れの合間を見計らい、修道院の建物から外の敷地へと向かった。

やっと地下から地上に出られたと安堵のため息をつくと、背後からサンソンの呼び声がする。

「頭を殴られて、製菓棟に倒れていました」

修道女ドロテを背負ったサンソンも、二人の無事を喜びながら合流した。

砲弾によって破壊された正門からは、ランベール率いる聖マルタン修道院の一行が既に到着しており、ランベールが陣頭指揮を執っている。

「ランベール!」

「ボーフランシュ! ムッシュー・サンソン!」

三人は駆け寄り、肩を叩きながら笑顔で無事を喜び合った。

城塞の東側から一人の助修士が大声を上げて手を振っている。ジャン=ジャックとランベール、サンソンは修道女ドロテをマリー=アメリーに託すと、東の方角へと向かい走り出した。

建物を安定させるために、後から付けられたゴシック様式のバットレスと呼ばれる控え壁が、先程の地震で大きく揺れて崩落したのだろう。バットレスの下から、呻き声が聞こえる。

助修士や修道士が懸命になって瓦礫を除くと、下敷きになったエリザベート副院長と頭から血を流したボーテルヌ司祭が倒れていた。

「副院長の左脇腹に刺創がありますが、二人共脈はあります」サンソンが張りのある声で言った。

だとすると、このエリザベート副院長の脇腹の傷は、マリー＝アメリーがつけた傷か。

「手分けして急いで船に運ぼう」

同行した聖マルタン修道院の一行に、ランベールが声を張り上げて撤収を知らせた。

手作りの即席担架に負傷者を乗せて、助修士を先頭に正門を通り、山道を下る順路で避難が開始された。

「待って！」山道を下る一行の後尾にジャン＝ジャックと並び、今は砲弾で破壊された正門を潜ろうとしたマリー＝アメリーが声を上げた。

風に乗って、微かなオルガンの音が聴こえる。

「修道女オディルがまだ中に居るのよ！」

制止するジャン＝ジャックを振り切って、マリー＝アメリーは教会へと向かって駆け出した。

再び、大きな揺れが起こったが、修道女オディルの演奏は続いている。彼女はずっと古い歌曲を奏でているが、何らかの意味があるはずだと歌詞を思い浮かべた。

――Belle amie, il en est ainsi de nous（恋人よ、私たちも同じ）

――ni vous sans moi, ni moi sans vous!（私なくしてあなたはなく、あなたなくして私もない）

それは有名な物語を題材にした歌曲だった。いや、元が歌謡作品で、フランス語の韻文に書き改められたものだったか。様々な音や言語がマリー＝アメリーの頭の中で錯綜《さくそう》し、混乱していた。

ふと、アンジュー女伯爵の霊廟に刻まれた一文が脳裏を掠めた。この歌曲と同じ詩ではないかと。

――Bele amie, si est de nus

――Ne vus sanz mei, ne mei sanz vus.

「そうだわ。昔の言語、古フランス語で呼びかけていたんだわ……」

修道女オディルは、古フランス語の方が流暢《りゅうちょう》なようだ。

マリー＝アメリーはオディルが奏でる不自然な音を拾い、頭の中で譜面に再現していった。

――シマイ、ニゲテ、ハヤクニゲテ。

修道女オディルは、オルガンの音を使い、古い言葉で語りかけていたのだ。

マリー＝アメリーは付属教会の扉を勢いよく両手で開くと、祭壇脇にあるオルガンまで全力で駆けた。聖堂の石壁は、がらがらと音を立てて崩れ始めている。

「オディル様、早く逃げましょう。ここは直に倒壊します」

だが、修道女オディルは全く意に介さない様子で、オルガンを弾く手を止めようとはしない。

強硬策に出るしかないと、演奏中のオディルの腕を掴み、引き寄せた。すると、色ガラスが入った眼鏡が外れ、黒いヴェールの下から現れた蠟《ろう》のように白い修道女オディルの顔に、マリー＝アメリーは思わず息を呑んだ。

「緑の瞳……」

修道女オディルの瞳は、この修道院の地下の霊廟に眠る、アンジュー女伯爵クロティルドの瞳のような鮮やかな緑色であった。まるで、エメラルドでしか表現出来ないと画家に言わしめた、あの肖像画のように。

修道女オディルは微笑んだ。驚愕のあまり動けなくなったマリー＝アメリーを抱きしめると、黒いヴェールが頭から落ちて、中から見事なブルネットの長い髪が現れた。

——シマイ、アリガトウ、サヨウナラ。

再び鍵盤に向かい、修道女オディルは音色で語りかけてきた。

数度繰り返したのち、殉教者へ捧げる曲を弾き始めた。

「公妃、危ない！」

立ち尽くして動けなくなったマリー＝アメリーの腰を抱き、ジャン＝ジャックは崩落する天井の破片を避けて引き摺り出した。

演奏はまだ続いていた。微かな鎮魂曲の音色は断続的に奏でられ、そして天井の崩落と共に完全に止まった。

ジャン＝ジャックはマリー＝アメリーを横抱きにして、教会の外へと連れ出した。

二人はランベールらの一行を追って、走って正門まで来たが、山に植えられた木々も地滑りを起こして倒れ始め、山道を塞いでいる。

「山を下っている時間は無さそうね」

「古井戸から地下聖堂に繋がる坑道はもう使えないだろう。さっきの地震で、ロワール川の水が坑道にも浸水して、恐らく地下からも崩壊が始まっている」

ノートル＝ダム女子修道院と孤島は、地下からの浸水と地震によって崩壊寸前であった。

ジャン＝ジャックはマリー＝アメリーの手を引き、修道院の裏手へと走った。回廊の端から断崖絶壁の真上にあたる場所で、ランベールが手配した大型船にも最短の距離だ。だが、そこでも、足元が揺れて孤島自体の崩壊が始まっていた。

ジャン＝ジャックは覚悟を決めた。

「公妃、あんた泳ぎは得意だと言っていたな」

「ナポリ湾で鍛えたわ」

見ろ、と言いながら、ロワールに浮かんだ船を指さした。

「大型船を数隻配備しているし、周辺には小舟の用意もある。そこ目掛けて泳ぐんだ」

大型船の甲板では、一足先に脱出したランベールが手を振っている。

「これを首から下げて、ここからロワールに飛び込むんだ」

ジャン＝ジャックは、チュニカの腰に付けていた半透明のボール状のものをマリー＝アメリーの頭からすっぽり被せた。

「何なのこれは！　変な臭いもするわ」

「薬局担当のグレゴワール修道士のお手製だ。助かったら教えてやるよ。行くぞ！」

渋々といった体だが、マリー＝アメリーは大きく頷くと、弾みを付けてロワール川へと飛び込んだ。その姿を見届けると、ジャン＝ジャックも勢いを付けて飛びこんだ。

水はまだ冷たいが、流れは思ったより緩やかだ。泳ぎ切った二人は、救出された小舟の上で、土埃をあげながら倒壊していくノートル＝ダム女子修道院の姿を見つめていた。

移動した大型船の上では、修道女ドロテが意識を取り戻していたが、ボーテルヌ司祭とエリザベート副院長は予断を許さない状態であった。

「助かったら教えてくれると約束したわ。これはいったい何なの？」

ボール状の浮き袋を首から外したマリー＝アメリーは、顔を顰めながらジャン＝ジャックに突き返した。

「ああ、これは……」

豚の膀胱で作った浮袋だと説明したジャン＝ジャックは、彼女の表情がみるみる強張って行くと同時に、鬼気迫るものを察した。逃げようにも背後はロワール川だ。逃げ場を失ったジャン＝ジャックは、マリー＝アメリーから嫌と言うほど足を踏まれた。

4．

聖マルタン修道院

ノートル＝ダム女子修道院から救出されたマリー＝アメリーらは、聖マルタン修道院に身を寄せていた。ジルの誘導によって、先に避難したラージュ伯爵夫人やマルグリット、修道女オランプらと無事に再会し涙を流して喜び合った。

意識が戻らないボーテルヌ司祭は、修道院の宿坊に運ばれて、怪我の治療後は、ジャン＝ジャックとランベールが交替で付き添っていた。

ボーテルヌ司祭の意識が戻ったのは、終課の祈りも終えた後だった。

「気が付かれましたか？　ボーテルヌ司祭」

「ここは……」

「聖マルタン修道院の宿坊です。もう大丈夫ですよ」

起き上がろうとするボーテルヌ司祭を、ジャン＝ジャックは背に手を当てて介添えした。

「痛ましい事件でした。次から次へと少女達が殺されていくのに、何も出来なかった」

ボーテルヌ司祭が虚しそうに首を振ったが、傷に響いたのか頭を掌で押さえた。

「犯人はエリザベート副院長だったのです」

ボーテルヌ司祭の表情が、凍り付いたようにこわばった。

「クロティルドという娘の名をご存じですか。十年前に異端として処刑された娘です」

「ええ、存じております」

「クロティルドはエリザベート副院長の姪でした」

エリザベート副院長は、姪のクロティルドを死に追いやったギベール主任司祭を恨み、関わった少女達を恨み、復讐を果たしたのだと告げた。

「副院長は今どこに？」

「残念ながら、助かりませんでした」ジャン＝ジャックは首を振りながら答えた。「全身に傷を負って、意識が戻らないまま」

「そうでしたか」

気持ちの整理がつかないのか、ボーテルヌ司祭は寝台に腰かけたままだ。無言だが、視線は忙しなくあちらこちらを彷徨っている。

「しかし悪夢は終わりました。司祭ももう少しお眠り下さい」

宿坊の扉が乱暴に開くと同時に、湯気が立つ皿を手にしたランベールが勢い良く入って来た。

「豚を一頭丸焼きにしていたので、旨そうなところを分けて貰ったんですよ」

食欲をそそる匂いだが、ボーテルヌ司祭は眉を顰めている。

「意識が戻ったばかりなんだ。他には無いのか、スープとか」

ジャン＝ジャックはランベールが抱えた皿を見渡すが、どれも重く、胃もたれしそうな料理ばかりだ。

「ブーダン・ノワールと豆のスープをお持ちしましょうか」

ボーテルヌ司祭は礼を言いながらもランベールの申し出を丁重に断ると、再び寝台に横になった。

掛布を肩まで引き上げたのを見届けたジャン＝ジャックは、燭台の灯りを吹き消そうとしたが、司祭の声に引き留められた。

「燭台の灯りは消さないで下さい」

頷いたジャン＝ジャックは、軽く頭を下げると無言で退室した。

ジャン＝ジャックの退室を待ち構えるように、腕を組んで扉の陰に佇んでいたランベールが呟いた。

「豚を食せざる者か……」

「ああ……。それに燭台の灯りを消そうとしたら止められたよ」

＊

朝課が始まったのか、風に乗って聖マルタン修道院の祈りが微かに聞こえてきた。

大聖堂の執務室の片隅で、ジャン＝ジャックは息を殺してその時を待った。

予想どおり、扉が開くと同時に衣擦れと静かな足音がこちらに近づいてくる。庶務机の前で足音が止まると、何やら探し物を始めたが、目当てのものが見つからないのか、苛立ちが音となって伝わって来た。

「そこまでだ」

扉から、ランベールの野太い声が響き、途端に室内が明るく照らされた。

その声を合図に、ジャン＝ジャックは僧衣の頭巾を取り去り、勢いを付けて立ち上がった。

「やはり今夜必ず来ると思っていたよ……。残念ながら、あんたの探しのものはここにはない」

「な……なぜ。なぜあなたたちがここに」

二人の目の前には驚愕の面持ちのボーテルヌ司祭が立っている。

「ボーテルヌ司祭、ギベール主任司祭とノートル＝ダム女子修道院連続殺人事件の重要参考人としてあなたを拘束します」

ランベールの声を合図に、マリー＝アメリーとラージュ伯爵夫人に介添えられて、エリザベート副院長が脇腹を押さえ、右脚を引き摺りながら執務室へと入って来た。

「エリザベート副院長はご無事だ。怪我をされているが命に別状はない」

普段は冷静沈着なボーテルヌ司祭が一転、動揺を隠し切れない。上擦った声を張り上げた。

「ギ、ギベール主任司祭や娘達を殺したのは、エリザベート副院長だと言っていたではないか！　立派な動機だってあると」

「ギベール主任司祭は、十年前のクロティルドの審問やり直し手続きを進めていた。それを知ったあんたは、何としてでも阻止するために司祭を殺すことにした」

副院長エリザベートの肩を抱くマリー＝アメリーが言った。

「あなたが妹であるカトリーヌに指示したのね。司祭のチュニカのフードの中に蜜蜂をこっそり隠すようにと。あなたの思惑通り、蜜蜂に刺されたギベール主任司祭は亡くなった」

「み、蜜蜂に刺されたくらいで死ぬ筈がないだろう」

狼狽えながらボーテルヌ司祭が反論した。

「そうだ。人は蜂に刺されたくらいでは死なない。だが、二回目だと致死の確率はかなり上がる。ギベール主任司祭は以前蜜蜂に刺された経験があった。あんたはそれを知っていたから賭けたんだ。そして見事に賭けに勝った。カトリーヌの仕業だと、いやあんたの指示だと気付いたギベール主任司祭は、今際の際に伝言を残した。そう、あんたたちマラーノの血を引く者を指す豚《マラーノ》の血という伝言を」

ボーテルヌ司祭が口を挟む隙を与えぬよう、ジャン＝ジャックは捲し立てるように続けた。

「ボーテルヌ司祭、あんたとカトリーヌは改宗ユダヤ人《マラーノ》だな。いや、あんたの先祖というべきか。確かな筋から仕入れた情報だ。ボーテルヌ司祭、ユダヤ教徒だったあんたの先祖は祖国を追われ、ボルドーに住み着いた。そこで商売を始めて貴族の地位を買った者や医師になった者もいたんだな」

「わからないわ」困惑したマリー＝アメリーが声を上げた。「先祖がユダヤ教徒だったとしても、なぜマラーノが責められるの？　何百年も前にカトリックに改宗したのでしょう」

「それはあなたが誰に対しても偏見を持たず対等に付き合われるからですよ。私のような処刑人に対しても」

突然の背後からの声に、マリー＝アメリーが驚いて振り向くと、長身のサンソンが微かな笑みを湛え、帽子を取って軽く会釈した。

ノートル＝ダム女子修道院の救出劇後、サンソンは早馬に乗って高等法院へ向かっていた。

「只今戻りました。やはりそうでした」

入室したサンソンは、抱えていた資料をジャン＝ジャックに手渡した。

ギベール主任司祭は、クロティルドのやり直し審問に向けて執念にも似た調査をし、証拠となる資料を掻き集めていた。死の直前に揃えた資料を送り、高等法院へ到着したのは昨日になってからであった。

ジャン＝ジャックとランベールは、サンソンから手渡されたギベール主任司祭の記載文に目を通し、殺された娘が摑んでいた聖書の一部を広げて言った。

「ボーテルヌ司祭、あんたとカトリーヌはマラーノどころか、隠れユダヤ教徒でフランキストだったんだな」

ジャン＝ジャックの語尾にかぶせるように、ヘブライ語やユダヤ教に詳しいサンソンが言った。

「フランキストはルリア神学から派生した『終末』を早めようとするメシア運動です。この運動を主導したラビは、正統派のユダヤ教から除名されています」

「偶然それを知ってしまったクロティルドを陥れて、あんたらは見殺しにした」

突き刺さるような視線を浴びながら、ボーテルヌ司祭が声を張り上げた。

「陥れたのではない！　あの、あの娘がカトリーヌを庇ったんだ。それに私をも……」

——イエス様は神の子ではなく人だ。

カトリーヌが年下の女生徒らに諭しているのをクロティルドは幾度も目にしていた。クロティルドがカトリーヌに問い質すと、自身や兄ボーテルヌ司祭の本来の信仰をあっさりと告白。女子修道院内には噂が広まり、言い訳の出来る状態ではなかった。

――たとえ子どもであろうとも、異端審問官は容赦しないでしょう。カトリーヌだけでなく司祭様にも累が及びます。私がカトリーヌや他の少女達を唆したことにしましょう。カトリーヌに口裏を合わせるように言って下さい。そして決して自分の信仰を口外しないようにと！

「生まれてからずっと敬虔なカトリック教徒として生きてきたんだ。コレージュも首席で卒業し、心から愛せる女性にも巡り逢えて順風満帆な人生だった。だが、マラーノの血が流れているという、それだけの理由で婚約は破棄された……。だから、聖職者として信仰の道を歩んでいたのに、それなのに、周りは容赦なかった」

ボーテルヌ司祭は、これまで味わってきた不条理を吐露するかのように、語り出した。

「大昔にカトリックに改宗したというのに、私たちは異端審問所の密偵に常に怯えていた。

商売絡みの妬みから嘘の密告も日常茶飯事だった。正統派のユダヤ教徒からも豚《マラーノ》と蔑まれ、あの聖マルタンのようだと讃えられたギベール主任司祭さえも、侮蔑の眼差しを向けて私にこう言ったのだ……。この豚野郎！　と」

「だから正統派のユダヤ教徒へ立ち返るのではなく、異端のフランキストになったというのか」

ジャン＝ジャックの問いに、ボーテルヌ司祭は大きく頷いた。

反論出来ずに立ち竦んでしまったジャン＝ジャックとランベールに向けて、司祭は言った。

「あなたたちも私がユダヤ教徒か試したのだろう。分かっていたよ。だからわざと豚肉を食べずに燭台の灯りも消さなかったのだ」

口を閉ざしていたエリザベート副院長が、青褪めた顔でボーテルヌ司祭に向けて言った。

「ボーテルヌ司祭、いえアルマン。なぜクロティルドがカトリーヌを庇って、無実の罪で死を受け入れたか知っていましたか？」

ボーテルヌ司祭はエリザベート副院長を見据え、怪訝な眼差しのまま首を数回振った。

「あの子はあなたが実の父親だと、カトリーヌが年下の叔母であると知っていたからよ」

この場に居合わせた者達の驚愕の眼差しが、一斉にエリザベート副院長へと注がれた。

「そう、クロティルドは私とアルマンの娘です」

お腹にクロティルドが宿っていると知ったのは、婚約が破棄された後のことであった。生まれた娘は兄夫婦の子として引き取られ、エリザベート副院長は、そのまま女子修道院へ入った。

クロティルドは領内の乳母の家で育てられ、年頃になるとトゥールの女子修道院で教育を受けた。エリザベート副院長は、クロティルドの成長を見守るのが生き甲斐であったのだ。

だが、その幸福もある日突然終わりを迎えた。

クロティルドは異端の罪で捕縛され、壮絶な拷問の末に火炙りにされた。

「そうでしたのね……」

マリー＝アメリーはそれ以上、言葉が紡げなかった。母として、我が子が先立つだけでも二度と立ち直れないであろうに、ましてや拷問の末に火炙りにされたとは。生きる希望を失い、自死を選ぶのも当然であろう。

同じく我が子に先立たれたラージュ伯爵夫人も、溢れる涙を拭おうともしない。

「そんなばかな……。クロティルドが私の娘だったとは……」

突きつけられた現実に、思考が追い付かない様子であったが、思い当たる節があったのだろう。「クロティルドの表情の端々に、君の面影を見出したのは偶然ではなかったのか」愛おしむような眼差しをエリザベート副院長へ向けてボーテルヌ司祭は言った。

「ギベール主任司祭と同様に、蜜蜂を使ってアニェスを殺したのも、リュシーやアガットを刺殺したのもカトリーヌですね」

ボーテルヌ司祭が頷くのを見届けたマリー＝アメリーは続けた。

「恐らくリュシーは、ギベール主任司祭殺しはカトリーヌだと疑っていた。アニェスが同じような死因で亡くなったので、疑いが確信となった。脅されたカトリーヌは、咄嗟にリュシーを刺して逃げ出してしまった。一番驚いたのはカトリーヌ本人でしょうね。胸を刺しただけなのに、リュシーの遺体は無惨な状態になっていた」

「下男が、あの下働きの男がやったのではなかったのか」

困惑した表情へとボーテルヌ司祭の面持ちが変わった。聖女の殉教に模した細工を遺体に加えていたのは、エリザベート副院長の犯行だと思い込んだギョームが、副院長を庇うためにやったことだと思っていたからだ。

「違う！　俺がやったんだ」

グレゴワール修道士に促されて、見習い修道士ジルが入って来た。彼はクロティルドが幼い頃預けられた乳母の息子だった。

「ジル、お前が修道院に入ったのは、ギベール主任司祭への復讐が目的だったんだな」

「そうだ。俺はクロティルドを死に追いやったギベール主任司祭を許せなかった。殺すつもりでギベール主任司祭に近づいたんだ」

ジルはギベール主任司祭に近づくことで、当時証言をした少女たちの存在を知った。

「何度もギベール主任司祭の伴《とも》として、ノートル＝ダム女子修道院に通っていたから、内部の様子には詳しくなっていたんだ。古井戸から通じる坑道は、ガキのころから知っていた」

だが、ジルが実際に手に掛ける前にギベール主任司祭は死に、少女達は次々に殺されていった。

「アガットは、何かを思い出したと言っていたわ。恐らく、カトリーヌの真の信仰に気付き、それを確かめようと聖堂にカトリーヌを呼び出し、ヘブライ語の護符が書かれた聖書を見せつけてそこで殺された」

偶然現場を目撃したジルは大きく頷いた。

「全ては、十年前に異端の罪で処刑された、クロティルドの死の真相を隠蔽するためだったんだな」やるせなさからか、ランベールは両手を広げて肩を竦め、大きく首を振った。

「俺は間違っていた。ギベール主任司祭や娘達に復讐するよりもボーテルヌ司祭、あなたに復讐するべきだった」

力なくジルを見据えたボーテルヌ司祭だったが、よろよろとその場に頽れた。

「私は一体何を守ろうとしていたのだろう……。何人もの命を無惨に奪い、実の娘まで見殺しにして……」

とどめを刺すかのように、ボーテルヌ司祭へ向けてジルの声音が響いた。

「ボーテルヌ司祭。あなたの妹のカトリーヌは、他の娘を殺しながら言ってましたよ。本当は信仰に振り回されない家に生まれたかったと。なぜ自分ばかりこんな苦しみを味わうのかと泣きながら……」

「ジル、死体損壊は無実には出来ないし、裁判は免れない」

ランベールの表情が捜査官の顔に一転した。

「分かっていますよ。拷問の上に死罪だって構わない」

捕縛のために両手を差し出し、剝き出しになった彼の両腕は、かつてクロティルドを助けようとした時の大火傷でケロイド化していた。

「ジルさん」

エリザベート副院長はジルの両手を握り、ケロイドを何度も撫でた。

「ありがとう。あの子を、クロティルドを助けようとして下さったあの時の少年ですね」

副院長の声は慈愛に溢れ、その頬は涙に濡れている。

「俺は何の力も無くて、クロティルドを助けてやれなかった。焼け死んでいくクロティルドを救えなかったんだ」

だが、副院長は何度も頭を振った。

「兄夫婦に送られてくるクロティルドからの手紙には、いつもあなたとあなたのご家族のことを綴っていました。実の親子や兄妹、いえ、それ以上に大切に慈しんでくれていると」

「クロティルドは俺達の聖女様だったんだ。母さんはクロティルドが死んで、すっかり病気がちになってしまって。父さんも酒ばかり飲んで、酔って馬車に撥ねられて死んだ」

嗚咽を洩らし、時に言葉に詰まりながらジルは続けた。

「俺とクロティルドじゃ身分が違い過ぎるから、好きになっても報われないって、ずっと母さんや父さんから言われていた。でも、でも……報われなくたって良かった。生きてさえいてくれれば……」

堪え切れず、ジルはエリザベート副院長の膝に縋り泣き続けた。副院長は、その背を優しく撫で続ける。

刹那、足元から突き上げるような衝撃が室内を襲った。

「なんだ……。また揺れているぞ」

「地震だわ」

負傷しているエリザベート副院長を庇うように、マリー＝アメリーとラージュ伯爵夫人が屈みこんだ。

揺れは次第に激しさを増して、執務室の書架の本が次々と音を立てて落下した。

漸く揺れが収まり、安堵のため息を誰かが漏らしたと同時に、一人の聖職者が室内へと駆け込んで来た。

「ボーテルヌ司祭、大変です！　今の地震で燭台が倒れて、大聖堂の内部に火が広がっています」

「すぐに行きます」

真っ先に走り出したジルを追うように、執務室の奥からボーテルヌ司祭が歩み出したが、エリザベート副院長の前で立ち止まった。

「エリザベート……。聖マルタン大聖堂の主任司祭代行としての務めを果たしたら、犯した罪を全て償う。許してくれとは言わないが、これだけは覚えていて欲しい」

食い入るようにエリザベート副院長の顔を見つめていたボーテルヌ司祭は、その細い身体を引き寄せて抱きしめた。

突然の嵐のような出来事に、眼を見開いたままのエリザベール副院長であったが、おずおずとボーテルヌ司祭の背に掌を這わせた。

副院長の耳元で何やら囁いた司祭は、目尻を下げて微笑むと大聖堂へと走り出した。

「俺達も行くぞ」ランベールが声をあげた。

「ああ」ジャン＝ジャックも呼応した。

「私も行きます」

踵を返したサンソンを追いかけるように、駆け出そうとしたジャン＝ジャックの腕をランベールが引き留めた。何事かと視線を向けると、心配そうな面持ちのマリー＝アメリーの方へと顎をしゃくっている。

友の言わんとすることを察したジャン＝ジャックは、謝意を伝える代わりに数度頷くと、マリー＝アメリーの身体を自身の胸に引き寄せた。

「わざわざ夜這いに来てくれたのに遠慮するんじゃなかった」

一言も発せずにいるマリー＝アメリーの顔を一瞥したジャン＝ジャックは、唇の片端を上げてからかうような笑みを浮かべると、ランベールと共に大聖堂へ向けて駆け出して行った。

去り行く彼の背に向けて、マリー＝アメリーは頬を赤めながらぽつりと呟いた。

「こんな時に何を言っているの……」

＊

思ったよりも火の回りが早い。大聖堂の中は、地震や豪雨の被害で避難してきた住人で溢れ、思うように身動きが出来ない。

「大急ぎでみんなを大聖堂の外に避難させるんだ」

ボーテルヌ司祭が声を張り上げているが、あちらこちらで怒声や子ども達の泣き叫ぶ声が響き、その声をかき消してしまう。

ランベールが聖マルタン修道院へ助修士らの応援を頼みに走り出した。

そこへ、聖職者の一人が息を切らしながらボーテルヌ司祭に告げた。香油に引火して、地下にも火がまわったと。

みるみる司祭の顔が青褪めていく。「地下には聖マルタンの聖遺物があるんだ」

「俺が取ってきます」

言うと同時にジルが駆け出した。

「行くんじゃないジル！　危険すぎる」

ジルの後を追うジャン＝ジャックの正面のガラスが割れ、吹き込んで来た風に煽られて火の粉が舞った。

転びそうになったジャン＝ジャックの身体を受け止めて、制止したボーテルヌ司祭がきっぱりと言った。

「地下には私が行きます。あなたはランベール捜査官と共に、皆を大聖堂の外へ誘導してください」

決意が込められたその言葉と表情に、ジャン＝ジャックは素直に従うしかなかった。

助修士らの応援と、ランベールの見事な陣頭指揮によって、混乱は徐々におさまりを見せ、住人らは隣接する聖マルタン修道院へと次々と避難した。

だが、地下へ向かったボーテルヌ司祭とジルは、まだ戻っていない。

堪らず、ジャン＝ジャックは助修士の腕から水が入った桶を奪うと、中の水を頭から被り、祭壇の地下に通じる階段へと駆けだした。

「ボーフランシュやめろ！　戻ってこい」

背後からランベールの怒声が追うが、ジャン＝ジャックはお構いなしに聖マルタンの聖遺物が置かれた地下の階段を下りて行った。

地下は想像よりもずっと広く、天井も高かった。ジャン＝ジャックの足元には、ぽたぽたと水の雫が落ちていたが、それがやがて湯となり、乾くまでに大した時間は掛からなかった。

ボーテルヌ司祭は意識の朦朧《もうろう》としたジルと聖遺物が収められた箱を抱えて咳き込み、動けないでいた。彼らとジャン＝ジャックの間に焼けた柱が倒れて来て、火の粉を激しく巻き上げた。

「くそっ！」悪態を吐きながら、ジャン＝ジャックは柱を蹴飛ばした。

「司祭、ジルをこっちに。このまま突っ走りますよ」

凄まじい熱気に襲われながら、なんとか階段まで辿りついた彼らとすれ違うように、水の入った桶を手にした助修士らが、階段を駆け下りて来た。

二人の助修士にジルの介助を頼み、ボーテルヌ司祭に肩を貸したジャン＝ジャックが、漸く地下からの階段を上りきった頃には、大聖堂の火もなんとか消し止められていた。

ボーテルヌ司祭から手渡された聖遺物は奇跡のように無傷であり、収められた箱は変わらぬ輝きを放っている。

だが、聖遺物とは対照的に、ボーテルヌ司祭の僧衣は焼け、全身に大火傷を負っている。使命を終えた司祭は、安堵感も伴ってかその場に倒れ込んだ。

横たえられたボーテルヌ司祭のそばに、サンソンとグレゴワール修道士が駆け寄り、治療を始めようとした。だが、全身が焼け爛れ、もはや手の施しようは無かった。何度も息が止まりそうになりながら、司祭の視線だけは忙しなく動いている。

「アルマン！」

エリザベート副院長の呼び声に、ボーテルヌ司祭の視線は一点に止まり、焼けて火膨れた顔に微かな笑みを浮かべた。

エリザベート副院長は、横たわるボーテルヌ司祭の傍らに、痛む足を引き摺りながら駆け寄った。

気管支も肺も焼かれ、司祭はもう声が出せないのだろう。

グレゴワール修道士が最後の塗油を施そうとした手をボーテルヌ司祭は遮ると、ぎこちなく首を左右に振った。

幾多の罪を犯したゆえに、赦しを得て平安のうちに死を迎えることを拒んだのだ。

ボーテルヌ司祭は残された力を振り絞り、大粒の涙を浮かべたエリザベート副院長へと手を伸ばした。

「おお……アルマン、アルマン」

エリザベート副院長は、火傷で皮膚が剝がれたボーテルヌ司祭の手をそっと握り、頰に引き寄せた。

マリー＝アメリーの傍らに立つラージュ伯爵夫人も堪え切れず、すすり泣いた。

ボーテルヌ司祭が静かに眼を閉じると、無念だと言うように、グレゴワール修道士が目頭を押さえて首を振った。

辺りには、エリザベート副院長の泣き叫ぶ声が響いた。司祭の亡骸を膝に抱きかかえ、その名を呼び続けた。それはまるで、祭壇に置かれたピエタのような光景であった。

「司祭は亡くなったんですか」

エリザベート副院長の嗚咽が聞こえたのか、大聖堂の床の上に横たわるジルが咳き込みながら言った。

「俺の僧衣に火が燃え移ったのを、司祭が盾になって消してくれたんですよ」

そう言いつつ、ジルも全身に火傷を負っている。だが彼は、クロティルドが受けた苦しみに比べたら屁でも無いと言いながら、ジャン＝ジャックに微かな笑みを向けた。

「これを……工房の監督官に渡して下さい」

僧衣の袖に入れていたのか、ジルは折り畳まれた紙片を火傷で爛れた手で取り出し、ジャン＝ジャックに手渡した。

そこには、拙《つたな》い字がぎっしりと並んでいる。

呆れた表情を返すジャン＝ジャックに、したり顔でジルは答えた。

「青いガラスの拵え方を書いています」

言い終わると同時にジルは再び咳き込んだ。気管支も肺も焼かれたのだろう。咳には血が混じり、唇は赤く染まっていった。

苦しそうに肩で息をしながら、ジルは言った。

「あの娘達……。リュシーとアガットだったかな。まだ二人共息があったんだ。死にたくない……、助けてって。俺の顔見たら安心して涙を流したんだ。でも、でも俺は見殺しにして、しかもその後……」

グレゴワール修道士が涙ぐみながら最後の塗油をジルに施した。

十字架に口付けるジルの眦《まなじり》から涙が伝った。

「ありがとうございます。これで俺もクロティルドにまた会えるかな。……いや、あんな酷いことしたんだから、きっと……む……り……」

「おい、ジル！　しっかりしろ！　いつか必ずシャルトル大聖堂にも負けない青いガラスを造るって約束しただろう！　こんな下手くそなラテン語、お前に解読して貰わないと誰も読めないよ！」

ジャン＝ジャックはジルの身体を何度も揺すった。

――ボーフランシュ殿、あなただけには言われたくないですね。

そんな皮肉とため息交じりの返答を期待したが、ジルの眼が再び開くことは無かった。

5.

激動の一夜が明けた。

大聖堂の火災は鎮火されたが、地震や豪雨の被害で住む場所を失い、負傷したトゥールの住民が修道院に避難の場所を移して、聖マルタン修道院は対応に追われていた。

その合間を縫って、マリー＝アメリーはジャン＝ジャック、ラージュ伯爵夫人と共に、カトリーヌをはじめとする亡くなった少女たちやマルグリット、そしてクロティルドが過ごした女子修道院へと足を運んでいた。

女子修道院は廃墟と化していたが、敷地の隅には花壇の跡なのか、雑草に混じって可憐な秋の花が咲いている。

風がそよぎ、女子修道院での惨劇を、束の間忘れさせてくれる心地良さだった。

「パンティエーヴル公妃マリー＝アメリー様に女官のラージュ伯爵夫人。そしてボーフランシュ大尉殿ですね」

その声に振り返ると、エリザベート副院長が修道女オランプに支えられて佇んでいた。

「ご存じだったのですか？」

「ええ、公妃様の名乗られたゴンドラン侯爵家は後継者が絶えております。確か、御義父上ランブイエ公爵様の御母上トゥールーズ伯爵夫人の前夫様のご実家でしたね」それに、と言いながらエリザベート副院長はジャン＝ジャックへ視線を向けた。

「ボーフランシュ大尉、たとえ僧衣を纏っていても、男子禁制の女子修道院に立ち入ることは許されませんよ」

唇を嚙み、軽く睨みつけるような表情を向けながらも、エリザベート副院長の声音に怒りは含まれていなかった。

既に見破られていたのかと、照れ隠しからジャン＝ジャックは話題を変えた。

「副院長様、傷の具合はいかがですか？」

「ムッシュー・サンソンが傷口を丁寧に縫合して下さったし、グレゴワール様が傷口に貼った薬草を頻繁に取り換えて下さいますので」

もうご心配されますなとエリザベート副院長は微笑んだ。

「副院長も災難でしたね。まさか刺されるとは夢にも思われなかったでしょう」

ジャン＝ジャックは苦笑する。

副院長は時折、アンジュー女伯爵の霊廟を訪れては祈りを捧げていた。あの夜は先客がマリー＝アメリーだとは思いもよらず、連続殺人犯と疑い咄嗟に逃げ出して刺されたのだった。

「パンティエーヴル公妃様も、お怪我はございませんでしたか。遺骨と共に一晩過ごされただなんて、大層お辛かったでしょう」

忘れていた恐怖が蘇って来た。ボーテルヌ司祭に突き落とされたマリー＝アメリーは、数多の骸骨と絶望の夜を過ごしたのだ。

マリー＝アメリーは、躊躇いながら訊いた。

「副院長様。あの少女達、アガットやリュシー、カトリーヌを憎いとお思いですか」

「恨んでいないと言えば嘘になりますが、それ以上に憐れだと思います」

心地よい風が、エリザベート副院長の黒いヴェールを揺らした。

「クロティルドは、あの少女達をとても可愛がっていました。人生が花開く前に突如命を絶たれた。クロティルドと同様に憐れでなりません」

エリザベート副院長は膝を折り、かつてクロティルドが丹精したといわれる花壇から一輪の花を摘んだ。

主を失っても、こうして季節になると毎年ひっそりと咲き続ける花たち。その健気さは、亡きクロティルドにも通じている。

「それに、亡くなった少女達は、昨年、ヴェルサイユ宮殿で起きた殺人事件を解決した公妃様と陸軍大尉の話題に夢中でしたのよ。社交界にデビューしたら、真っ先にお二人にお会いしてみたいと」

ジャン＝ジャックは面倒臭そうに顔を顰めているが、マリー＝アメリーは胸にこみ上げるものを感じずにはいられなかった。

「そうでしたのね。……とても、とても残念です」

少女達と語り笑い合った、あの春の陽だまりのような時を、決して忘れはしないと誓った。

「娘のクロティルドは、一度だけノートル＝ダム女子修道院を訪ねて来てくれました。あの肖像画の前に飽きもせずにずっと佇んでいて、兄夫婦が伝えたのか私のことをお母さん《ママン》と呼んでくれて……」

エリザベート副院長は瞳を潤ませながら続けた。

「私はノートル＝ダム女子修道院に受け継がれているアンジュー女伯爵の伝説を、肖像画の前でクロティルドに話しました。巷《ちまた》に流布する呪い話は偽りであると。彼女は逃亡の誘いを一切断り、亡くなった大勢のカトリックとユグノー両方のために、領民のために祈り続けたと」

黙って二人の会話に耳を傾けていたジャン＝ジャックが、戸惑いつつも口を開いた。

エリザベート副院長は、ボーテルヌ司祭の死に立ち会ったばかりだ。今告げるのは酷かもしれない。だが、ギョームの秘めた想いと死を、無駄にはしたくなかった。

「ギョームが、あなたの安否を最期まで気に掛けていました。守りたかったと。あなたとは出自も身分も違い過ぎる自分は、只黙って見守ることしか出来なかったと」

ギョームはエリザベート副院長の筆跡を真似た書付で呼び出され、恐らくボーテルヌ司祭に殺された。

「アルマンとの結婚に夢破れた私には、クロティルドの成長を見守ることだけが、唯一の生きる希望でした」

だが、その希望もある日突然失ってしまう。自死を選んだが死にきれず、その後は抜け殻のような日常を繰り返すだけだった。

「この感情を、今は言葉で言い表せませんが、常にギョームが、温かい眼差しで見守ってくれていたことは、間違いなく私の生きる支えでした」

エリザベート副院長は堪えきれず、両手で顔を覆い、声を上げて泣いた。

「私にもアンジュー女伯爵クロティルドのように、全てを捨てる勇気があれば、アルマンもクロティルドもギョームも……。誰の命も失わずに済んだのでしょうか」

彼女もまた、信仰や出自や身分の違いに苦しみ、翻弄された犠牲者の一人だったのだ。

ジャン＝ジャックはやりきれなさに耐えきれず、無言で空を見上げた。

6.　聖マルタン大聖堂

大聖堂では、人々は西側の扉から入り、司祭らは東側からと定められている。日の出は、イエス・キリストの復活を象徴し、ここで重要な役割を果たしているのが、光あふれる空間だ。

マルグリットは、聖マルタン大聖堂の側廊に設けられた小礼拝堂に跪いて祈りを捧げていた。ここはかろうじて焼失を免れていた。

「マルグリット」

マリー＝アメリーの声に祈りを中断して振り返ったマルグリットは、慌てて立ち上がった。

「パンティエーヴル公妃様。公妃様とは存じ上げず、ご無礼をお許し下さい」

丁寧なお辞儀をして深々と頭を垂れるが、マリー＝アメリーは優しくそれを制した。

「あなたの今後の身の振り方を伺いに来ました」

小礼拝堂から礼拝席に移り、着席を勧めながら言った。

「私は修道会付属の少年聖歌隊をはじめ、多くの芸術家たちのパトロンをしています。あなたがもし、今後音楽の道を歩みたいのなら、喜んで力になるつもりです」

「音楽の道、ですか」

「ええ。パリ・オペラ座の舞台に立ちたいのならば、一流の講師陣を付けて差し上げるわ」

今ではヨーロッパ中の劇場から招聘《しょうへい》の声が掛かるようになった歌姫ロズリーヌ・ロラン。神から授けられた美声で、スペインで父王を慰めてくれているリッカルド・カヴァレッティ。彼らなら、マルグリットの教育も喜んで引き受けてくれるであろう。

「身に余る光栄で何とお礼を申し上げたら良いのか……」

失礼があってはならないと、マルグリットは言葉を慎重に選んでいるのだろう。暫くの沈黙の後に、それでも彼女は顔を上げて、出した答えを毅然と告げた。

「このロワール川が望めるオルガンがある修道院で、亡くなったクロティルド様やアニエス達、皆の魂に祈り、歌い続けたいのです」

「そう……。それも音楽の一つの道だわ」

マルグリットの答えは分かっていた。だが、どこかで期待していたのだ。大劇場の舞台上で観客の喝采を浴びる彼女の姿を。

「オディル様の消息は」

「依然不明よ」

マリー＝アメリーは頭を振った。

修道女オディルとの対話は、彼女の裡にだけ秘めていた。理由は分からない。だが、そうするべきだと思ったからだ。

「そうですか。会話らしい会話は殆ど交わしたことはありませんでしたが、なぜかあの方とはただならぬご縁を感じてなりませんでした」

残念だと言うように、マルグリットは瞳を閉じて虚しそうに頭を振った。

「一つだけ教えて頂戴。なぜオルガンがある修道院なの?」

マルグリットは小礼拝堂のステンドグラスを見上げた。

「いつかオディル様のように弾けるようになりたいと。そして亡くなられた全ての方に捧げたいのです。鎮魂歌を……」

マルグリットの片方の緑色の瞳が、ステンドグラスから差し込む光に映えて、エメラルドのように鮮やかに輝いていた。

エピローグ

聖マルタン修道院

万聖節や聖マルタンの日をトゥールで過ごしたマリー＝アメリーとジャン＝ジャックは、旅立つ前にグレゴワール修道士の城である、薬局を訪れた。

薬局前に植えられた薬草や花々も、越冬できる品種に様変わりしていた。

「グレゴワール修道士、すっかりお世話になりました」

薬草を大きな乳鉢で擂《す》り潰していたグレゴワール修道士は、チュニカから普段の軍服に着替えたジャン＝ジャックと、華やかなルダンゴットを纏ったマリー＝アメリーに、目を細めた。

「こちらこそ、寂しくなりますなあ」

修道士は二人に着席を促し、壺から数種類のハーブを取り出し、湯を沸かした。

「旅立つ前に、どうしてもグレゴワール修道士にお訊ねしたかったのです」

はて、何用でしょうとにこやかに答えながら、グレゴワール修道士は淹れたばかりのティザーヌをすすめた。

「今回の事件は、背後に誰かの気配を感じながらも、その正体が分かりませんでした。まるで神の見えざる手によって操られているような。博学なあなた様なら、何かしらお気づきではないかと」

マリー＝アメリーの問いかけに、ティザーヌを啜るグレゴワール修道士の動きが止まり、丸い顔に緊張が走った。

すかさず、ジャン＝ジャックが後を継いだ。

「では言い換えましょう。あなたは最初から、この事件の真相をご存じだったのではないですか？」

ギベール主任司祭の死因解明に難儀するジャン＝ジャックに、さりげなく蜜蜂の話題を持ち出し、ノートル＝ダム女子修道院が城塞ではなく修道院が起源だと教えくれたおかげで、マリー＝アメリーを救出出来たのだ。

薬局の中には木漏れ陽が射し、香しいハーブの匂いが満ちる中、漸くグレゴワール修道士が口を開いた。

「やはり、トゥルネーに相談した甲斐がありましたな。ボーフランシュ殿、貴殿のようなお人を遣わしてくれたのじゃから」

驚くことに、グレゴワール修道士は、ジャン＝ジャックの養い親でパリの聖ジュヌヴィエーヴ修道院長トゥルネーと苦行を共にした旧知の仲だという。

「貴殿の仰せの通り、儂はボーテルヌ司祭の真の信仰も、クロティルドが身代わりになって処刑されたことも、エリザベート副院長がクロティルドの母親であることも全て知っておりました」

ではなぜ、との問いかけを待たずにグレゴワール修道士は答えた。

「儂が彼らの告解僧だったからじゃ」

薬局の中に沈黙が漂う。掛ける言葉が見つからず、ジャン＝ジャックは焦りを感じた。

「決して誰にも打ち明けることは出来ず、葛藤の日々でした」

深いため息を漏らしつつ、修道士は積年の苦悩を吐露した。

「私宛てにノートル＝ダム女子修道院長名義の手紙を書かれたのは、グレゴワール様ですね。そして、この聖マルタン修道院の院長様」

「な、なんだって！」

「気付かなかったの？」

マリー＝アメリーは、心底呆れたような表情を、ジャン＝ジャックに向けている。

不可解だと思うことは何度かあった。例えば、グレゴワール修道士への他の修道士らの仰々しい態度は、一介の修道士に対するそれでは無かった。

「面倒くさいことは全て副院長に放り投げておりましたから、無理もございません。皆にも役職ではなく名前で呼ぶようにときつく申し伝えておりましたゆえ。儂は薬草園と薬局に籠もっていられれば幸せでしたから……。アデライード様は、お亡くなりに？」

「ええ。半年ほど前に」

「やはりそうでしたか……」

「アデライード院長様は、お名前は明かされませんでしたが、どなたかが必ず救いの手を差し伸べて下さるからと、エリザベート副院長様に仰せになられたそうです」

そのどなたかとは、グレゴワール院長だったのだ。

「何の因果か、クロティルドの事件に関わった者が、十年の時を経てノートル＝ダム女子修道院に集うのです。ただ平穏に時が過ぎてくれればと願うばかりでした」

「アデライード院長様は、グレゴワール院長様をとても信頼なさっていたのですね」

刹那、グレゴワール院長の頬が紅をさしたように赤らみ、夢見るような表情へと変わった。

ジャン＝ジャックは思った。神に仕える身でありながら、世俗の者らの恋話を好物にするこの人も、秘めた想いを抱えて生きて来たのではないかと。

「あなた方のおかげで、儂の祈りは叶えられました。ですが一方で、数々の犯罪を自ずと見過ごすことになった罪は消えません」

「それはあなたの立場では……」

その先を言葉には出来ない。ジャン＝ジャックは口を噤んだ。

聴罪とは神の名において行われ、決して口外は許されない。だが、これだけ多くの犠牲者を出した事件の真相を知りながら、それは許されることなのだろうかと自身にも問いかけた。

「一切の職から身を引いて、聖地巡礼の旅へと参ります」

グレゴワール修道院長は、徒歩でトゥールからイベリア半島の果てを目指し、数多の山河を越えなければならない。盗賊や獣に怯え、病に倒れるかもしれない。これから本格的な冬を迎えるこの季節に出立するということは、老齢の院長にとっては死をも意味する。

これが、グレゴワール修道院長が自身に課した贖罪なのだ。

「トゥルネーに伝えて下さらぬか。お互い、気軽な往来が出来ぬ年齢になってしまいましたが、終生変わらぬ友情を誓っておりまするど」そう言いながら、グレゴワール修道院長はジャン＝ジャックを抱擁した。

彼を通して、長年の友の温もりを感じているのだろうか。

「必ず、必ず伝えます」

込み上げる様々な想いを噛みしめながら、ジャン＝ジャックも抱擁を返した。

「ひとつだけどうしても分かりません」

名残惜しいが、そろそろ出立の時間だからと立ち上がったマリー＝アメリーであったが、最後に縋るような眼差しで、グレゴワール修道院長に訊ねた。

「聖女のようなクロティルドが、呪いの言葉を吐きながら死んでいったのはなぜだとお思いですか？　彼女も、やはり神の仕打ちに耐えられなかったのでしょうか」

「これはあくまで儂の解釈ですが……」と前置きしながらグレゴワール修道院長は言った。

詩篇一〇九はユダヤ人差別のために用いられ、濫用されたと。新約聖書においてユダはユダヤ人差別の標的とされて、さらに詩篇一〇九の一節にある「予言」が「成就した」と新約聖書が述べているために、ユダは罪深く呪われた人物とされ、ますますユダヤ人差別へと繋がっていった。

本来、この詩篇の祈り手は、クロティルドと同様に、罪なくして迫害されて誰からも助けを得られない犠牲者である。だが、このような状況であっても、祈り手は敵対者と同じ方法で反撃するつもりはないし、出来ない。ゆえに、祈り手は叫びと祈りによって悪循環を断ち切ろうとしている。その祈りこそが詩篇一〇九であり、祈り手は主に「貧しい者の右に立って」くださるようにと祈った。それは祈り手を救い出すため、そしてかつて主が啓示されたとおり、エジプト脱出の神である主だということを公に示すために。

「儂はこの詩篇は呪いではなく、祈りだと解釈しております」

グレゴワール修道院長はそう言いながら、静かに締めくくった。

「生前のクロティルドにも同じ問いかけをされましてね。これがかえってクロティルドをユダヤ教徒である実の父と叔母を庇い、殉教の道へと導いてしまったのかと悔やまれます。これも儂の後悔の一つです」

「クロティルドは、聖女のような、いえ、聖女そのものだったのですね」

マリー＝アメリーは、頬に伝う涙をそっと拭っていた。

信仰とはいったい何か。

神の愛と赦しを説きながら、人々は長い歴史の営みにおいて、信仰を旗印に数々の殺戮を繰り返してきた。

神の家で養育されながらも、ジャン＝ジャックが敢えて軍人の道を選択したのは、その矛盾に耐えられなかったからだ。

一七八三年十一月下旬

トゥール市街地

「婆さん」

相変わらず、杖に頼りながらも背筋を伸ばし、トゥールの街を自由に闊歩しているジョルジェットに、ジャン＝ジャックは憧憬の眼差しを向けた。

「見直したよ。婆さんの占星術、いや天体観測技術は凄かった。あれからパリの天文台やラヴォワジェ先生にも調べて貰ったんだ。アンジュー女伯爵クロティルドが幽閉されて処刑された時期にも惑星直列が起こっていて、今年と同様にアイスランドの火山の噴火で火山灰はヨーロッパの空を覆い、猛暑になり、その数年は異常気象や作物の不作が続いていた。その上、疫病やペストも流行って大勢の民が亡くなった」

「そうじゃ。呪いなんか信じる奴が阿呆じゃ。この世で一番恐ろしいのは、死んでしまった者たちじゃなく、生きている人間たちじゃ」

「同感だな」

ジャン＝ジャック・ルイと呼び掛けると、占い師のジョルジェットは微笑みながら言った。

「あんたは数奇な星の下に生まれたお人のようじゃ。だが、運命に翻弄されぬようにしっかり生き抜くのじゃ。決して命を粗末にしてはならぬ」

「ああ……婆さん。あんたも長生きしろよ」

ジャン＝ジャックは上着の隠しからルイ金貨を取り出すと、ジョルジェットの掌に数枚握らせた。

「金は要らぬと言っただろう」

「葬式代に取っておけよ」

ジャン＝ジャックは金貨を置いたジョルジェットの掌を、自身の両の掌で固く握りしめた。

ジョルジェットも名残惜しそうに、ジャン＝ジャックの顔を見上げて何度も彼の腕を擦っていた。

別れを告げたジャン＝ジャックは、一度振り返ると笑顔を見せながら片手を上げて、馬車で待つマリー＝アメリーの元へと去っていった。
「レネット……。あんたの息子は、人生を逞しく歩んでいるようじゃ。あんたの願いどおりに」
ジョルジェットの呟きは、風が落ち葉を舞いあげて擦れる音に掻き消され、ジャン＝ジャックの耳には届かなかった。

――Reinette《レネット》（小王妃）

ジャン＝ジャックの実の母は、幼い頃こう呼ばれていた。それは、パリ住まいだった占い師ジョルジェットの元を訪れた彼女に、「あんたは将来王様の女になるよ」と予言されたからだった。

ロワール川
トゥール～アンボワーズ

ジャン＝ジャックが豪快なくしゃみをした。つられるように、マリー＝アメリーも小さなくしゃみを二度繰り返した。

「季節もすっかり変わってしまったな」

車窓から見える景色はもう初冬だ。

それだけではない。今回もまた多くの犠牲者を出し、事件解決の喜びよりも虚しさが勝っていた。

「でも、万聖節や聖マルタンの日をトゥールで過ごせるなんて、滅多にない機会だったわね」

ジャン＝ジャックの心情を察してか、マリー＝アメリーは努めて明るく振舞っている。

二人は、単に宗教上の祝祭をトゥールで過ごしただけでなく、アンボワーズ城の修復工事の立ち会いに加え、火災で一部焼失した聖マルタン大聖堂の修復工事や隣接する女子修道院の再建にも立ち会っていた。

母体のベネディクト会への働きかけにより、この女子修道院の新院長には、エリザベート副院長の就任が決まった。

「クロティルドの名誉も回復出来たし、これからの日々は、娘クロティルドと命を絶たれた少女達のために祈りたいと、女子の教育にもこれ以上に力を注いでいくと意気込んでいらしたわ」そして、躊躇いがちに「口には出されなかったけど、ボーテルヌ司祭のためにも……」と言った。

「女子修道院の新しい聖堂には、パイプオルガンも入れるらしいな。あんたからの寄進で」

「ええ。マルグリットも正式に誓願して修道女になったし、新たなノートル＝ダム女子修道院の門出に相応しいでしょう？」

軽やかな笑みを返すマリー＝アメリーであったが、時折、物思いにふけり、口を噤んでしまう。

何度か言い淀み「何もかも崩れてしまったから、調べる手立てはもうなくなってしまったけれど」と前置きしながら、覚悟を決めたのか一気に捲し立てた。「こんなことを言えば、あなたは心底馬鹿にすると思うけれど、修道女オディル様、あの方はアンジュー女伯爵クロティルド様御自身だったと思えてならないの」

意識が回復した修道女ドロテは、かろうじて自分の名前と薬草の知識は思い出せたが、修道女オディルの存在も、介添え役を担っていたことも記憶から全て消え去っていた。

「この世は理屈で説明できないことも多々あるから、そうかもしれないな」

まさか賛同が得られるとは思ってもみなかったのか、マリー＝アメリーは水色の瞳を大きく見開いたままだ。

ジャン＝ジャックはあれから何度も、アンボワーズ城の地下へ続く階段を夜中に下りてみたが、鎖帷子姿の騎士に二度と遭遇することは無かった。あの騎士がリシャールである確証は何も無いが、彼は追い求めていたクロティルドに再会出来たのだろうか。そうであって欲しいと願うばかりだ。

「大尉、ご覧になって」

マリー＝アメリーが指差す方へ振り向くと、空には、雲の隙間から光が幾多の矢のように、かつてのノートル＝ダム女子修道院の跡地に降り注いでいた。

「天使の梯子だわ」

雲の切れ間から射す光が、梯子のように天から地上に伸びていて、そこを天使が上り下りしている光景を、夢の中でヤコブが見たと創世記には記してある。

やがて自然現象もそのように呼ばれるようになった。

「あそこは地獄ではない。本来は神から祝福された場所だったと信じたいわ」

「そうだな」

同時に、ジャン＝ジャックの腹が豪快な音を立てて空腹を訴えた。

マリー＝アメリーは軽やかに笑いながら、修道女オランプが持たせてくれた修道院の菓子を籐籠から取り出して、彼に手渡した。

「パリに帰ったら、まずはジャンヌの飯だな」

ボルドーにある修道院の伝統菓子のカヌレを満足そうに頬張りながら、ジャン＝ジャックは言った。

「ええ。ロワールのワインや修道院のお菓子も美味だったけれど、ジャンヌの手料理が恋しいわ」

ロワール産のワインをゴブレットに注ぎながら、マリー＝アメリーが答えた。

それから二人は、ジャンヌの拵える菓子の好みを言い合い、他愛もない話で笑い、呆れた。時折視線を絡ませ、どちらともなく逸らし、ロワール川の流れへと飽きもせずに向けていた。

規則的な馬車の振動からか、いつの間にかマリー＝アメリーは眠っていた。だが、車輪が小石を弾き大きく揺れる度に、身体が倒れそうになる。

ジャン＝ジャックは仕方なく座席を移り、マリー＝アメリーの隣に腰かけた。何度か彼の方に上半身が倒れ掛かり、その度に姿勢を戻してやっていたが、人肌が心地良いのか、ぬくもりを求めるように、そのまま彼の懐の中に収まってしまった。

「おい！」

揺り起こそうと試みたものの、彼女の安らかな寝顔につい見入っていた。

——お前は守り抜けよ……。

今際の際のギョームの言葉が頭から離れない。

ほんの数回の邂逅《かいこう》であったが、共に心に秘めた同じ想いを感じ取ったのだろうか。

誰よりもそばに仕えながら、永遠に近づけない想いを秘めてギョームは死んだ。

相思相愛の間柄であったにもかかわらず、信仰と身分の違いから引き裂かれたクロティルドとリシャール。そしてボーテルヌ司祭とエリザベート副院長。

たとえ今生では結ばれぬ間柄でも、この世には、様々な愛のかたちが確かに存在する。

「帰ろう、パリへ……」

今だけは、二人を取り巻く全ての柵を忘れたい。ジャン＝ジャックは、マリー＝アメリーの金色の巻毛の一房に口づけると、両腕の中にある華奢な肩を強く抱きしめた。

一五六一年

ロワール川孤島
アンジュー伯爵家城塞

世にいう、「アンボワーズの虐殺」から一年後。

クロティルド・オディル・ダンジューは、幽閉された城塞の一室で、リシャールとの忘れ形見である女児を出産していた。

城代や乳母は、地下にある聖マルタンの聖堂の祭壇下からロワール川畔にある古井戸への抜け道を使い、かつての家臣らと綿密な逃亡計画を進めていた。

「クロティルド様、早くお逃げ下さい」

だが、クロティルドは無言で大きく首を横に振った。

「私はここに残ります」

逃げおおせることは可能だろう。だが、それは生涯にわたる逃亡生活を意味する。

「この子を連れてあなた方は逃げて、生き延びて」

母譲りの緑の瞳を輝かせて、父譲りの褐色の髪の赤子は無邪気に笑っている。胸に抱いた我が子の頰に、クロティルドの涙の雫が落ちた。

アンジュー家の柵から解き放たれて、穏やかな人生を送れますようにと、乳母の腕に我が子を託した。

城塞の地下に設けられた聖堂で、クロティルドは祈り続けた。

今生では結ばれなかったリシャールの為に。殺された多くのユグノーやカトリックの為に。そしてこの地の領民の為に。

いつの日か、身分や信仰の違いで愛する者たちが引き離され、死ななくてもすむ世界になるようにと、クロティルドは神に祈り続けた。

参考文献

池上俊一『魔女と聖女　ヨーロッパ中・近世の女たち』（講談社現代新書、一九九二年）
内村理奈『マリー・アントワネットの衣裳部屋』（平凡社、二〇一九年）
小川原辰雄『人を襲うハチ　4482件の事例からの報告』（山と渓谷社、二〇一九年）
小岸昭『マラーノの系譜』（みすず書房、一九九四）
菅野賢治『フランス・ユダヤの歴史　上　古代からドレフュス事件まで』（慶應義塾大学出版会、二〇一六年）
黒川知文『ユダヤ人迫害史　繁栄と迫害とメシア運動』（教文館、一九九七年）
近藤稔和、木下博之編著『死体検案ハンドブック　第4版』（金芳堂、二〇二〇年）
佐藤賢一『黒王妃』（集英社文庫、二〇二〇年）
佐藤彰一『禁欲のヨーロッパ　修道院の起源』（中公新書、二〇一四年）
佐藤彰一『贖罪のヨーロッパ　中世修道院の祈りと書物』（中公新書、二〇一六年）

杉崎泰一郎『修道院の歴史　聖アントニオスからイエズス会まで』（創元社、二〇一五年）
中島智章『図説キリスト教会建築の歴史』（河出書房新社、二〇一二年）
渡邊昌美『異端審問』（講談社学術文庫、二〇二一年）
ウンベルト・エーコ『薔薇の名前　上・下』河島英昭訳（東京創元社、一九九〇年）
J・E・カウフマン、H・W・カウフマン著／ロバート・M・ジャーガ作図『中世ヨーロッパの城塞』中島智章訳（マール社、二〇一二年）
ジョン・ケリー『黒死病　ペストの中世史』野中邦子訳（中公文庫、二〇二〇年）
ノーマン・コーン『【新版】魔女狩りの社会史』山本通訳（ちくま学芸文庫、二〇二二年）
モニク・シモンズ、メラニー＝ジェイン・ハウズ、ジェイソン・アーヴィング『イギリス王立植物園キューガーデン版　世界薬用植物図鑑』柴田譲治訳（原書房、二〇二〇年）
エリザベス・A・ダウンシー、ソニー・ラーション『世界毒草百科図鑑』船山信次監修、柴田譲治訳（原書房、二〇一八年）
E・ツェンガー『復讐の詩編をどう読むか』佐久間勤訳（日本キリスト教団出版局、二〇一九年）

P・ディンツェルバッハー、J・L・ホッグ編『修道院文化史事典』朝倉文市監訳（八坂書房、二〇一四年）
ベン・ハバード、ソフィー・ハナ（序文）『毒と毒殺の歴史』上原ゆうこ訳（原書房、二〇二〇年）
クロディーヌ・ファーブル＝ヴァサス『豚の文化誌　ユダヤ人とキリスト教徒』宇京頼三訳（柏書房、二〇〇一年）
ブライアン・フェイガン『歴史を変えた気候大変動』東郷えりか、桃井緑美子訳（河出書房新社、二〇〇一年）
マリー・ド・フランス『十二の恋の物語　マリー・ド・フランスのレー』月村辰雄訳（岩波文庫、一九八八年）
レオン・ポリアコフ『反ユダヤ主義の歴史第Ⅰ巻　キリストから宮廷ユダヤ人まで』菅野賢治訳（筑摩書房、二〇〇五年）
レオン・ポリアコフ『反ユダヤ主義の歴史第Ⅱ巻　ムハンマドからマラーノへ』合田正人訳（筑摩書房、二〇〇五年）
『戦略戦術兵器事典③　ヨーロッパ近代編』歴史群像グラフィック戦史シリーズ（学研、

一九九五年）
『戦略戦術兵器事典⑤ ヨーロッパ城郭編』歴史群像グラフィック戦史シリーズ（学研、一九九七年）
ミシュランタイヤ社著、実業之日本社編『ロワールの城』ミシュラングリーンガイド日本語版（実業之日本社、一九九一年）

あとがき

前作から引き続きの皆様。長らくお待たせしました。ジャン＝ジャックとマリー＝アメリーが再び殺人事件に挑みます。

はじめましての皆様。本作は『ヴェルサイユ宮の聖殺人』の続篇です。前作もお読み頂ければ幸いです。

なお、あとがきと称しておりますが、ネタバレを含む内容となっています。本文未読の方はご注意願います。

前作『ヴェルサイユ宮の聖殺人』刊行後、一番多く寄せられた感想が「主人公二人のその後を描いた続きが読みたい」でした。ありがとうございます。作者冥利に尽きます。「アガサ・クリスティー賞」応募の段階から、続篇を狙ってあの終わり方にしたのは内緒です。

幸運にも「続篇を」との依頼を頂戴しましたので、構想中だった「女子修道院の連続殺人」に取り掛かることに。舞台に選んだロワール川沿いは、宗教戦争の主戦場でしたし、今回取り上げた「異端」を盛り上げるにもぴったりの場所でした。一七八三年にアンボワーズ城がパンティエーヴル公爵（ランブイエ公爵のモデル）の所有になったのも史実です。ですが、アンボワーズ～トゥールのロワール川に、孤城を建てられるほどの島が存在し得るのかと。折しもコロナ禍で現地調査へ向かうこともままならず、もう、押し切りました。フィクションだし。

一七八三年のアイスランド火山噴火の記述は史実です（一五六〇年頃の噴火は創作ですが）。飢饉を招きフランス革命の一因になったと云われています。また、本文では敢えて「惑星直列」との言葉を使いましたが、惑星直列と天変地異の関連性は、今のところ証明されていません。

書き進めながらある疑問が浮かび、徐々に膨れ上がっていき、大改稿を決意させたのがユダヤ人（教徒）問題でした。「ナントの勅令」が「フォンテーヌブローの勅令」で廃止された後、フランスのユダヤ人たちはどうなったのだろうかと。資料を探して貪るように読みましたが、中にはあまりの差別や蔑称のオンパレードに、眼を覆いたくなるようなものも。

担当様のお許しを得て、いや寧ろ応援されて大幅に改稿しながら、宮園の脳裏を離れなかった映像があります。

ハンガリー系ユダヤ人一族三代の生き様を綴った映画『太陽の雫』です。

二代目アダムはカトリックに改宗し、ハンガリー代表としてフェンシングのオリンピック金メダリストとなりながら、強制収容所に送られます。彼は看守たちから凍てつく真冬に裸で殴られ、罵られながらも屈せずに、最後は木に吊るされ、ホースで延々と水を掛けられて息絶えます。

本文では語りつくせなかった登場人物達の苦悩が少しでも伝わればと、記憶の中の、特にアダムの死の映像を思い浮かべながら書きました。このあとがきを書いている最中にDVDが届きましたのでざっと観ましたが、記憶とほぼ相違なかったです。それだけ強烈な場面でした。機会がありましたら、皆様もぜひ御覧下さい。

『イノサン』効果からか、処刑人サンソンの人気は凄いですね。今回は弟でしたが、処刑人サンソンは大活躍してくれました。「トゥールの処刑人」は、創作ではなく史実です。兄弟揃って「解剖医」のような設定で登場しましたが、もうしっかり準主役です。

さて次回は、ジャン＝ジャックとマリー＝アメリーが、あの「首飾り事件」を追います。再びパリとヴェルサイユに戻り、イギリスにも渡る予定です。

天然お姫様マリー＝アメリーがあまりにも鈍感なせいで、今回殆ど進展がなかった二人の仲が動きます。「え!?　あの人そういう設定だったの!!」と驚くようなことも。

サンソン兄ももちろん登場しますよ。

しかし、この出版不況の中、シリーズ化には大人の事情が絡むものでして。メールや手紙でも構いませんし、ＳＮＳで「続きが読みたい」と呟いて下されば宮園も大いに喜びます。きっと次にも繋がるかと（多分……）。


本作では、友人で敬虔なクリスチャンでもある内藤優祐様に宗教用語のチェックをお願いしました。その時に指摘されたことが大改稿のヒントになりました。ないとーちゃん、どうもありがとうございました。

担当の小塚様。貴重な年末年始を潰してしまい、心苦しい限りです。いつもありがとうございます。小塚さんとお茶をしたいという密かな願いは、〈サロンクリスティ〉で叶えて頂きましたので、今度は宮園がご馳走します。ライタ追加でビリヤニ食べに行きましょう！　引き続きどうぞ宜しくお願いします。

校正者様、今回も大変勉強になりました。頼りにしております。今後ともどうかお力添え下さい。そして本作に関わって下さった全ての皆様にお礼申し上げます。

そしてそして、本作を読んで下さった読者の皆様、本当にありがとうございました。いかがでしたか？　楽しんで頂けましたでしょうか。

本作も引き続き青井秋先生がカバーイラストを担当して下さいました。

改稿中頭を抱えていた時に、担当様が麗しすぎるラフを送ってくれまして、どれほど癒されたことか。ありがとうございました。青井先生に代わり解説しますと、タイトル部分は伝書鳩が運ぶ手紙のイメージです。背景の植物は、ラベンダー、ジギタリス、ベラドンナなどの薬草。枠はエメラルドです。渾天儀もありますし、蜜蜂もどこかにいますよ。青井先生が「首飾り事件」をどう描かれるか、皆様御覧になりたいですよね（宮園が一番見たいかも）。

最後になりましたが、高殿円先生から推薦のことばを頂戴しました〜!!

あの「ぐー子ちゃん」に「シャーリー」に「カーリー」の高殿先生ですよ！

宝塚ファンという共通点もございます。いつか先生とムラ（宝塚大劇場）で観劇して、神戸の美味しい洋菓子店を教えて頂き、サインして貰うという野望も出来ました。『シャーリー・ホームズとジョー・ワトソンの醜聞』もどうぞ宜しく。

それでは、次回作で皆様と再びお目に掛かれますように。

二〇二四年一月吉日

宮園ありあ

本書は、書き下ろし作品です。

本書には現在では差別的とされる表現が含まれておりますが、歴史資料に基づいた記述であり、決して差別を助長する意図はありません。読者の皆様にはご理解を賜りたくお願い申し上げます。

著者略歴　1968年生，千葉大学大学院人文社会科学研究科博士前期課程修了，作家　2020年『ミゼレーレ・メイ・デウス』（出版に際して『ヴェルサイユ宮の聖殺人』に改題）で第10回アガサ・クリスティー賞優秀賞を受賞しデビュー

HM=Hayakawa Mystery
SF=Science Fiction
JA=Japanese Author
NV=Novel
NF=Nonfiction
FT=Fantasy

異端《いたん》の聖女《せいじょ》に捧《ささ》げる鎮魂歌《ちんこんか》

〈JA1566〉

二〇二四年二月二十日　印刷
二〇二四年二月二十五日　発行

（定価はカバーに表示してあります）

著者　宮《みや》園《その》ありあ
発行者　早川浩
印刷者　入澤誠一郎
発行所　株式会社 早川書房

郵便番号　一〇一 - 〇〇四六
東京都千代田区神田多町二ノ二
電話　〇三 - 三二五二 - 三一一一
振替　〇〇一六〇 - 三 - 四七七九九
https://www.hayakawa-online.co.jp

乱丁・落丁本は小社制作部宛お送り下さい。
送料小社負担にてお取りかえいたします。

印刷・星野精版印刷株式会社　製本・株式会社フォーネット社

ISBN978-4-15-031566-5 C0193

本書は活字が大きく読みやすい〈トールサイズ〉です。